講談社文庫

推理大戦

似鳥 鶏

講談社

C O N T E N T S

序章
009

アメリカ合衆国
ロサンゼルス郊外
017

ウクライナ
キーウ中心部
073

日本国
東京都千代田区
119

ブラジル連邦共和国
サンパウロ・ピニェイロス地区
173

決戦
北海道上川郡筆尻村
231

あとがき
408

文庫版あとがき
416

著作リスト
424

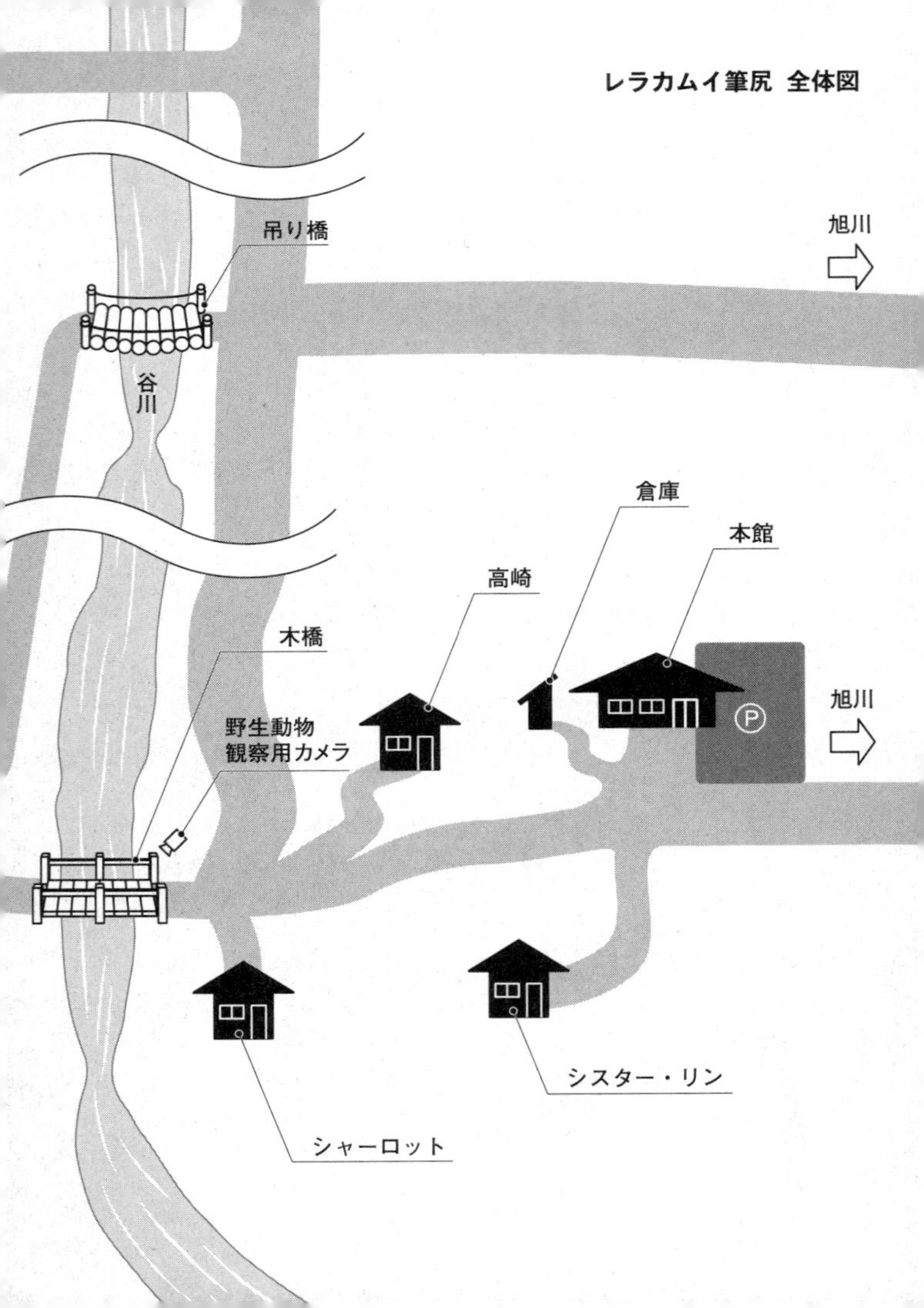
レラカムイ筆尻 全体図
吊り橋
旭川
谷川
倉庫
本館
高崎
木橋
野生動物
観察用カメラ
旭川
P
シスター・リン
シャーロット

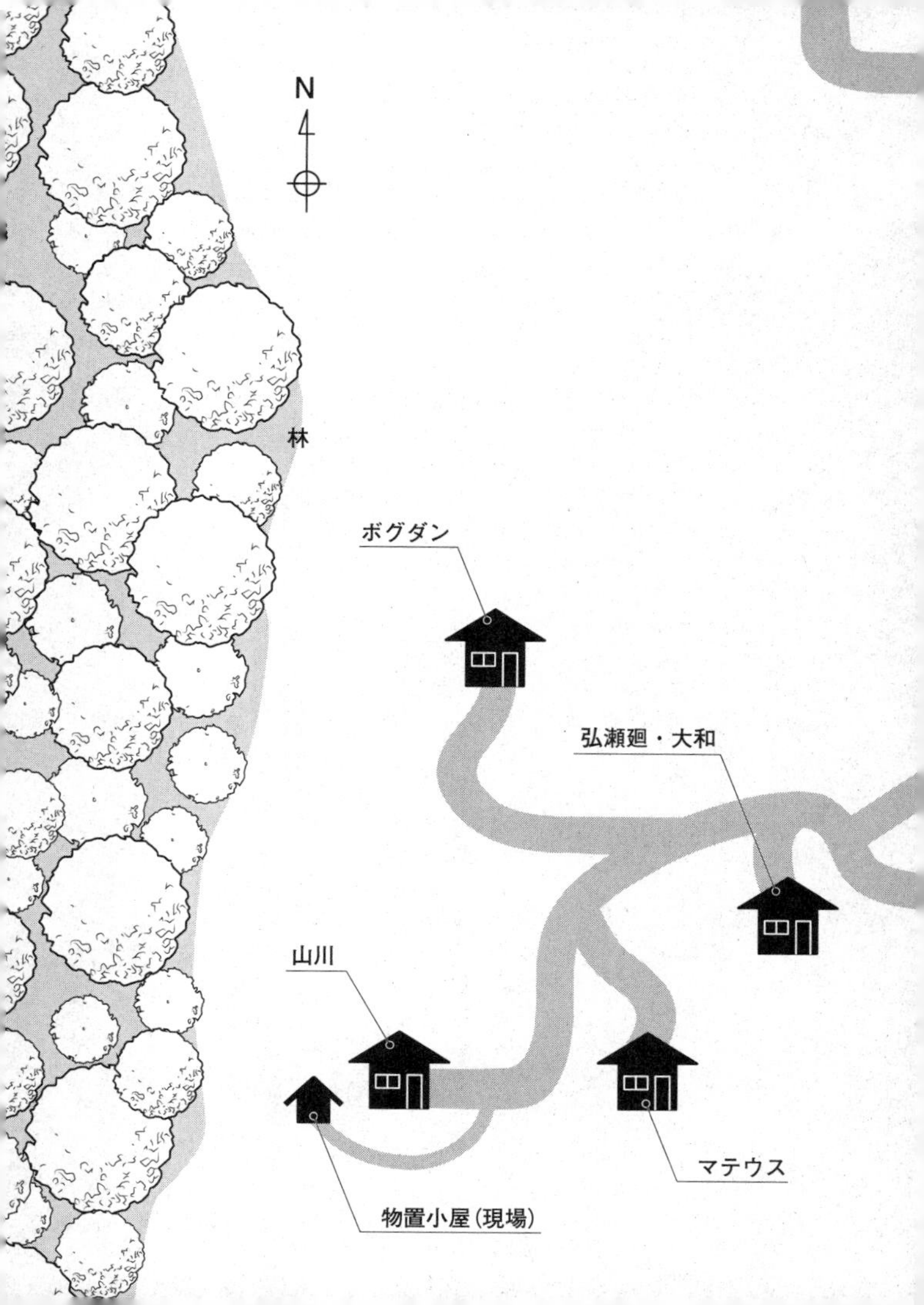
N
林
ボグダン
弘瀬廻・大和
山川
マテウス
物置小屋（現場）

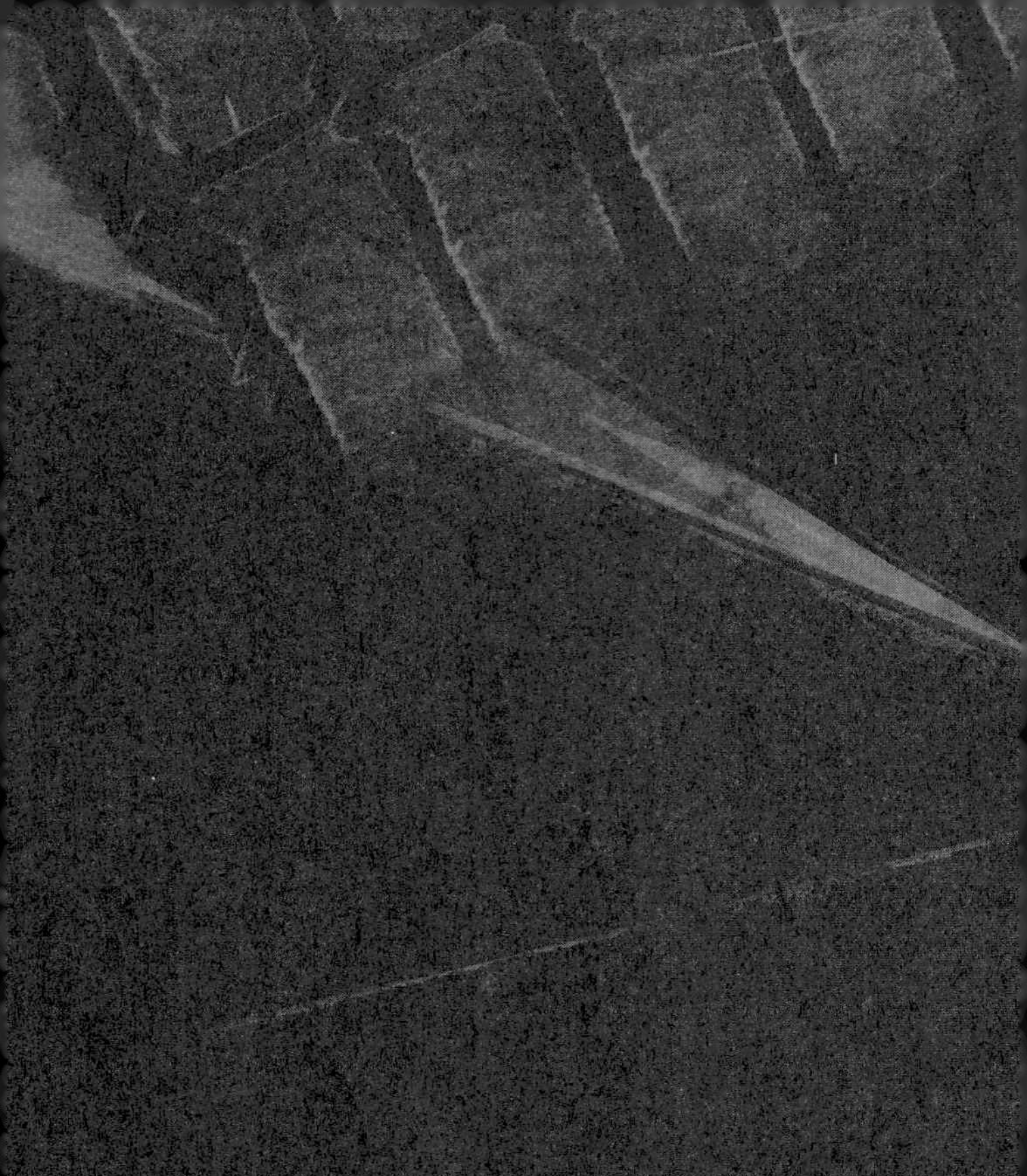

装画・本文イラスト
アオジマイコ

装幀
坂野公一

本文設計
島﨑肇則

本文図版
節丸朝子

welle design

推理大戦

Who is
the greatest one?

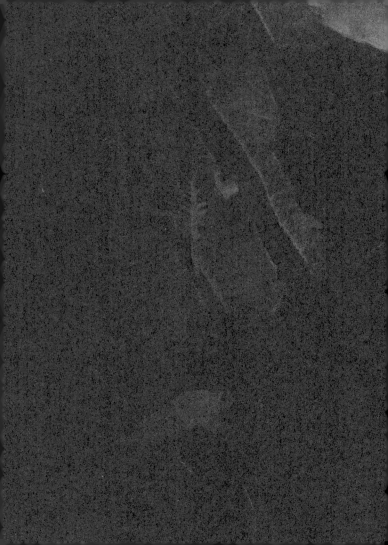

序章

「どう見ても自分より優れた人間」が身近にいる場合、その人のことをどう思うのが普通なのだろうか。何をやっても自分よりできて、どこをとっても自分より上の人。歳《とし》が近くて育った環境も似ているのに、明らかに「自分の上位互換」な人。そういう人が身近にいたら。

実際はもちろん、状況によって違ってくるだろう。相手との関係。遠い知人か親しい友人か。あるいは親戚《しんせき》か。学校や職場が同じかどうか。同性か異性かでも感じ方は変わるのかもしれない。尊敬するのか、嫉妬《しっと》して敵視するのか、劣等感から逃げるため目をそらすのか、それとも好きになるのか。

僕の場合はというと、単純に自慢だった。いとこの大和《やまと》君。子供の頃からお盆と正月、時々G《ゴールデンウイーク》WやS《シルバーウイーク》Wも。敬一《けいいち》伯父さんのところに行くたびにずっと遊んでいた。東京湾の埋め立て地で育った僕にとっては、洗濯物にクワガタムシがついていたりする伯父さんの家は面白《おもしろ》かったのだが、それよりも大和君と遊べることが嬉《うれ》しかった。たとえば二泊三日で行ったら、一日目の午後、着いてから寝るまで（寝た後も蒲団《ふとん》の中で）、二日目は朝から晩まで、三日目は昼過ぎに帰りの車に乗るまで、みっちりと常時遊んでいた。二泊三日で三十時間以上は遊んでいたわけだからかなりのものである。もちろん小さい頃は「遊んでもらっていた」部分も多かったのだろうが、伯父さんの家はかなり田舎《いなか》で、周囲に同年代の子供も少なかったせいか、大和君の方も楽しみにしていたらしい。あれこれの事情で伯父さんの家に行けなかった年に母から「大和君もがっかりしてるって」と聞いたときは、「僕もがっかり」と応《こた》えながらも少し、くすぐったいような感覚があったことを覚えている。

その大和君は、あらゆるものに関して僕より優秀だった。頭がよくて物識《ものし》りだったし、運動もできたし、僕が無自覚に自分勝手をしている隣できちんと周囲に配意しつつ僕のフォローもしてくれているとか、気遣《きづか》いと思いやりも僕よりあった。ゲームも強かったし、トンボを捕まえるのも素早かったし、ついでに背も高くて顔も恰好《かっこう》良かった。だが一番差を感じたのは小学六年生の夏、僕が脚をヘビに咬《か》まれた時である。パニックになる僕に対し、大和君はすぐ応急処置をしてくれて、咬み痕《あと》の形から毒蛇でないことを教えてこちらを安心させてくれた。非常時の冷静さも僕より上だったのだ。あるいは、一番「自分よりすごい」と感じたのはこの時だったかもしれない。

その時も僕は「やっぱり大和君はすごい」と単純に驚き、なぜか誇らしい気持ちにすらなっていた。よく劣等感の方に流れなかったな、と思うが、もともと勝負になる相手とも、勝負すべき相手とも思っていなかったのだろう。別世界だと感じていた部分もある。なぜなら、大和君はただの優等生ではなく「名探偵」だったからだ。

特に命を狙《ねら》われるでも尊厳を脅かされるでもない平穏な僕の生活にも、謎《なぞ》というものは時折出現した。スーツを着ているのに腕にあと二つジャケットをかけていた人とか、喫茶店で紅茶に何杯も何杯も砂糖を入れ続ける集団とか。そういった日常の謎を、大和君は何度も解いてきた。彼は「論理的思考」と「論理の飛躍《アクロバット》」が両方できたのだ。情報が足りなかったり、単純に難しすぎたりして解けないこともあったが、それでも電車のボックス席の空き方から先にもう一人座っていたはずであることに気付いたり、夏の話のはずなのにエアコンが出てこないことに気付いて現場が北海道《ほっかいどう》であると気付いたり、「洞察」と「推理」ができた。中学の頃、僕の学校で起こった窃盗事件を電話で話を聞くだけで解決してしまったこともある。彼自身は否定していたが、僕の中では名探偵だった。

だから正直なところ、こっそり期待していたのだ。大和君を連れていけばもしかして、と。

祖父からの依頼で、僕はあるイベントの手伝いをすることになった。祖父は主催者側であり、場所は祖父の所有する北海道の宿泊施設である。なんでも、世界的に貴重なあるものを賭《か》けて、世界中《せかいじゅう》のカトリック及び正教会から集まった聖職者たちが非公式で、あるゲームをすることになったのだという。

世界中、と聞いて僕は当初、驚いた。だが祖父はそこそこの資産家であったようだし、祖父の所有する家から発見されたのは、かなり貴重な某聖人の遺骨らしい。天正少年使節団が持ち帰ったものを当時のキリシタンが保存、禁教令により青森に流刑となった際に隠し持って運び、後に北前船《きたまえぶね》に紛れて函館《はこだて》に渡った——と、来歴もはっきりしている上、複数の奇跡も記録に残っているそうで、聖遺物認定はほぼ確実。本来ならとっくにヴァチカンから視察が来ていなければならないレベルだという。それを知った各国のカトリック・正教会組織はざわつき、すでに数ヵ国が参加表明をしているとのことだった。

ヴァチカン、と聞いて僕は唖然《あぜん》とした。世界レベルだ。それが日本に集まり、祖父のもとでゲームに参加する。もっとも祖父は直前に亡くなっており、実際に話が来たのは代理人兼相続管理人である山川《やまかわ》弁護士からなのだが、山川先生もかなり緊張している様子だった。日本語のできる聖職者を寄越してくれ、とは頼んであるそうだが、実際のところどうなるか。

もちろんそんなスケールの話に、いち個人に過ぎない僕が何かの権限を与えられたわけではない。あくまで雑用係（山川先生は「進行補助役」と表現していたが）として呼ばれたのである。山川先生からもう一人欲しい、と相談され、僕は大和君を推薦した。英語ができたはずだし、単純に僕自身が、外国から集まった知らない人たちの世話をするというのは不安で仕方がなく、彼がいてくれれば心強かったからだ。大和君も「就活の息抜き」と言って快諾してくれた。

だがもう一つ、密《ひそ》かに期待していた。「聖遺物争奪ゲーム」の内容は「知恵比べ」だという。具体的な内容は全く分からないが、とにかく祖父が設定した「問題」を一番早く解いた者に聖遺物（まだ認定されていないが）を与える、ということらしい。確かに、祖父はそういうことをやりそうな人物ではあった。パズルマニアでミステリマニアで、かの江戸川乱歩《えどがわらんぽ》とも面識があったという。お金に不自由してはいなかったらしいし、信心も皆無だったとのことだから、日本カトリック連盟などに相談するとか、どこかの信心深い金持ちに売るとかいったことより、せっかく見つかった聖遺物を賞品《エサ》に、一世一代の推理ゲームを開催して遊ぶことを選んだのはまあ理解できる。おそらくその「問題」を作ったのも祖父自身だろう。世界中から自分の元に智慧者《ちえしゃ》を集め、自分の作った「問題」を誰が解くか競わせる——それは確かに、ミステリ好きなら一生に一度はやってみたいであろう、極上に贅沢《ぜいたく》な「遊び」である。参加者どころかキリスト教徒すべてに対して失礼ではないか、という点さえ目をつむれば。

だがそれならば、と僕は考えた。大和君を——僕の自慢の名探偵を連れていけば。もしかして、勝ってしまうようなこともあるのではないか。

名探偵なんて人種はそうそう巷間《こうかん》にいないはずなのだ。聖遺物に興味はなかったが、世界中から集まった参加者たちを差し置いて日本の名探偵が一番乗りしてしまったら、彼らはどういう反応をするだろう。もしかしてそれがきっかけで、大和君の存在が世界に知れ渡るかもしれない、と。

　幼稚な発想であることは自覚していた。大和君がいかに名探偵だといっても、客観的に見ればそれはせいぜい学校のまわりで起こる日常の謎を解決する程度の「子供サイズの名探偵」だろう。対して各国の教会組織は、国中《くにじゅう》の全教区から最も謎解きに向いた聖職者を送り込んでくるだろう。言うなれば「国の代表選手」が来るわけで、あるいは全員が、すでに難事件を解決した経験のある「本物の名探偵」かもしれない。

　来るのは一体どんな人たちだろう。それに対し、「僕の名探偵」は通用するのだろうか。

　自分にとって世界一すごいからといって、それが本物の「世界」に通用するはずがない。それは分かっていた。だからただの悪戯心《いたずらごころ》だった。だが本音では、大和君がどこまで通用するのか知りたい、大和君ならもしかしたら、と思う部分もあったのである。

　僕のささやかな期待は、期待していた以上の形で実現した。世界の名探偵たちVS.僕の名探偵。彼らは確かに火花を散らし、そして謎は解かれた。

　それが結局、僕にとってよい形だったかどうかについては、まだなんとも言えないのだが。

アメリカ合衆国
ロサンゼルス郊外

I

ＦＢＩ捜査官デニス・グリフィンにはどうしても好きになれないものが三つある。クモとかいう脚の多すぎるちびと、カリカリに焼きすぎたベーコンと、バレなければ何をしてもいいと思っている犯罪者だ。

一つめについては長い説明は要らない。今や胸囲38インチ、身長6フィート2インチのアイアンマンであるグリフィン捜査官がまだぴちぴちの少年だった頃、遊んでいた草むらの中に潜んでいたこのいまいましい生き物に咬まれて、右手が焼きあがったばかりのパイ生地《きじ》のようになったことがあるだけだ。二つめについても、少なくとも彼自身に説明を求めない方がいい。もし彼と朝食を共にする機会があったとして、彼の皿に載っている妙に軟らかい塩漬け肉について興味本位で質問でもしようものなら、「せっかくの動物性タンパクをわざわざ石のように炭化させて食べるという奇習」について延々一時間は講義をぶたれることになるだろう。三つめについては何も言うべきことがない。グリフィン捜査官が平均的な合衆国国民よりやや仕事熱心であるというだけだ。

仕事熱心であるゆえ、現在グリフィン捜査官は憮然《ぶぜん》としている。口をへの字に結び、不機嫌《ふきげん》な時の癖《くせ》で長い脚をどっかり組み、シートにやや浅く尻《しり》を据えて沈黙している。

斜向《はすむ》かいに着席しているレイラ・フォックス捜査官も黙ってタブレットを見続けているから、機内は静かである。墜落しない最低限の範囲で、エンジンが行儀よく轟音《ごうおん》をたてているだけだ。

「落ち着かない」

デニスはレイラに言うでもなく口にした。「この時間、俺たちはもっと忙しく喋《しゃべ》り続けてなきゃいけないはずだ」

「確かに、恰好がつかないかもね」レイラは視線だけ上げてデニスを見る。「形だけでも何か熱心に議論してようか？　テーマならいくらでもある。シーホークスの新しいＧ　Ｍ《ジェネラルマネージャー》に就任した男とか、九日のカーディナルス戦で決めた最後のＴ　Ｄ《タッチダウン》がいかなる奇跡のもとに成り立っているかとか、Ｒ　Ｂ《ランニングバック》のウォルター・マグワイアがどれだけイケメンかとか、ウォルターが昨日《きのう》ＳＮＳにアップした娘ちゃんとの写真がどれだけ素晴らしいかとか、キャッチ時の手の甲の筋肉のどこを見るべきかとか」

「すまないが、フットボールにはそれほど興味がないんだ」

「そういう人もいることは知ってる。でもウォルターにはあるでしょう？」

「もっと興味がないんだ」

「それは残念。仕方ないか。世の中には『議論にならない相手』もいる」

レイラはタブレットを持ち上げて振ってみせた。フットボール選手の画像がでかでかと表示されている。つまり彼女も暇だったのだ。

デニスはやれやれとシートに背を預け、WBOミニマム級のタイトルマッチ動画をもう一度観《み》ようか、とタブレットを出す。警察ドラマのファンがこの場面を観たらさぞかしがっかりするだろう、と思う。FBI捜査官は専用機での移動中、事件の概要と捜査状況とか、犯人像とその心理傾向とか、過去のトラウマ的経験とか、そういったものについて熱く議論していなければならないはずなのだ。

だが今回のデニスたちには警察ドラマとして適切ないかなる話題も残されてはいなかった。飛行機が向かっているのはロサンゼルスだが、市警からの捜査協力依頼ではなく、単に部長からの指示なのだ。現地で待っているのは猟奇的に解体された美女でも誘拐された美少女でもなく、普段通りに生活している一人の女性だった。シャーロット・パウラ・ティンバーレイク。フリーのエンジニアでまだ二十六歳らしいが、飛び級でMIT《マサチユーセッツ工科大学》を出て数名の仲間と共にいくつかの画期的なシステムを開発。ワシントンでも導入事例があるという「天才」である。部長からの指示は「彼女に会って印象を教えろ」と「いくつか未解決事件を持っていって意見を聞いてこい」だった。

もちろんデニスも、斜向かいのクールなレイラも、最初は訝《いぶか》った。その日もFBIは平常通りに忙しかったし、あまりに簡単すぎるそうした任務に自分たちが最適任だとも思えない。確かに昨今、FBIの業務範囲は広がっていて、本来は対国家犯罪や広域犯罪を担当するはずだったのに、各自治体警察からの要請でどんな事件にも出張っていくように変化してはいる。お電話ありがとうございますこちらは皆様のＦＢＩ。どんな事件でもお電話一本ですぐに駆けつけ、たちどころに解決いたします——だがそれでも、こんな任務は例がなかった。

もちろん指示は指示であり、デニスもレイラも、組織の一員としての平均的な従順さを備えている。「彼女に会っても嫌われなそうだから」という理由で名誉ある外交使節に選ばれた二人は部長の指示に従い、最近発生した適当な——つまり地方警察や保安局が持て余し、さりとてＦＢＩが乗り出しても早期解決とはいっていない厄介な——事件を四つほどピックアップし、集めうる限りの情報を各々のＵＳＢメモリに詰めて「持っていく」途中である。その過程で事件についての議論はほとんどしてしまっており、今の二人は「仕事の話」のネタが尽きている。そもそもこの四つの事件、担当しろと言われたのではないのだ。「持っていって」「意見を聞け」というだけ。

「学生時代、ドミノピザでアルバイトをしたことはあるが」デニスは仕方なく窓の外を見る。変化のない青空があるだけだ。「この歳になってデリバリーとはな。しかも取扱商品は未解決事件ときた」

「時給32ドル。随分割がいいじゃない」レイラも再び視線を上げる。「でも、未解決事件を持っていけ、というのは理解しがたいけど。まさか彼女が……」

やはりレイラも気になっていたのだ。シャーロット・ティンバーレイクに対しては、質問されれば捜査上のいかなる秘密も話してよいと言われているし、必要とされればいかなる協力も惜しむなとも言われている。つまり彼女は。デニスとレイラは同時に口を開く。

「エラリー・クイーンだとでも？」

「エイドリアン・モンクだとでも？」

声が揃《そろ》った。それに、二人とも同じことを考えていたらしい。小説が好きかテレビドラマが好きかは、この際たいした違いではないだろう。

2

ロサンゼルス市北部ロス・フェルズ地区。目的の家はグリフィス天文台に向かう道沿いにあった。運転手に住所を告げたら一直線に丘に向かって突き進んだため、タクシーの後部座席に座るデニスは名探偵シャーロット・ホームズ氏は山の中に住んでいるのかと疑ったが、幸いなことにピクニックの必要はなく、車はプール付きの広い家の前で停《と》まった。車を降りると、カリフォルニアの日差しが苦手らしきレイラが大急ぎでサングラスを出した。シアトル出身でＭＩＴ卒業後はカリフォルニア在住。東へ西へよく動く名探偵氏だが、単に寒がりという可能性もある。地中海風の門構えと庭付きの広い庭。路上に無造作に停めてあるのはBMWの7シリーズであり、レイラが口笛を吹く。デニスも驚いていた。少し昔のモデルだがキズ一つつけられていない。名探偵の車に悪戯をするバカはいないということなのか、クリップスのボスとでも仲がいいのか、[*1]あるいは単にとびきり運がいいだけかもしれない。庭の芝生は綺麗《きれい》に整えられていたがひと気はなく、妙な駆動音がすると思ったら円盤型のロボットが前進し、その場で旋回し、別の方向へまた前進していった。無駄な動作を厭《いと》わない機械的な愚直さだ。人間の庭師の気配はなく、それ以外の人間の気配もない。人嫌いなのだろうかとデニスは思った。だとしたら大変名探偵らしくて結構だ。俺たちの仕事がやりにくくなる以外は。

だがノックして来訪を告げると、予想よりずっと明るい声でハキハキと応答があった。合成音声ではないようだし、こちらに近付いてくる足音も健康的だ。

ドアが開けられ、顔を出したのは若い女性だった。アフリカ系の長身で自然と伸ばした髪が大きく膨《ふく》らみ、一方デニムのウエストはきゅっと締まっている。顔だちが幼《おさな》いのと、赤いポップなフレームの眼鏡《めがね》、上半身はパーカーとTシャツという恰好のせいで学

＊1　ロサンゼルスを中心に活動するアフリカ系アメリカ人のストリートギャンググループ。半世紀以上の歴史があり、こうしたグループの中では老舗かつ最大勢力の一つ。

生のように見えたが、微笑《ほほえ》んで手を差し出す仕草《しぐさ》と声は大人のそれだった。

「ようこそ。シャーロット・パウラ・ティンバーレイクです」

「初めまして」デニスはサングラスを外したレイラに続いて握手に応じる。「協力に感謝します。FBIのデニス・グリフィンです」

「N《“Denis”》が一つの方のミスター・デニス・グリフィンね。それからそちらはミズ・レイラ・フォックス。話の分かりそうな人をよこしてくれたようね」

デニスは隣のレイラと顔を見合わせる。「……関係者か？」

「いいえ」シャーロットは微笑んだまま首を振った。「二人とも写真写りがよすぎもしないし、悪すぎもしない。だから分かっただけ」

「……つまり、ワシントンのサーバーにちょっとご挨拶《あいさつ》をしてきたついでに、捜査員のプロフィールを全部覚えていた、と？」

「何か不思議？」

「いや、驚くにはあたらない。少なくとも、表のBMWがきれいだったことよりは」

そうは言ったが、もちろん内心では驚いている。デニスが知っている限りでは、映像的記憶能力《フォトグラフィックメモリー》などというものは科学的根拠のない眉唾《まゆつば》だったはずだ。レイラの表情も変わっていた。彼女のことだから何かのトリックを疑っているのだろうが、生憎《あいにく》、デニスも彼女も、初対面の相手が内ポケットに手を突っ込んできて気付かないような間抜けではない。

招き入れられた名探偵の家は外観通りに清潔で広く、暗い部屋に無数のモニターが光り、床が絡みあうケーブルで歩行困難、などということもなかった。シャーロットはデニスたちを吹き抜けのリビングではなく、仕事部屋らしき奥の部屋に案内した。この部屋も広く明るく、名探偵氏が風呂《ふろ》に入らない人間嫌いのギークでなくてよかった、とデニスは安堵《あんど》する。

「アンデレ。大ヤコブ。この二人にお茶を」

背後に向かって言うので振り返ると、もちろんそこに聖人の姿はなく、かわりに円筒型のロボットから「カシコマリマチタ」という原始的な合成音声の返答があった。同時にキッチンの方でカチリと音がし、お湯を沸かし始める気配がする。

「驚いたな。庭師もロボットだった。この家に人間はいないのかい？」

「小ヤコブを見たのね。ご安心を。ここに一人いる」

「信仰に篤《あつ》いのか逆なのか、測りかねるネーミングだな」

「適当につけただけだから。最初は十二種類もAIを作る気なんてなかったんだけど、顧客がしつこくて。結局、すぐに使徒だけじゃ足りなくなった。十一番目に作った水槽管理AIがバルトロマイ。あとは全部ユダ」シャーロットはチェス盤が表示されているモニターを指さす。「この子はユダ28」

なぜよりによってそいつを増やすのかという疑問は飲み込んだが、ずらりと並ぶ二十八人のユダを想像してデニスは肩をすくめる。最高だ。三日に一回は売り渡されるだろう。

「十一番目がバルトロマイなのね。『十二使徒』と数が合わないようだけど?」レイラが細かいことを訊《き》いた。

シャーロットはこの場にないものを思い浮かべる様子で目を細めた。「ペトロは永久欠番。実家の庭で眠ってる」

人並みの感傷は持ち合わせているらしい。おそらくはユダがたくさん隠れているだろう部屋を見回しながらも、デニスは少し安心する。シャーロットは自身に迫る受難には無頓着《むとんちやく》な様子でデニスたちにソファセットをすすめ、自分はデスクから引き出したチェアに収まった。ヘッドレストの左右にはスピーカーらしき穴が開いているから、きっとあのチェアもマティアとかトマスとかいうんだろう。デニスは周囲を見回しながら、レイラと並んで腰掛ける。

シャーロットはデニスたちを等分に見る。「まずはお礼を言っておこうかな。私《わたし》に興味を持ってくれてありがとう」

「個人的にはとても興味深い。その椅子《いす》の名前はヨハネだろうか、とかいったことも含めて」デニスは内ポケットからUSBメモリを出す。「しかし我々は上の指示で来ている。話は通っているのかな？」

「とりあえず四件。お好みの事件を持ってきたつもりだけど」レイラもＵＳＢメモリを出した。「ロックは外してあるから好きに見て。機密の部分には赤でチェックが入れてある」

「親切にありがとう。少し待って」

シャーロットは二つのＵＳＢメモリを受け取るとデスク上のパソコンに挿し、二つ、三つ、と同時にウィンドウを開いていく。ウィンドウはかなりの高速で、しかもすべて同時にスクロールしているが、口許《くちもと》に手をやって時折頷《うなず》く仕草をしているところからすると、読めているようである。アンデレだか大ヤコブだかが頭にトレーを載せて自走してきた。ティーセットはウェッジウッドで、そういえばシャーロット自身の服装も、デニムにパーカーという恰好ながら、すべてブランド品だった。

彼女の肩越しに、スクロールしている画面が見える。画像が表示されたところでデニスは一瞬立ち上がりかけた。ファイルの中には凄惨《せいさん》な死体の写真も、もちろん無修正で入っているのだ。だが童顔で学生に見えるシャーロット嬢は特に表情を変える様子もなく、チェスの問題でも解いているかのように時々頷きながら画面を見ている。ファイルの選択とスクロールも自動のようで、彼女は両手を腹の上で組んだままだ。「……これで全部？」

「ああ」

デニスはタブレットを出し、各事件のフォルダを表示させた。

「一件目はボストン郊外だ。四十代のアングロサクソン系女性三名がほぼ一ヵ月おきに失踪《しっそう》。それぞれその二日後までには、自宅で死体となって発見されている」一瞬躊躇《ためら》ったが、遠慮する必要はなさそうだ。「死因はいずれも手による扼殺《やくさつ》で、被害者は殺される前におそらくは素手で何度も殴られた上、レイプされている。それからなぜか、ハンマーのようなもので右手が執拗《しつよう》に潰《つぶ》されている」

市警は犯人を「ライトハンドキラー」と呼んでいた。ボストンでは久しぶりに起きたセンセーショナルな連続殺人事件だが、少々はしゃぎすぎだ。

「二件目はネブラスカ州グランドアイランド。二十代女性の死体が街道脇《わき》に放置されていた廃トレーラーハウスから発見された。至近距離から頭を撃たれていて凶器は32口径の拳銃《けんじゅう》。被害者は街道沿いで客をとっていた娼婦《しょうふ》だ」

レイラに目配せすると、彼女もタブレットを出した。

「三件目はミシガンにした。東部のスワーズ・クリークという町ね」

「『スワーツ・クリーク』ね。サーキットがあったかな」

「失礼」レイラは肩をすくめる。「被害者は八十代男性。自宅にいたところを荷造り紐《ひも》で絞殺され、現金と預金通帳を奪われている。強盗に見えるけど、現場には犯人の手によるものとみられるメッセージが残っていた。『私の手際は美しいだろう？　捕まえてみるがいい。でなければ明日《あす》もまたやるかもしれない』」

「強盗の言うことじゃないね」

「まったくもって同意。そして、四件目が一番ややこしいでしょうね。カンザス州モリス郡《カウンティ》。六十代の女性が自宅敷地《しきち》内の小屋で殺害されているのを隣に住む女性が発見。女性は驚いて通報した直後、何者かに背後から攻撃され意識を失った。ただ、三十分後に彼女が目を覚ますと……」

「そうね。これが一番いいかも。……あ、失礼」シャーロットは眼鏡を直し、チェアをくるりと回転させるとデニスらの背後にまた声を飛ばした。「大ヤコブ。軽食を」

「カシコマリマチタ」大ヤコブはプログラムミスとレトロさを感じさせる、「われはロボット」と言わんばかりの合成音声で応じる。そこを工夫する気はなかったらしい。

「とりあえず、ボストンの一件目から順にいきましょうか」シャーロットは長い脚を組んだ。「犯人は典型的な連続殺人犯《シリアルキラー》。手で首を絞めながらのセックスか、絞め殺した死体とのセックスで性的興奮を覚える性的倒錯者。三人目の被害者には首の後ろに裂傷があるようだけど、これは犯人が被害者の脚を抱《かか》えて引きずった時についたものね。だとすれば裂傷の位置からおおよその身長が分かる。立ち上がって、こう、腋《わき》に両足を挟んだ状態で引きずっただろうから。見たところ犯人は相当、体格がよくて力もある」

流れるように話すシャーロットを見て、デニスはレイラと顔を見合わせる。フリーのエンジニアをしながら連続殺人犯と知り合う機会はそうそうないはずだが、手慣れている。

「一方で犯人は女性に対し恐怖心を持ち、まともな男女関係が築けていない可能性が大きい。小さい頃から体が大きく、その反面気の弱いいじめられっ子といったところね。いずれの犯行現場でも犯人が物を食べた跡があり、一部の食料品がなくなっている――とあるけど、単に犯行時、空腹だったのなら普通はその場で食べるだけでしょう。持って帰ったのは『あとで食べるため』。つまり今現在、相当に貧しいか、あるいは住所不定で、車の中で寝泊まりしている可能性が大きい。現場のドアが開けっぱなしだし、食べかすも残したままというところからすると、そもそもドアを閉めないと落ち着かない、という感覚がない。自宅にしろ車にしろ、かなり汚れて整理されていない状態のはず。ちなみに下戸ね。酒に手がつけられていない。現場からある程度離れた場所に居住または停車し、現場へは車で往復。高等教育を受けておらず、無職か、単純労働に就いている」

「……驚いた。たいしたもんだな」

デニスは素直に賛辞を送ったが、シャーロットは表情を変えずに続けた。

「地元の警察が大いに盛り上がった『右手潰し《ライトハンドキリング》』だけど、これは犯人の個人的な『復《ふく》讐《しゅう》』ね。犯人が『復讐』したい相手は母親。被害者の年齢を考えても、犯人は幼少期、この右手で母親から何か屈辱的な『罰』を与えられていた。つまり犯人は被害者と同じアングロサクソン系。年齢は二十代から四十代。それから最も重要なのは、被害者三人の居住地域が近接していて、犯行がいずれも日中であるという点。つまり犯人は被害者をどこかで物色し、後をつけて住所を特定。一人でいる時間を狙って犯行に及んだ」

シャーロットはデスクに置かれていたタブレットを出し、手では操作せずに「アンデレ。この地区のショッピングモール」と指示した。「OK、ベイビーちゃん」と、合成音声が奇妙で軽薄な返事を返す。

「あんたの使徒、聖人とは思えない喋り方だが」どうしてアンデレだけこうしたのだろうか。

「昔の映画で適当に覚えさせただけだから」

「あとその声だ。もう少し人間ぽくはできなかったのか？」

「わざとだけど？」シャーロットは首をかしげた。「少しだけロボットっぽい方が親しみがわかない？」

「不気味の谷の谷底だ」

シャーロットは相互理解を諦《あきら》めた顔で肩をすくめ、タブレットの画面をこちらに向けてテーブルに置いた。「ここね。おそらくはこの駐車場に車を停めて、ふさわしい復讐相手を物色した。つまり犯人の居住地域は、隣のスーパーマーケットよりこちらに近い区域内」

レイラがタブレットを持ち上げ、ひゅう、と口笛を吹いた。「お見事」

確かにお見事だった。なるほど名探偵だ。FBIが辿《たど》り着《つ》いた見解とほぼ一致している。それをほんの十分足らずで、たった一人で導き出した。天才的だと言ってもいい。

「帰ったら上司に報告するよ」デニスは頷いた。「君を特別捜査官に推薦するべきだとね」

「遠慮するわ。スーツを着て毎朝出勤、なんてまっぴら」シャーロットは目を細めた。

「……つまり、FBIの見解はここまで、というわけね」

「……何？」

「なら私の見解を続けましょうか。犯人がなぜこの三人を犠牲者に選んだのか」

デニスは思わずソファから腰を浮かしそうになった。FBIの見解では、被害者は年齢・顔立ち・髪型などから犯人が母親に似た女性を選んだ――という、それだけだった。

「……他《ほか》に何か、選ぶ理由があったのか」

「現場、キッチンの画像を見て」シャーロットはタブレットを指さす。「どの現場にもT&Tの『Cocoa Pops』が置いてある。封を切ったものも未開封のものもある。常食してたようね」

レイラは「それ何だったっけ？」という顔をしていたが、デニスは覚えている。コーン・フレークの人気商品の一つだ。だが。

「……それを買ったから狙われた、と？　犯人はT＆Tに恨みでもあるのか」

「それを毎日食べさせた母親に恨みがあるんでしょ」シャーロットはやや呆《あき》れ顔《がお》になったようだ。「たぶんトラウマが形成された幼少時、朝食は毎日、食べたくもない『Cocoa Pops』だった。犯人にとっては、あれを買っている女性こそが母親そのものだった」

デニスは「普通の朝食じゃないか」と思ったが、レイラは「犯人に同情するわ」と顔をしかめて腕を組んだ。「……たしかに、『Cocoa Pops』の紫でバカでかい袋は目立つ。車の中からでも見分けられたでしょう。だとすれば犯人の年齢が絞れるかも。たしか『Cocoa Pops』は、昔はもっと悪趣味な緑色のパッケージだった気がするから。いつ今の紫色になったのかが分かれば……」

「なるほど」デニスはメモを取りながら驚いていた。彼女の意見は大いに参考になる。被害者の買い物内容にまでは、FBIも注目していなかったのだ。

レイラが後ろを振り返る。そういえば何か甘ったるい匂《にお》いがする、とデニスも気付いた。大ヤコブが皿にどぎつい色の何かを盛って戻ってきていた。

「コチュラヲドウゾ」

「ありがとう……って何これ？」

皿を受け取ったレイラが盛られていた極彩色の棒を見て目を丸くする。子供がよく囓《かじ》っている「Candy Punch」というグミだ。ウェッジウッドに盛られた安グミキャンディ、という奇観は現代アートを思わせた。

シャーロットは極彩色のグミキャンディをデニスたちに勧め、自分も青緑色の一本を取ってグニグニと囓り始めた。いったい何味を模《も》しているのかも分からない謎の甘ったるい匂いがデニスの鼻孔に届く。レイラがおお、と顔をしかめ「化学実験のにおいがする」と小声で言った。紅茶のお供としてはかなり斬新《ざんしん》なものだったが、名探偵の機嫌をそこねるのは得策ではないので、デニスは仕方なく灰色をした一本を取り、シャーロットの真似《まね》をして囓る。

レイラが囁《ささや》く。「お味は？」

デニスは小声で答えた。「タイヤ味。いや絆創膏《ばんそうこう》味かな」

オレンジ色の棒もあることに気づき、しまった、あいつならまだオレンジを目指した味だったかもしれない、と後悔するデニスにはお構いなしに、シャーロットはご満悦といった顔で蛍光ピンクの一本を取り、グニグニと囓り始めた。

「じゃ、ネブラスカの二件目にいこうかな。これの犯行動機もセックス絡みではあるようだけど、レイプの代替行為ではなさそうね」

「そのようだ。それと名探偵さん。食ってるそれは何味か質問してもいいかな？」

「クラッシュ・ピンクポップ味」

「大変参考になった。続けてくれ」

「私のおすすめはそのスーパーフィジー・フライングロッド味だけど」シャーロットはオレンジ色のものを指さして言った。デニスは自分の誤りを知ると同時に安堵する。俺はフォックス・モルダーじゃない。[*2] UMA[*3]を食べる気はない。[*4]「被害者の娼婦はトレーラーハウス内に長時間……現場内の排泄物《はいせつぶつ》の量からして約四十八時間、監禁されていた。注目すべきは、被害者の服が一度脱がされ、発見時には全く趣味の違う別のものに着替えさせられていた点。おそらく犯人が用意した服に」

＊2　アメリカの人気テレビドラマ『X‐FILE』シリーズの主人公であるFBI捜査官。なんでもすぐに超常現象にしたがる。

＊3　UMA＝「未確認生物」。「フライングロッド」はその一種で、空中に生息し、目に見えないほどの高速で飛ぶ棒状の生物。日本では「スカイフィッシュ」と呼ばれている。

＊4　モルダーも別に食べはしない。

デニスはなんとか仕事の頭に戻って頷いた。「FBI《われわれ》の見解もそうだ」

レイラもそう言っていたし、ファッションに疎《うと》いデニスにも分かる。死体で発見された被害者は伊達《だて》眼鏡をしていたし、二十年前のド田舎でなら見られたかもしれない、というダサいセーターを着て、ロングスカートを穿《は》いていた。尻の部分はただの紐でしかないセクシー下着の上にだ。犯人が客を装って着替えるよう注文したか、銃で脅して着替えさせたか。

シャーロットは顔のアップという、死体写真の中でも最も抵抗があるはずのものを平然と表示させた。「素手で殴られた痕跡《こんせき》がある。犯人は男で、拳《こぶし》を怪我《けが》している可能性が大きいようね。……だが性交の痕跡はなかった」

デニスは頷く。殴る行為が性交の代替、という感じの殴り方でもなかった。

「手や口でした痕跡もなかった。完全に不能だったか、性的興味以外で着替えさせたか……」シャーロットは蛍光ピンクの棒を囓りながら紅茶を飲む。「サイズも合っていないし、被害者はたまたま選ばれただけでしょうね」

デニスはシャーロットが表示させている画像を見てタブレットを指さした。被害者の所持品だ。携帯電話は壊され、トレーラーハウスの横に捨てられていたが。「被害者はハンドバッグの中に手帳を入れていて、監禁されている間にメモをとっていた。その画像がそれだ」

『助けて』『この中に女が閉じ込められている』……これは外に捨てて、通る人に見てもらおうとしたものね。『大柄《おおがら》な男』『中年』『低い声』『南部訛《なま》り』」

「犯人の特徴だな」

「服装についての記述が全くないということは、被害者は最初、背後からいきなり襲われたようね。被害者は他の同業者の目に届かないところで襲われた。となると事件直前、犯人は襲いやすい娼婦を探してきょろきょろしていた可能性がある。訊き込みの時は留意すべきね」

そういうことになる。たとえ顔が見られなくても、覆面をしていたならそのことを書くだろう。真《ま》っ暗闇《くらやみ》で襲われたという可能性もなくはないが、相手の姿が見えないほどの暗闇で客を待つ娼婦はいない。それなら、周辺で客待ちをしていた同業者が犯人の顔を見ている可能性が大きかった。だが。

「……そのメモ、どう思う」

「筆跡は被害者のもの、か。詩を詠《よ》む趣味があったのね」シャーロットは一瞬だけ目を伏せた。「脅して書かせた字ではない。となると犯人は『小柄な若い男』ね。ティーンエイジャーの可能性もある。犯行には慣れておらず、おそらく初犯。知能の方はそこそこといったところ」

ＦＢＩと同じ見解だ。デニスはレイラと頷き合い、食べかけの絆創膏味をこっそり皿の端《はし》に置いた。「バッグの中を探った跡があったからな。犯人はこの手帳を見ているにもかかわらず、処分していない。長時間監禁したまま放置すれば当然、被害者が手帳の存在を思い出して何かメッセージを残すことも予想できるのに、そうしていないんだ。顔を見られないように襲い、携帯電話をすぐに壊した犯人にしては迂闊《うかつ》に過ぎる」

「つまり犯人にとって、手帳の記述は脅威ではなかった」シャーロットが頷いて続ける。「その程度の記述では特定されない、と踏んだ可能性もあるけど、『中年』なんかはまだしも『南部訛り』は普通、書き留められているのを見つけたら焦るはずよ。それでも放置したということは……」

「記述が誤りだった。それを見た犯人は、被害者の残したメッセージが自分にとってむしろ好都合だと考え、そのまま残した」

「ええ。このメモにある記述は、おそらくすべて、犯人の特徴を表してはいない」シャーロットはカップを置く。「被害者がわざわざ『南部訛り』なんて書いたということは、間違えたのではなく意図的に虚偽を書いたとみるべきね。つまり、これは被害者が警察に残してくれたメッセージ。犯人は『小柄な男』『高い声』『中年ではなく』『南部以外の訛りがあった』――まだ地元の訛りも抜けていない少年といったところね。そして、メモを放置すれば自分が容疑の対象から外れるだろうというところまでは考えたけど、どうしてメモの内容がこうまで間違いばかりなのだろうか、というところまでは頭が回らなかった。……ソフィア・ウッドの勝ちね」

シャーロットは被害者を名前で呼んだ。デニスは頷く。ご名答だ。

だがシャーロットはもう一つ付け加えた。「それと犯人は、女のきょうだいと同居している可能性がある。被害者が着せられていた服は通販で取り寄せたものだろうけど、女物の服を男だけの世帯に取り寄せるような目立つ行為は怖いはずだから」

「……なるほど」

デニスは素直にメモを取った。目の前にいる、この童顔の変わり者は、間違いなく警察とＦＢＩにとって有益な情報をもたらしてくれる。

「それと、これは私の推測だけど。……該当者を探してみる程度の価値はあるかも」名探偵は青緑色を探してもう一本咥《くわ》えた。「遺留品の弾頭は９×19㎜で、使用拳銃はおそらくグロック22、とあるから」

シャーロットはデニスの胸元あたりを指さした。確かに、デニスがまさに今、携帯しているものと同じだ。

「……まさかＦＢＩの人間がやったとでも？」

「違う。でも犯人自身はあなたの同僚のつもりかもしれない」

つまりＦＢＩマニアか。レイラが素早くタブレットを操作し始める。ＦＢＩグッズの通販サイトを探しているようだ。

だがデニスとしては、その根拠を訊く方が先だった。「なぜ、そう思う？」

「推測よ」シャーロットは青緑色をグニッと嚙む。「使用している拳銃。それに、ここにある通り、トレーラーハウス内に転がっていた、わずかに口紅のついた飲みかけのミネラルウォーターのボトル。あとは、最大の謎。『なぜ犯人は被害者に田舎のダサいティーンエイジャーの扮装《ふんそう》をさせたか？』」

この事件の最も特異的な点はそこだったが、結局ＦＢＩでも、犯人が自分の性的ファンタジーの対象に近づけようとしたのだろう、という結論だった。

「犯人がボトルを現場に残していったということは、犯人はそのミネラルウォーターを飲んではいない。口をつければＤＮＡが残ってしまうから。でも被害者が監禁された時から持っていたものなら、中身はとっくに被害者の排泄物に変わっていないとおかしい。つまりこのミネラルウォーターは『犯人が被害者の元に舞い戻っていよいよ殺害する時に持ってきて、被害者に飲ませた』ものだということになる」

「妥当な推理だ。だが犯人はなぜそうした？」

「被害者を一度『救出する』ためだとしたら？　被害者が監禁されているトレーラーハウスを開け、指示通りにダサい服装のまま絶望している被害者に優しく声をかける。『もう大丈夫だ。しっかりしろ』『君は安全だ』――」シャーロットはデニスたちの目を見た。「――『ＦＢＩだ』」

デニスの背中に軽く電気が流れる感覚があった。「……だからＦＢＩマニアか。哀《あわ》れなソフィアは、犯人のテレビドラマごっこの相手をさせられた」

「そして殺される。『残念だったな。うそだ』」

シャーロットは指で拳銃を作ってデニスを撃つ仕草をした。パン、パン。

「なるほど。あり得ると思う」レイラはタブレットを操作している。「本部に伝えた。『この事件の犯人はＦＢＩマニアで、ＦＢＩの仮装グッズを買いまくっている可能性がある』」

「Dr.シャーロット・パウラ・ティンバーレイク」デニスは意を決して、皿に残していた絆創膏味の灰色を手に取り、祈りを込めて聖体拝領した。それからソファから腰を浮かせて手を出す。「我々は、あなたというよき友人を遣わしてくれたことを主に感謝する。ＦＢＩもまた、あなたのよき友人であるよう努力したい」

「こちらこそ」シャーロットは微笑んで握手に応じ、レイラとも同じようにすると、軽快にマティアだかトマスだかに収まり、紅茶を一口飲んだ。「では、もう少し友人としての務めを。三件目のスワーツ・クリーク。これはおそらくカテゴリーⅡね」

「カテゴリー？」

「独自の分類。カテゴリーⅠは『特に偽装や、捜査の方向性を誤らせる偶然がない事件』。カテゴリーⅡは『軽度の偽装または捜査の方向性を誤らせる偶然が存在し、捜査が誤った方向に導かれる危険がある事件』」

「なるほど」

そうは言ったが、デニスはまるで彼女自身がＡＩだと感じていた。この態度はまるで、多数の事件をオートメーションで解決していく『真相工場《トゥルースミル》』だ。

「犯人は男性。警察を挑発する態度から、尊大で自己評価が不相当に高い。強盗ではあるけど、自己顕示の方が主要な動機と思われる。過去に不当な扱いを受けたか何かで、警察に対して恨みがあるのかも。……ここまでは、そちらの見解と一致している？」

「ああ。我々もそう見ている。逮捕歴のある有色人種。だが〝美しい〟を〝beutiful〟、〝明日〟を〝tomorow〟と書いている。学歴は低く、おそらく収入も低く、自分が社会からしかるべき評価を受けていないと感じている。現場で喫煙した様子もあるから、たとえば喫煙関係で職務質問を受けたのかもしれないな」

「そうね。ついでに言うなら、ＭＭＯタイプのゲームで暴力的なプレイをしたりチートをして、ＩＤを凍結されたりしている可能性もある」

「ありそうだな」

「だけどさっきの指摘、一つ訂正させてもらう」シャーロットはラズベリーレッドのマニキュアが光る人差し指を立てた。「犯人は喫煙者ではなく、喫煙者のふりをしている」

デニスは目を細めた。パソコンがランプを点滅させ、アンデレが「Hey!　マイ・スウィートハート！　ちょっと話が長くなってきてないかい？　オレッちの方を見てくれないことも悲しいけど、君の体調も心配だ」と声を張りあげた。

「残された吸い殻をもう少しよく観察すべきね」シャーロットは慣れた様子で無視している。「吸い殻が落ちているのに、床に灰が広がっていないし、周囲についてもいない。これまでプロファイルした人間像に照らすなら、吸い殻は床に捨てて靴で踏み消す。床に灰が広がり、灰のついた靴底で歩くから、周囲にも微量の灰が散るはず。なのにこの犯人はそうせず、わざわざどこかで火を消してから、吸い殻だけを床に落としている。こんな行儀のいい奴《やつ》なら、そもそも吸い殻を残したりはしない」

「おっと……」デニスは嘆息した。これに気付かなかったのは完全にこちらのミスだ。

「ありがとう。助かったよ」

「どういたしまして」シャーロットは肩をすくめる。「で、この犯人の性格傾向として

……」

そこで突然、彼女の背後のパソコンが「チーン！」と、甲高《かんだか》い金属音をたてた。

「……トーストが焼けたぞ？」

「解析終了の合図よ」

シャーロットが言うと同時に、パソコンが妙にセクシーな低音で喋り始めた。「入力された事件の分析が分析分析終わりました」

「おい。そいつ大丈夫なのか。疲れているように見えるが」上質なスコッチのように滑《なめ》らかな低音でバグるから違和感がひどい。

「ロボットっぽくていいでしょ？」

「人類に反逆しそうで怖いんだが」

「大丈夫。『ユダ』は裏切ったりしない」

「説得力がゼロだ」

「分析率はファイル1が98、ファイル2が99、ファイルファファイルファイルファイファイファファイファファイファイファイファイファ」

「大丈夫なのか」

「HAHAHA！　ユダの奴はいつもこうだから心配要らないぜバディ」

「お前は黙っていてくれないか」

「タスクが一段落するとテンションが上がって、ちょっと会話がスクラッチするように設定してあるの」

デニスには「ディスクに傷がついている」ようにしか聞こえないのだが、シャーロットはマウスをクリックし、「ファイファファイファファファファイファイファイファイファファイファ」とスクラッチし続けるユダを黙らせた。「ちょっとうるさい」

デニスは「じゃあどうしてそんな機能をつけたんだ」という問いを飲み込んだ。

「じゃあどうしてそんな機能をつけたの？」レイラが訊いた。

「ロボットっぽくていいでしょう」シャーロットはくるりと椅子を回してマウスのボタンをクリックした。「じゃ、お遊びは終わり。名探偵の推理を拝聴しましょうか」

3

その言葉は確かにデニスとレイラの耳から入ったのだが、二人の脳はフリーズしたまま、然《しか》るべき反応を返すことができなかった。

「……すまない。俺は難聴かもしれない」

「何が？」

「今、君が『名探偵の推理を拝聴』と言ったように聞こえたんだ」

「あなたは難聴ではないと思う。その通りだから」

シャーロットはまた椅子をくるりと反転させてデニスたちの方を向き、それからようやく意思疎通の不具合に気付いた様子で眼鏡を押し上げた。

「……もしかしてあなたたちは、『名探偵』が私のことだと思っているの？」

デニスは思わず彼女の背後に視線をやる。「他に誰かいるのかい？　この場に」

「いる。……ずっといたでしょう、この中に」シャーロットは後ろのパソコンを親指で指した。「『名探偵』は私じゃなくて、この中のユダよ。私はただの助手」

「本当に？」レイラも驚いた声をあげた。

「ということは二人とも、あの程度の推理で私を『名探偵』だと思っていたわけ？」

デニスは驚いていた。レイラも驚いていた。アンデレも「ジーザス！　一体そいつはどんな冗談だい？」と驚いているがそれはどうでもいい。理不尽なのは、この場で最も驚いているのがDr.ティンバーレイクの方だという点だった。

「ユダは私が十二番目に開発した『犯罪捜査ＡＩ』。ユダの中にはウェブ内外で公式に入手できる限り、世界中すべての事件記録が入っている。もちろんオプションとして捜査機関の人間が読むマニュアルや、比較的リアルとユダが判断したフィクションも入っている。ユダはそれらの膨大な蓄積から『この事件の犯人』の行動パターンを推測し、犯人像と、現状に照らして必要になるであろう捜査手順を算出する」シャーロットは微笑んだ。「おそらく人間数万人分の情報量よ。ユダにはどんなヴェテラン捜査官も敵《かな》わない」

シャーロットはここに来て初めてマウスをきちんと操作し、クリックする。左利きであるらしく左手用のマウスだ。ようやく少し人間味が見えた、とデニスは思う。

「……で、何て言ってるんだ？　名探偵さんの方は」

「そうね。……私たちの推理はそこそこ当たっていた、と言っている。ボストンの一件目とグランドアイランドの二件目はカテゴリーⅠ。スワーツ・クリークの三件目はカテゴリーⅡ」シャーロットは画面をスクロールさせ始めた。例によって人間が読むには速すぎる設定だ。「推理内容もおおむね間違いではなかったようね。ただし一件目の犯人については『犯罪歴または病歴により銃所持ができない人間』という見解が付け加えられている」

「……何だと？」

「一人目の被害者。ベッド脇、ちょうど寝かされていた被害者の腰のあたりの位置に、犯人の靴から落ちた泥がついている。ベッドの下にも入り込んでいる。つまりこの犯人は、このあたりの位置に立って動き回っている」

「ベッドサイドに、か。どういうことだ？」

「被害者の着衣画像から判断したようね。一人目の被害者はややタイトなジーンズと革のベルトだったけど、ベルトの穴周辺が、普段の使用痕とは別の形に伸びて広がっている。これは強い力で、普段着けたり外したりする時とは別の向きに引っぱられた痕跡と認められる。つまりベルトを外したのは被害者自身ではなく犯人、しかもかなり手間取り、苛《いら》ついている。引っぱられた方向からして、左手一本で外そうと試みたとみられる。被害者の左腰、臍《へそ》の斜め下あたりに引っかき傷があるのも、片手でジーンズを下げようとして勢い余った跡ね」

デニスはその場面を想像した。「……右手に武器を持っていたんだろう。おかしいか？」

「その武器が何だったのかが問題だとユダは見ている。引っかき傷の位置も不自然。仰向けになった被害者に馬乗りになってジーンズを下ろすなら、腰の真横に手をかけていないとおかしい。つまり犯人は被害者のジーンズを下ろす際、わざわざベッドを下り、ベッドサイドに立って手を伸ばして下ろした」シャーロットはちらりと振り返る。「なぜそうしたか？　それは武器が銃でなかったから。この臆病《おくびょう》な犯人は、被害者の服を脱がせる間も常に武器で脅し続けていなければならなかった。武器が銃なら馬乗りになったまま向けていればいいけど、ナイフであった場合、顔か首筋に近付けていないと効果が薄い。馬乗りになったまま下半身のジーンズを下ろそうとすれば、武器を持った手を被害者の顔から離さざるを得ない。それが怖かったから、犯人はわざわざベッドサイドに下り、片手でナイフを被害者の顔付近に押しつけたまま、もう一方の手でジーンズを下ろした」

「なるほどな」デニスはただ頷くだけにした。身振りで実演するほど悪趣味ではない。

「これほど臆病な犯人が犯行に銃を使わなかったのは、銃を持てなかったから。マサチューセッツ州の欠格条項該当者を検索すべきだとユダは言っている」

「その通りですマスマスマスススマスマスター。続いてファファイファイファイファイファイ」

「おい喋りだしたぞ」

「たまに言うことを聞かなくなるのよ」

反逆されているじゃないかと思ったが、それは瑣事《さじ》だ。デニスとしては職務を優先するべきだろう。

「他の事件についても、名探偵氏は意見をお持ちなのか？」

「そうね」シャーロットはマウスを何度もクリックして「ファファイル2の事件に関して関しては以下の以下の以下下下の見解見下の見」と滑らかな低音で言い続けるユダをようやく黙らせた。「グランドアイランドの二件目については特になし。私たちが優秀だったようね。ただしスワーツ・クリークの三件目に関しては『犯人のスペルミスは偽装の可能性が大きい。検索履歴を調査するべき』という見解がでている」

「偽装？」

「つまり、わざと間違えてみせた、というわけね。〝beutiful〟〝tomorow〟はいずれも検索上位のあるサイトで『該当地域の住人にスペルミスが多い単語』の一位と二位だと紹介されているが、犯人の残した文章は流れが不自然であり、この二単語を入れるために自然な文の流れをねじ曲げた可能性がある。つまり、犯人はこのサイトを参考にして『教養のない犯人』像を演出した可能性が高い。吸い殻の件と合わせれば、犯人は相応の教育を受けており、しかし自分の待遇に不満を持っていた人物とみるべきである――

だそうよ。ちなみに犯行準備期間を推測して、この期間にこのサイトを閲覧した端末のリストはこれ。該当端末の普段の検索履歴から、犯人像に当てはまるかどうかを四段階で色分けしてある」

シャーロットが示したディスプレイにはずらりと氏名が並び、ご親切なことにSNSなどからコピーしたらしき顔の画像の横に緑、黄、赤、黒のタグがつけられている。

「有能だな。ありがたい」

デニスはすでに、自分が余裕ぶってそういう物言いをしていることを滑稽《こっけい》に感じ始めていた。自分もレイラも、いやFBI全体が、ユダどころか「助手」のシャーロットにすら負けていた。それなのにユダは、当然のようにそのさらに先を言う。ユダが出した「見解」はいずれも犯人像を一気に絞り込める有用なもので、あるいはこれらの事件は、今晩には解決してしまうかもしれない。

だが、シャーロットは特に嬉しそうな顔はせず、画面を切り替えた。「分析率41。情報不足」。黄色の警告表示が出ていた。

「四件目についてはこんなところね」

「……さすがに、これは無理か」レイラが唸《うな》る。

彼女が選んだカンザス州モリス郡の四件目は、誰が見ても特異な事件だと分かるものだった。

事件発生は先週火曜の午後二時頃。主婦リンダ・ガルシア（60）は自宅内で携帯電話の着信に気付いた。着信は仲の良《よ》い隣人のスーザン・クラーク（63）からで、ちょうど火曜と木曜は、午後に彼女の家を訪ねて自然素材の手作り菓子を食べながらおしゃべりをするのが二人の習慣だった。そのお誘いかと思っていたが、出てみると様子がおかしかった。スーザンは一定の調子で賛美歌を歌っているだけで何も言わないのだ。リンダが「どうしたの？」「ねえ、意味が分からないんだけど」と質問しても反応はなく、賛美歌が続くだけ。不審に思ったリンダは通話しながら隣家を訪ねた。だがドアをノックしても反応はない。賛美歌はまだ続いている。スーザンに何かがあったのではないかと心配になったリンダは彼女の名を呼びながら敷地内に入る。そこで気付く。携帯から聞こえているのと同じ歌声が裏の小屋からも聞こえ、二重になっている。だが小屋のドアは鍵《かぎ》がかかっており、ノックしても反応がない。賛美歌は続いている。リンダはカーテンが開いているのを見つけて窓から中を覗《のぞ》き込《こ》み、仰天した。スーザンが窓のすぐ下にいて、こちらを見上げていたのだ。ただし、首だけになって。

　リンダは短く声をあげたが、長々と絶叫してそのまま卒倒してしまわなかったのは、普段のスーザンの悪戯好きに原因があった。彼女はハロウィン以外の時季にも仮装をしたり手製の小道具を使ったりして、リンダをびっくりさせる悪戯を仕掛けることが時々あったのだ。若い頃、保育所で働いていた時に身につけた手作業の悪用で、リンダがそれを笑って楽しむところが、二人の友情の秘訣《ひけつ》だった。わざわざ電話をかけてきた理由を推察したリンダは、スーザンの、このさすがに少し悪趣味な悪戯について感想を伝えようとした。

だが、おかしかった。床に転がっているスーザンの生首はあまりにリアルで、彼女の手作りどころか職人の作る蠟人形《ろうにんぎょう》にすら見えなかった。切断面からはどす黒い血が流れている。周囲を飛んでいたハエが、目のあたりにとまった。何より昨日、裏手の茂みでつけたという小さな切り傷までついている。

哀れなリンダはそこでようやく事態に気付き、いささか遅すぎる悲鳴をあげた。その直後、彼女は背中に激痛を覚えて地面に倒れ、何者かに脚を摑《つか》まれて地面を引きずられる感触を最後に意識を失った。

リンダが意識を取り戻したのは、それから四時間も経《た》ってからのことである。彼女は裏の茂みの中に倒れており、手や顔に引っかき傷を作りながらなんとかそこから這《は》い出《で》ると、「直前」に見ていたものを思い出し、再び弱々しく悲鳴をあげた。そして落ちていた携帯電話で警察を呼んだ。

だが、到着したパトカーから降りた保安官らが小屋のドアを破ると、スーザンの生首はどこにもなかった。流れていた血の一滴もなく、ただハエだけが同じ場所を飛び回り続けていた。

事件は当初、スタンガンで攻撃され、薬物で眠らされたリンダ・ガルシアを被害者とする傷害事件としてだけ受理された。そして保安官はここで、ありがちな間違いをおかした。リンダが見たスーザンの首は彼女の勘違い、つまり薬物を注射されたことによる悪夢と記憶の混乱だろうと決めつけたのである。

だがスーザンはその二時間後である午後八時過ぎ、少し離れた道路脇で死体となって発見される。死体を発見したのは車で帰宅途中だった近所の住人で、死体はリンダが見た通り首を切断され、DNA鑑定で身元の確認はされたものの頭部は未《いま》だ発見されていない。解剖の結果、死因は細いロープのようなものによる絞殺と判明した。

保安官はようやくリンダの供述を真実として扱い、後に「落頭民《ウミタ》事件[*5]」と名付けられることになるこの猟奇的な殺人事件の犯人は異常者であると考えた。犯人はまずスーザ

---

*5　「落頭民」は秦の時代の南方にいたという、頭だけ外れて飛ぶ種族。岡本綺堂は「その頭がよく飛ぶ」とあっさり書いているが、怖すぎる。
一方、「ウミタ」はペルーにいる、頭部が胴体から離れて飛ぶ妖怪。生首の怪異はチリの「チョンチョン」、日本の「抜け首（ろくろ首）」、マレー半島の「ペナンガラン」等、各地に見られるが、首だけで活動するのは東南アジアや南米の特色で、ヨーロッパに行くとデュラハンのように、胴体に抱えてもらって活動することが多い。

にしており、現にデイビッドもその日、会った友人にその話をし、彼が鍵を持っているりキーホルダーを分けるなりしてこの問題を解決しようとはせず、だらだらと先延ばし日常化した話題だった。長年連れ添った初老の夫婦にふさわしく、二人は合鍵を作るなおり、スーザンとある程度親しい人間なら誰でも知っているほど、この夫婦にとっては困る、と、スーザンは時折訴えていた。夫のこの困った癖は毎日のように繰り返されて

小屋の鍵は一つしかなく、夫がいつも持っていってしまうため小屋が開けられなくて

庫等《など》の建物の鍵と一緒にされていたからだというのだが。

のである。小屋の鍵はキーホルダーにつながれており、彼が他の場所に所有する農機具に戻った時にそれを持ち出し、カウンシル・グローブの町まで車で行っていた、という誰かがこっそり持ち出すこともできる。ところが事件の日の昼前は、デイビッドが自宅だ、と証言したのである。小屋の鍵は普段、自宅の裏口付近に隠してあり、その時ならッド・クラーク（61）が、小屋の鍵は自分が昼頃に持ち出し、自宅にはなかったはず

だが、捜査を進めるにつれ、おかしなことが分かってきた。被害者の夫であるデイビ

こかに捨てた。

スタンガンと薬物注射で眠らせ、裏の茂みに放置。自分は小屋の中の頭部を回収してど潜伏。被害者の携帯電話を使って切断した被害者の首をリンダに見せつけた後、彼女をンを殺害。どこかで首を切断した後、頭部だけを小屋内に置き、鍵をかけて小屋付近に

ことは確認されている。

保安官は頭を抱えた。デイビッドは昼前に戻った際、妻の顔を見ていなかったと証言しているが、リンダが生首を見た午後二時にはカウンシル・グローブにいたことが目撃されているし、その後はずっと友人と一緒だった。その日は遅くなる、と妻にも告げていたとのことで、愛する妻の悲報が保安局からもたらされた時、彼はまだ友人と一緒だった。自宅からは車で飛ばしても十分はかかる。つまり、小屋が施錠された昼頃から、スーザンの生首が小屋から運び出され、死体が発見された午後八時過ぎまでの間ずっと、小屋の唯一の鍵はカウンシル・グローブにあったし、その所有者であるデイビッドも同様だったのである。

それでは、犯人はどうやって閉ざされた小屋に出入りし、スーザンの生首を持ち去ったのか？

まず保安局は、犯人がこっそり合鍵を作っていたケースを想定した。だが問題の鍵は安価ながら複製が困難なディンプルキーであり、自前で複製するには特殊な道具と技術の習熟が必要で、事件関係者でそれらを持っている者は皆無だった。

次に保安局は、鍵なしで現場に出入りする方法を探った。だが現場は、ドアの下部や換気扇の周囲に半インチ未満の隙間《すきま》はあるものの、成人女性の頭部が通るような出入り口は全くなかった。もちろん、壁や床などのどこかを壊してまた修繕した、などという痕跡もない。ドアの錠は古いわりにしっかりしており、中から出る時に糸を使って施錠することはできたとしても、鍵なしで外から解錠して入ることは不可能だった。そしてリンダも保安官たちも「確かに鍵がかかっていた」と証言しており、派遣されてきたＦＢＩ捜査官が提示した「ただノブが回らないだけで施錠されてはいなかった」という可能性も否定された。

保安局とＦＢＩは「原点」に立ち戻った。つまりリンダが生首を見たというのが何かの間違いで、死体は最初から道に捨てられていたのではないか、という推理である。だがリンダは頑としてそれを否定した。スーザンのこうした悪戯に関しては近所ではわりと有名であり、リンダならすぐに卒倒したりせずしっかり確認したはずだ、というのが、彼女や被害者を知る者の共通した証言だった。

デニスは嘆息した。「ブラウン神父を呼びたいところだ」

レイラも嘆息した。「ジェシカおばさんを呼びたいところね」

アンデレが明るい声で言った。「Hey フレンズ！　みんなして暗ーい声出しちゃってどうしたんだい？　お悩みなら俺がスカッと解決してやるぜ？」

「アンデレ。黙って」シャーロットが言った。「確かに、ユダがカテゴリーⅢに分類する事件は珍しい」

デニスも頷く。「そいつは風速何メートルくらいなんだ？」

「『高度の偽装または稀《まれ》な偶然によって、通常の捜査方法では真相を導くことが不可能な事件』。……つまりユダが通常行う、ストックデータに基づいた演繹《えんえき》推理が通用しないタイプの事件」

「だろうな」

残念な気分はあったが、デニスも頷かざるを得なかった。「ウミタ事件」が通常の未解決事件とは全く異なるということは、保安局もＦＢＩも承知している。ユダの能力が凄《すさ》まじいことはデニスも認めていたが、どうしたってＡＩには、できることとできないことがある。情報量と演算速度をいくらつぎ込んでも、前例がない事件に対してはどうしようもない。

だがシャーロットは、特に何の感情も表すことなく言った。

「Mr.グリフィンとMs.フォックス。この件に関しては明日まで時間をくれない？　現場で少し資料を収集すれば解決できると思うのだけど」

「解決？」デニスは思わず立ち上がった。「しかし、前例のない事件だ。いくら現場で情報を収集しても、性質的に、その……」

「ＡＩには無理だ、と言いたいの？」言いよどんだデニスに対し、シャーロットは呆れ顔で応じた。「失礼ながらデニス・グリフィン捜査官。あなたのＡＩ観は古いと言わざるを得ないようだけど」

「……そうなのか？」

「ＡＩは学習と帰納と演繹だけで『創造』ができない、と思っている人は多いけど」

シャーロットはユダに対する不当な評価に怒っている様子はなかった。ただ単に、できの悪い生徒に根気よく教え込もうとしている教師のように言う。

「それはＡＩというものに対する誤解だけでなく、『創造』とは何か、という理解も足りていない、と言わざるを得ない。一般的に『創造』と言われるものは『ゼロから何かを作る』と思われがちだけど、そんなことができるのは神だけよ。人間のする『創造』はそのほとんどが既存の何かを組み合わせてブレイクスルーを起こす『合成』と、既存のアイディアを同方向に発展させる『展開』、でなければ既存のアイディア群の中に潜在する固定観念を発見して排除することで革新を起こす『解放』の三種類に分類できる」シャーロットは眼鏡の位置を直し、マニキュアの光る長い指を三本立てた。「分かりやすい例を挙げるなら映画の『スター・ウォーズ』は中世騎士物語とＳＦ的ガジェットの『合成』。空気より軽い気体を袋に詰めれば荷物を浮かせられる、という気球の発明は気体の発見からの『展開』。芸術作品は自分の手で制作しなければならない、という固定観念からの『解放』がマルセル・デュシャンの『泉』。真に『発想の転換』と言いうるのは記号の種類ではなく位置で桁《けた》を表現するアラビア数字のゼロとか、地面を球体と仮定することで『地の果て』の問題を解決する『地球』の発見とか、人類史を見ても、ごく限られたものしかない」

「そういったものでないなら、ユダは『創造』ができる、と？」

「『合成』はもちろん、『展開』も『解放』もできる。『アクロイド殺害事件』の犯人だって初読で当てた」シャーロットはマウスをいくつか操作すると、端末を持って立ち上がった。「真の発想の転換ができるAIを作ることは現在のテーマの一つだけど、ユダに関して言えば、犯罪捜査は残りの三つで充分。アリストテレスより賢い犯罪者はそうそういないから」

「今から現場に？」レイラも立ち上がった。「それはむしろ、こちらからお願いしたいところよ。『ウミタ事件』はFBIも手こずってる」

「ありがとう。できれば二人にも手を貸してほしい。経費と日当は請求してくれればいいから」

「とんでもない。金まで出させるわけにはいかない」デニスも慌てて立ち上がる。「本部に連絡してすぐに約束をとりつけるさ。事件解決のため、Dr.シャーロット・ティンバーレイクに必要とされるあらゆる権限を与えること」

シャーロットは魅力的に顔を輝かせ、デニスたちとあらためて握手をした。「来てくれたのがあなたたちでよかった」

「むしろこちらが日当を出すべきね」レイラも固く握手に応じる。「本部に言っておく。捜査官三人分出せ、ってね」

「ありがとう。でもお金はいらない」

デニスとレイラはそこで動きを止め、シャーロットを観察した。そして気付いた。昨今、横暴だ人権侵害だ、個人情報を盗んでいる、と合衆国民から大人気のＦＢＩに、こうまで喜んで手を貸してくれる人間などいるわけがなかったのだ。

「ＯＫ。ユダはＦＢＩで採用を検討するよう、本部に打診しておく」レイラは頷いた。

「もちろん、あなたの開発した他のシステムでも、有用そうな物があれば優先的に検討するよう、本部のじじいどもの尻を蹴《け》っ飛《と》ばしておくから」

「その通りだ」デニスも続けた。「多少高くついても充分にもとがとれる。反対する奴はここに引っぱってくるさ」

「いいえ。それもいらない」シャーロットは二人をまっすぐに見ていた。「ユダさえ採用してくれればそれでいい。私はＦＢＩからいかなる金銭も利益供与も受ける気はないし、もちろん私個人のしたケチな交通違反を見逃せ、なんてことも言わない。ユダの導入には、私がしているようなオペレーターが必要。その育成も私が責任をもってするけど、後任が育つまでは私が自分でやる」

デニスたちは沈黙した。彼女の言っている意味が分からなかったのだ。

「私はもうお金はいらない。選挙に出る気もないし、権力も欲しくない。もちろん名前を出してほしくもない。ユダの導入は犯罪者どもの恨みを買う。世界中から狙われたら、シモンとトマスだけでは身を護《まも》れない」

シャーロットは静かな声で言った。その声の強さが、彼女の真摯《しんし》さを証明しているかのようだった。

「ＦＢＩと警察に頼みたいのはただ一つ。もっと多くの犯罪者を検挙して、理不尽な被害に遭う人間を減らしてほしい、ということだけ。……そして世界中の警察にも続いてほしい。ＦＢＩがやれば、きっと追随する国がでてくる」

そして初めて、窓の外に視線をやった。

「私の夢は、世界中の犯罪を撲滅すること。それ以外は何もいらない」

4

大ヤコブに「イッテラッチャイマセ。オキュヲチュケテ」と送り出され、タクシーと飛行機でカンザスの田舎に向かう間、デニスはこっそり本部に調査を依頼していた。もちろん、隣席でレイラと名探偵（の助手）がボストン・シーホークスの今季の成績について嚙み合わない歓談をしているのを聞きながら、自分でも考えていた。金も名誉もいらない、だと？　ではこのお嬢さんの目的は何だ？

天才でも名探偵でもなく、ましてＡＩでもないデニスにはその疑問の答えは出せなかったが、職務上優先しなければならないもう一つの疑問の答えは、だだっ広くてどんなに見渡しても何もない大平原の空港（正直なところデニスは「これなら空港なんてなくても、そこいらのどこにでも着陸すればいいじゃないか」と思った）に降りたった後、すぐに出た。現場に着く頃には日が落ちており、捜査に支障を来すのではないかと思ったが、シャーロットは「おそらく構わない」と答え、アンデレも「俺は夜の方が魅力的だぜ？」と答えた。口だけでなくマグライトや高解像度カメラでユダの情報収集を支援したアンデレの活躍によって、「分析率41。情報不足」のファイル４はあっという間に「分析終了」になったのだ。到着してから一時間も経っていない。

もういいのか、と思ったが、ＡＩがそう言っているのだから嘘《うそ》やはったりではないのだろう。シャーロットが撮影していたのは主に現場となった小屋の周囲だったようだが……。

「こんな時間まで付き合ってくれて感謝するよ」デニスは周囲を見回す。すっかり暗くなっていて、明かりが届くのは表の道路あたりまで。その先は真っ暗な虚無の世界だ。

「カンザスシティまでぶっ飛ばして、一番いいレストランにご案内するぐらいはできる」

「いらないけど？　夕飯は今、食べてるし」シャーロットは持参したCLIF BAR*6をかじっている。レイラがそれを見て手を額に当て、嘆かわしい、と言いたげに首を振った。

「さて。この件はちょっと手こずったけど、おかげでいいサンプルが手に入ったと思う」シャーロットはユダが入っているらしいラップトップのモニターをトン、と叩《たた》く。「出たようね。分析率91」

デニスとレイラはどちらからともなくシャーロットに歩み寄る。大声でする話題でないのはもちろんだったが、敬愛する教授の講義を少しでも近くで聴きたい、と最前列に座る学生の気分でもあった。

「おいおい近いぜ？　スキンシップならもっと遅い時間にゆっくり」

「アンデレ。黙って」シャーロットは画面をスクロールさせる。「本件の問題点は『施錠されていたはずの小屋から被害者の頭部が消えていた』ことに集約される。犯人はスーザンを殺害した後、死体の頭部を切断して小屋内に置き、気の毒な隣人のリンダに見せた。だが警察が来た時、頭部は姿を消していた。犯人は少なくともリンダが頭部を目撃した午後二時過ぎから死体が発見された八時過ぎまでの間に一度は小屋に出入りしていなければならないはずなのに、小屋は施錠されていて、唯一の鍵とその持ち主はカウ

＊6　アメリカのエナジーバー。スニッカーズとカロリーメイトの中間のような感じで、グニッとしている。

ンシル・グローブにいて、犯人がクイック・シルバー*7か何かでない限り、さっと現場に戻って犯行をする時間はなかった」

「その通り」レイラが頷く。「不可能犯罪。犯人がフラッシュ*8か何かでない限り」

おそらくはデニスには理解しかねる何かの動機でレイラが張りあっているが、スーパーマンでもワンダーウーマンでもシルバー・サーファーでも犯行はできる。ヒーローというのはとかく高速移動をしたがるせわしない連中だ。問題はここがスクリーンの中でもコミックの中でもないことだった。

「まず、現場の床をよく見てみたら、一部に四角いシートが敷かれていたことが判明した」シャーロットは画像を拡大させる。床を撮った写真の一部が赤いラインで囲われている。約六フィート四方のシートだ。「これは発見前から予想できたことだった。切断された被害者の頭部が置かれていたのに、床には血痕《けっこん》がなかったから」

保安局もFBIも、そこを調べることは怠っていた。分かったところでシートの現物がなければ役に立たないせいでもあるが。

「それともう一つ。床板の、頭部が置かれていた場所付近に傷があった。穴、と言った方がいいかもしれない形状のね。ユダが分析した結果、こういう形のものが床に刺さった跡だと判明した」

画面の表示が切り替わり、三次元画像のワイヤーフレームで床の傷と、刺さったであろう物体の形状が描出される。

「鏃《やじり》、か？　ボウガンを撃ったのか」

「傷の形状から、矢が飛んだコースを再現したのがこれ」

床から見上げる形で小屋内の画像が表示され、黄色のラインが空中に伸びていく。ラインは置かれている頭部を貫通し、正確にまっすぐに壁の上部に向かい、換気口にすっぽりと飛び込んで外に出た。

「ホールインワン。ノーマン・マンリーね[*9]」レイラが口笛を吹く。「矢の端に糸をくくりつけておけば、引っぱって回収することも可能だし」

「犯人が換気口の外からボウガンを撃った、というのか？　だが何のために？　死因は絞殺だった。死体にはそれらしい傷もない」デニスは頭の中をなんとか整理しようと努《つと》めながら画像を見る。「中に入らないと頭部が回収できないことには変わりがない」

「……まさか」レイラの表情がこわばる。「そういうことなの？」

＊7　アベンジャーズに出ていた高速移動の人。
＊8　高速移動の人。
＊9　ホールインワン最多記録をたたき出したゴルファー（59回）。驚くべきことにアマチュアである。

デニスには何のことなのかさっぱりだ。だがレイラは、数学のややこしい問題を目にしたかのように眉間《みけん》に皺を寄せている。

「……確かにそうすれば」レイラは可能性を検証しているようだ。「ボウガンか何かで頭部を撃てばいい。小屋の中に入らなくても頭部が回収できる可能性がある。だから、スーザンの頭部は発見されなかった」

シャーロットがレイラに視線を送る。「分かった？」

「ヒュー！　さすがレイラだ！　クールでスマート。たまんないね！」アンデレが騒いだ。

「うるさい。静かに」

「おっと失礼。でもレイラ、今の『静かに《Be quiet.》』。ちょっとゾクゾクしちゃったぜ？　もう一回お願いできるかい？　女王様」

「黙れ《Shut up》」

「くぅー！　そっちの方がたまらないね女王様。オレッちますます興」シャーロットがアンデレをシャットダウンした。

「ユダが判断した、最も可能性の高い方法がこれだった」シャーロットが言った。「おそらくは液体窒素」

デニスは自分だけが話についていけていないと気付いていたが、どうしようもない。

どういうことだ？　と訊くしかなかった。せめて同僚の方に。

「凍結させるのよ。頭部を。換気口から伸ばしたチューブで液体窒素をかけて」レイラが答えた。「人体の約70％は水分。カチカチに凍結させれば、頭部だって衝撃で砕《くだ》ける。粉々にね」

亀《かめ》のようにゆっくりだったデニスの理解もようやく追いつく。つまり犯人は、そうやって被害者の頭部を「消した」のだ。

切断した頭部は覗き込むリンダに見えにくい透明のシートに載せる。そして賛美歌を流してリンダに頭部をとっくりと観察させた後、気絶させる。その後、頭部を液体窒素で凍結させ、それをボウガンで撃って粉々に砕く。頭部はそのままだと出る隙間がないが、粉々の破片にすれば、ドア下部にある半インチ以下の隙間からでも回収できる。敷いたシートごと引っぱれば。

「確かに、それですべての疑問が解消するな。なぜ頭部が未発見なのか。なぜ床に傷があったのか。なぜ血痕などが全くついていなかったのか」

レイラが続ける。「そもそもなぜ頭部を切断したのか。なぜ危険を冒してリンダ・ガルシアに頭部を目撃させたのか」

アリバイ作りだったわけだ。被害者が死んでいることと「犯人が小屋に入った」ことをリンダに証言させ、鍵を持っているデイビッドに容疑を向ける。今回はたまたまデイビッドにアリバイがあったために、犯行可能な人間が存在しないという不可能犯罪になってしまったが、それでもデイビッドは取り調べを受けている。

「犯人は、被害者とリンダの関係を知っていた人間」シャーロットは結論を言った。「そして液体窒素を手に入れることができる立場の人間」

5

そのわずか二十分後、犯人が逮捕された。被害者の甥《おい》であるマイケル・クラーク(44)。スーザンから金を借りたことで揉《も》めており、勤め先の工場から液体窒素が紛失していることも確認された。

デニスとレイラはワシントンD.C.のFBI本部に対し、ユダの有効性を強く主張した。周囲の同僚から「信者」と揶揄《やゆ》されるほどに。その熱意と理解ある上司の尽力により、翌々月には犯罪捜査AI「ユダ」の導入が本格的に議論の対象となった。まずは各地方警察と保安局での試験運用。それから州警察とFBI。

もちろん導入には高いハードルがある。ユダは必要に応じて全世界の情報を参照することで精度を高めるシステムで、スタンドアローンの運用が困難だったのも原因の一つである。下手をすれば全米の捜査情報を全世界に流してしまいかねない。ホワイトハウスの腰は重く、その間もシャーロットとユダは、その有効性を実証するため何度も捜査協力をし、現場の支持を固めていた。

その時にはデニスは、彼女のことを完全に信用していた。きっかけは「ウミタ事件」解決の翌日、本部のデスクでコーヒーを飲みつつ報告書をまとめている彼にもたらされた一件の報告だった。

デニスは報告を見て驚き、隣席のレイラに対し、とにかく読んでくれ、と言った。メールで共有するのはもどかしく、自分の席に座らせてモニターを見せた。

報告書はシャーロット・パウラ・ティンバーレイクの生い立ちから現在の業績までをまとめていた。うんざりするようなメガサイズのボリュームだったが、重要なのは一点だけだった。彼女は十数年前に全米メディアを騒がせた「ミランダ事件」の被害者ミランダ・ファーガスンの親友だったのだ。

ミランダ事件についてはデニスも記憶している。当時十一歳の彼女はスイミングスクールに行った後、なぜか行方が分からなくなり、十日後に死体で発見された。死体はレイプされた上に首を絞められており、少なくとも誘拐されてから一週間は生存していたことが判明した。その一週間、市警は必死で捜査を進め、ＦＢＩはメディアを使って情報提供を呼びかけていた。それでも間に合わなかった。

一週間もあったのに。

当時の警察やＦＢＩに大きな手抜かりが、まして手抜きがあったというわけではないはずだった。純粋に能力が足りなかったのだ。だが当時のシャーロットは思っただろう。警察が、ＦＢＩが、もっと有能であったなら。

そして絶望した彼女が選んだのは、警察を恨むことではなく、自らの手で警察を強くすることだった。

デニスは確信した。シャーロット・ティンバーレイクは信頼に足る人物である。

※

「……つまり『民間』からの依頼、というわけ？」

話を聞いたシャーロットは少々不満そうな様子ではあった。当然だろう。いつものような犯罪捜査の依頼ではなく、来週、日本で開催される「知恵比べゲーム」参加の打診である。

ウミタ事件解決から半年。ユダ及びシャーロットと、ＦＢＩ及び各地方警察・保安局の連携体制は、すでに既成事実化していると言ってもよい状態になっていた。始めは懐疑的だったワシントンも各地方警察も、デニスらの仲介とユダ自身の実力によって態度を改めている。現在のシャーロットは本業に支障をきたすレベルで全米からの依頼を受け続けており、あまりの忙しさのため食事はCLIF BAR一つ――まあ、これはいつものことなのだが。

　そういう状態であれば、彼女が犯罪捜査と関係ない依頼を渋《しぶ》るのも無理はなかった。だが日本の知恵比べゲームは、その結果次第で主催者の保有する聖遺物の帰属が決まる。全米カトリック教会の強い希望があり、成功すれば教会の全面的支持を受けられる。現在、ホワイトハウスではユダの導入についてはまだ否定的意見が優勢だが、カトリック教会という支持率に影響する組織が後ろ盾になれば、導入への強いインセンティヴになる。

「……分かった。私とユダが行けばいいのね」

「Hey ベイビー！　オレッちを忘れるなんて悲しいぜ！」

「分かった分かった。あんたも持ってく」

「ワタシハオテツダイデキマツカ」

「ごめんなさい。あなたは留守番」

「ソウデスカ。ガンバイマス」

　シャーロットは飼い犬たちの相手をするかのように家中のＡＩたちに声をかけて仕事を割り振り、最後にデニスに向けて頷いた。

「……やる。聖遺物は私が取ってくる」

デニスは頷いた。間違いなく彼女なら、ユダの導入を支持する上司に、カトリック教会に、そして合衆国に——よい結果をもたらすだろう。

無限の情報量と超高速の演算能力。

「ＡＩ探偵」ユダと助手《オペレーター》シャーロット・パウラ・ティンバーレイク。聖遺物争奪ゲームに参戦する。

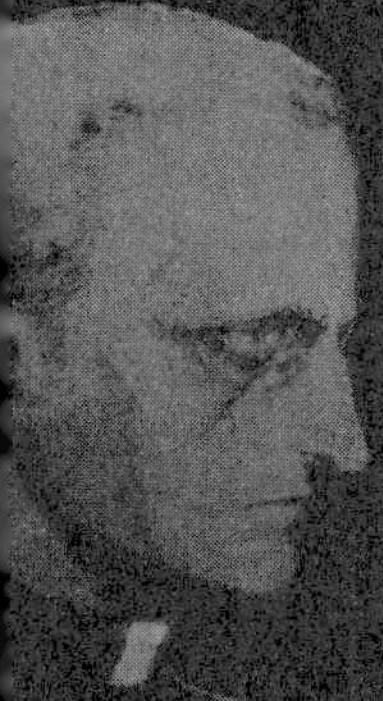

ウクライナ

キーウ中心部

I

ボグダン・ユーリエヴィチ・コルニエンコの今日の朝食はヌテラ*1を塗った春巻き《ブリンツ》とコーヒーに決まった。ボグダンは朝食が毎日決まったメニューでないと我慢がならない、というタイプの人間ではない。粥《カーシャ》の日もあるし、揚げたパンケーキ《シルニキ》の日もあるし、揚げないシルニキの日もある。コーヒーを飲んでもいいし、紅茶でもいい。何事も決めてしまわないことが大事なのだと、ボグダンは知っていた。決めてしまえば、じきに思考は短絡し、朝食の準備はルーチンと化す。それはつまり、いつも暗い森のミミズクのようにボグダンを上から観察し、隙あらば襲いかかろうとしている「吹雪《ホルトプエナ》」に対し、自ら背中を見せるようなものだった。

ボグダンは朝の日差しを愛していたので、朝食は大抵西向きのダイニングではなく寝室のテーブルでとる。薄いレースのカーテン越しに差し込む日差しが絨毯《じゅうたん》とベッドシーツに四角い日だまりを作り、レースの模様を半分透かして無限のパターンを形作る。リビングの水槽にいる六匹のネオンテトラと同じく、ボグダンが「吹雪」に襲われた時、脱出する灯明《とうみょう》になりうるものの一つだった。それにこの部屋なら、ポルタヴァの聖スタニスラフ大聖堂に頼み込んで複製させてもらったお気に入りの聖像画《イコン》と向き合って食事ができる。もっともボグダンはさして敬虔《けいけん》なわけでもなく、幼子《おさなご》イエスを抱くマリアの表情が精神を「リラックスさせ、なおかつ一つ処《ところ》に留《とど》まることなくゆったりと揺蕩《たゆた》わせてくれる」ので、「吹雪」対策の一つとして「愛用」しているだけだ。

ボグダンの生活は不意に起こる「吹雪」の襲来とその対策に大部分が割《さ》かれている。生まれてより四十三年。「吹雪」の存在を自覚し、生き延びるための工夫を始めて三十数年。今ではすっかり慣れたとはいえ、それでも不意のミスや、どうしようもない不幸な偶然によって、午前の仕事を始める前に「吹雪」に襲われる日もある。その日は朝食をとりながらタブレットで眺《なが》めていたＹＨＩＡＨ《ウクライナ独立通信社》のサイトに「引っかかる」記事を見つけてしまった。

「キーウで連続する『エンジン強盗』　停車中の車を囲みエンジンなどを強奪」。

一瞬だけ「どういうことだ」と思ってしまい、ボグダンの脳内で「吹雪」が始まる。

停車中の車を囲む（複数名。何人だ？）↓（「囲む」しかしこの記事は見出しが分かりにくい。まさか積んでいたエンジンを奪っただけ、なんてことはないよな？しかもキーウに住んでいて全然そういう話は聞いたことがない。だから最低三名。停車させ被害者をされるがままにするためにはフロントガラスまたはサイドウインドウ越しに銃を突きつけ続ける人間が一人必要だ。エンジンの重量は平均でどのくらいだったか／特定の車種を狙ったのだろうか？　トヨタとか〔輸

＊1　世界中で親しまれているnutella社のヘーゼルナッツスプレッド。ベタッと甘く、強引においしい。

入段階で港を襲った方が早そうだがなぜこのキーウで？　目立ちすぎるだろう《トヨタの何だったか？警察車両が寄付されたことがあったな。》〔何か理由が？　時間帯が書かれていないが早朝か？　一件の犯行に何分かかるのだろう【素早くエンジンを抜き取る技術の所持者を洗えば】〕〕／そうだ平均で約100kg。《小さいエンジンだったらもっと軽そうだが、それでは金にならなそうだ。》とするとエンジンルームから出すだけで二人がかりだ。見張りも要る↓一人で足りるか？　銃を突きつけている人間と兼ねる。最低二人〕↓合計四名〔エンジン一ついくらで売れる？／戦利品の処分には別の人間が必要ではないのか〔以前、警察官による汚職事件の一種に《ロシアンマフィア絡みかな。》**くそっ。始まっているじゃないか。**↓あれの関係者はそういえば全員が捕まったわけでは《海外に出すんだろうが港はどうだ？　陸路でロシアか。》なかったな〕とすると一人あたりの収入は一件で100フリヴニャなんてことに）／この下の広告はロシア語じゃないか。《妙にうるさいな。外のは何だ。カラスか？》ウクライナ語以外の広告は罰金刑だぞ。通報する気はない《何か今朝は》が／いったいどこでどう知り合ったのだろう？　刑務所か？《カラスだな。》　そもそも走行中の車を停めて（ショッピングモールの駐車場からこっそり盗《と》れば、こんなこと《そういえば昨》**油断していた。朝からこれだと午前中の仕事が。止めなければ**↓そうできない理由、またはその方法を採るメリットがあったはずだ）／あれはまったくの悪法そのものだ。文化と政治の区別もつかないなんて（文化は政治で解《水道の調子も悪かったな。》決できないものを超える手段の一つにもなりうるのに）《直っているだろうか？　セルゲイはもっとましな家に引っ越せ、と言うが。》／（それにしてもよくこんな手口に乗ったものだ。何か断れない理由↓上下関係が？）／感情面では理解できるんだが。現に《朝一》**思考をゆったりと。抽象的にするんだ。どうでもいいことを、ぼんやりと**↓ラファエル・マルコーヴィチはどうしている？　あいつは大丈夫なのだろうか（あいつの一家もまずいだろう。あそこは揃ってロシア語だ）。あいつはロシア語で、ウクライナ語は小学校レベルだったぞ／**イ**

コンを見ろ。キリストの聖なる寝顔。心が静かになる。静かになる「エンジンを強奪」なんて書き方だが**考えるな。静かになる。静かになる。**……。

客観的な時間経過ということなら、「吹雪」が始まってしまってからここまでで2・1秒である。ボグダンは正面にイコンがあったことをそれこそ神に感謝しつつ、心を抽象領域に持っていくことに成功した。ようやく「吹雪」が去り、全身が弛緩《しかん》してぐったりとしたボグダンは、腋の下と背中から汗が吹き出てきているのを感じる。「吹雪」は短時間でも肉体を激しく消耗させる。発熱の自覚はないが、一瞬で39℃程度まで上がることはよくあった。体が熱くなり、このまま死ぬのではないかと恐怖したこともある。

短時間の「吹雪」だったが、短時間なりに消耗していた。午前の仕事に差《さ》し障《さわ》りそうだ。

ボグダン・コルニエンコの生活は常時この調子だった。気まぐれな「吹雪」――つまり思考速度が通常の数十倍から百倍以上にも達する「クロックアップ」状態が突然始まり、肉体と精神を削り取られる。もちろん有用な面もある。常人の数十倍もの思考をすることが可能なのだから。加えてボグダンは一度見たものをすべて記憶してしまう映像的記憶能力《フォトグラフィックメモリー》も持っており、この二つを組み合わせれば、学生時代の試験は常に満点だった。すべて覚えている上に数十倍の解答時間があるのだ。

それだけでなく、彼はこの膨大な思考時間をなんとか実際的に役立てようと思案した。それはすぐによい結果につながった。膨大な量の思索と脳内での試行錯誤を用いてパズルやボードゲームを発明し、無数に発明したそれら素案を数十、時には数百倍のふるいにかけ、広く受け入れられそうなものをブラッシュアップして商品化する。ドイツ語版、中国語版、日本語版、英語版など世界中で翻訳され親しまれている「引っ越しネズミ一家」や「ゴキブリ大激突！」などのゲームは皆、彼が発案したものであり、現在のボグダンは一切働かずとも何一つ生活に困らないだけの特許使用料を得ている。だが「困らない」というのはあくまで金銭面においてだけの話であり、実際のところボグダンは日々、「吹雪」にほとほと困らされつくしている。ひどい偏頭痛と肩凝《かたこ》り、それに毎日の不眠も「吹雪」の副産物だ。

ボグダンは濡《ぬ》らしたタオルでかいた汗を拭《ふ》き、朝食を続けた。今のように「吹雪」が始まってしまう可能性があるため、本当ならニュース類は見ない方がいいのだが、それでは社会で何が起こっているか知るすべがなくなる。この不安定なウクライナでは、それは自殺行為だ。ボグダンはブリンツを頰張《ほおば》る。タブレットはシャットダウンした。ヌテラの濃厚で均一な甘さは思考をほどよく鈍化させてくれる。ボグダンは今日の「空模様」を――つまり、「吹雪」の起こりやすさを朝食時の調子から測る。今日は午前中の労働時間を半分にしよう。でなければまた昏倒《こんとう》して頭を打ちかねない。そのかわり朝から散歩に出て血行をよくしよう。

体を動かすことは「吹雪」の発生を抑え、強《こわ》ばった全身をほぐしてくれるという意味でボグダンにとっては救いだった。だがあまり熱心にスポーツをやるのも考えものだった。これはボグダン自身の性格に起因するのかもしれないが、本気でスポーツに集中すると、運動中に「吹雪」が始まるのである。サッカーをしているとまるでテレビゲームのストップ・ボタンを押したようにフィールドでプレー中の全選手の動きと、次にしようとしていることが俯瞰《ふかん》できてしまったし、ペイントボール[*2]の対戦中など映画『マトリックス』のようにすべての弾道が見え、先読みで躱《かわ》すことができた。子供の頃にこれをやって、しばらく友人から不気味がられて以降、ボグダンは運動中に何かを考えるのを極力避けるようになった。少年期にありがちな鬱屈《うっくつ》も手伝って「どうせなら『吹雪』で稼いで有名人になってやろう」と企《たくら》み、ボクシング・ジムの少年クラスに入ったこともあった。だが、動き自体はまったくの素人なのに相手のパンチをすべて先読みで躱しまくり、出すパンチはすべて相手の顎先《あごさき》を絶妙なポイントをとらえて一発KO、という暴挙をやらかしたため、一部の友人たちにはなぜか「ニンジャ」という渾名《あだな》で賞賛され、それ以外のすべての人間に不気味がられた。少年のボグダンにも「このままでは政府関係者の目に留まりかねない」と考える大局観はあり、以後彼は自

＊2　ペイント弾を専用の銃（ペイントボールマーカー）で撃ちあうスポーツ。

身の「吹雪」――客観的にはクロックアップ能力をできる限り目立たせずに生活を乗り切る方針を決定した。すでに「吹雪」の影響による不眠や頭痛が出始めていたこともあった。

だからボグダンは「散歩」しかしない。単純なジョギングですら、効率のよい腕の振り方や爪先《つまさき》での地面の蹴り方を考え始めてしまう危険が大きいし、「吹雪」の制御に失敗して昏倒でもしようものなら、走っている状態から突然アスファルトに倒れ込むことになって危険なのだ。散歩。商店街を歩き、カフェに寄り、時には市場《ルイノック》を覗いて公園を通って帰る、という、ウクライナ人のする標準的な散歩だ。様々なものが目に入りはするが、次々に視線と意識を移していくやり方によって一点に注意を向けず、「吹雪」が発生する前に逃れる、という技術を、数年前に身につけていた。

ボグダン・コルニエンコは顔を洗い、鏡を見る。常に何かに追われていて、そのくせすべてを投げ出して呆《ほう》けたような顔をした、蒼《あお》い瞳《ひとみ》の中年男が映っていた。男の顔の周囲に灰色の霧が見えた。それは男の顔にまとわりつき、いくらかは額や口許の皺《しわ》の中にこびりついて顔全体を不健康に見せていた。確かに昨夜は睡眠が少ないほうだ。ボグダンは頭を掻《か》き、いつの間にか定着してしまっているまばらな無精髭《ぶしょうひげ》たちにもう少しの猶《ゆう》予《よ》を与えることにして、仕事部屋に入った。

ボグダンの仕事はそのほとんどが「着想」であり、あとは少々の図案化と電子メールのやりとりだけだ。それでも思考があちこちに散り、場合によっては全く生産性のない「吹雪」に襲われることがあるため、仕事部屋の中は入念に整えられている。吟味に吟味を重ねた椅子と書き物机。ほどよい視覚的刺激をもたらす絨毯とカーテン。火のランダムさは眺め続けることで文字通り脳を温めてくれる。そのことに気付いてからは、施工業者に無理を言って煙突を後付けさせ、暖炉《ペチカ》も設置した。ペチカの掃除は面倒だったが、子供時代はリヴィウ郊外の別荘《ダーチャ》で毎年やらされていたし、火搔き棒を操る動作は単純と複雑のちょうど中間に位置していて、趣味である刺繡《ししゅう》や編み物と同様、「吹雪」の起こりにくい作業であるということが分かった。つまりボグダンは、貴重な安息の時間をもう一つ手に入れたのだった。

2

午前中の仕事を終え、いくつかの成果物候補と三つほどの確定した成果物をそれぞれの取引先に送信すると、ボグダンは上着を羽織《はお》って外に出た。すでに肩凝りの悪魔が三割ほどの力で右肩をいじめている。それに、少し前から編んでいたマフラーが昨夜完成したため、本格的に冬が来る前に郵便に出しておきたい。ボグダンはマフラー二つを紙袋に入れ、「3 Днем Народження《ズニエンナローチエンニャ》 (Happy Birthday)」と書いたメモ帳を添えて口を閉じると、靴を履いて出かけた。

外に出ると風は思ったより冷たかった。まだ十月だというのに、今年のキーウにはもう気の早い雪娘《スネグールカ》の足音が聞こえており、吐《は》いた息がほんのひとときだけ白く光る。その動きをゆっくり分析しようとしかけたためボグダンは慌てて視線を上に向け、太陽の光を目に入れた。網膜を貫通して視神経に叩きつけるような刺激だが、迫りかけていた「吹雪」の気配は後方に退いた。どちらに向かうか、大雑把にコインで方角だけ決めて歩き出す。観光客も減ってくる時期だし、広場《マイダン》*3周辺のカフェまで足を延ばしてみてもいいかもしれない。徒歩だとそれなりの時間がかかるが、荷物は財布と贈り物のマフラーくらいだ。まるで地獄の底まで行くように、延々エスカレーターで下らなくては駅まで辿り着かない地下鉄は苦手だった。

歩きながら、どこを見るということもなく周囲を見る。日差しが低くなりかけており、ボグダンには好ましかった。頭上から差し、平坦《へいたん》で強烈な夏の日差しより、斜めに差し、街を複雑に輝かせる冬の日差しの方がリラックスできた。ビルの石壁が、ベランダの手すりが、路上の車が、あらゆるものに神の祝福があることを主張しているかのようにきらきらと輝く。それはボグダンの精神を落ち着かせたが、この日ばかりは違った。

つい見回しすぎたのかもしれなかった。公園脇を歩きながら中を見ていた。植えられたポプラ。芝生の端正な緑。そしてベンチに座り、本を広げている男。
一見するとただベンチで本を読んでいるだけの男に見えた。だが瞬間的にボグダンの思考を「吹雪」が覆《おお》いつくす。

今の車、ロシアのGAZ3102じゃないのか？　あんな骨董品、まだ走ってるのか。

あの男はおかしいぞ（どこがおかしい？　普通に本を読んでいるだけ↓ではない。あれは本を読んではいない。広げているだけだ〔視線の動きとページをめくるタイミングが合っていない［いや、もっと決定的な点がある。十月とはいえ快晴だ。昼時のこの日差しの中であんなふうに、傾けることもなくただ開いて本を読むことはできない。真っ白なページに日差しが反射して眩《まぶ》しいはずだ］／この男の座っているベンチの正面には何があっただろうか？［どうしてそれが気になるのだ？］／そんなことを

ウラジスラフ・エルコの装画。『ハリー・ポッター』かな？　エルコはもっと好きに描いたイラストの方が好みなんだが。

嫌な予感がする。これはひと悶着あるかもしれない。

＊3　ユーロマイダン。キーウ中心部にある独立広場であり、2014年マイダン革命の中心地。
親ロシア派のヤヌコーヴィチ大統領がこの前年、EUとの経済連携協定締結を見送ったことをきっかけに反政府デモが起こり、大統領側もこれを鎮圧するため特殊部隊ベルクトを組織してデモ隊を攻撃、多数の死傷者を出す惨事となった。結果的にヤヌコーヴィチ大統領はロシアに亡命して失職。経済連携協定は締結されたが、これを不服とするロシアが（表向き、関与を否定するために）国章を外した軍隊をクリミア半島に派遣し占領した。

知らないなんて、そもそも普段本を読まない男だ〕かといって単に読む気のない本をだらだら広げてい《『ハリー・ポッター』の最終巻はそういえばまだ読んでいないな。》るだけではない。姿勢がリラックスしている。緊張している↓何かを待っている？　だが《肩か？》／カフェだったはずだ。以前コーヒーとプィリジキを買って食べた。普通の味の／待っているわりに時間を気にしてはいない。腕時計はしていないし、ジャケットのポケットにスマートフォンが入っている様子もな《ここからではよく見えないが、下手に近付いて相手がこちらに気付いたら不審に思うかもしれない。》い。デニムのポケットにもだ《芝生の上に乾いた枯れ葉がたくさん落ちている。どうしても足音がしてしまいそうだ。》。おそらく鞄の中にしまっている〔周囲に時計はないよな？　うん。あのベンチの位置だと座った姿勢から見える範囲にはなかった〕つまり前のカフェから人が出てくるのを待っている）↓だから妙なのだ／妙だ。今ページをめくったが、めくり方が妙だ（何が妙だというのか？）↓左肩が妙だ。左肩が下がっている（それがどうした？）《腹が減ってきたんだがな。しかし見逃していいものかどうか。》下がっているのに右手で本を支えている（ここまではいいが、《変わったものが食べたい。ヌードル系はどうだろう。》ページをめくる瞬間、左手に本を移して右手でページ《アジア料理店は近くにあっただろうか？》をめくった〔正確にはめくって見せた。やはり読んでいるのは「演技」だ〕なぜあんなめくり方をする？　左手には怪我をしていない（左腕も全体が少し動いている。怪我はしていない《痛そうでもない。》）↓つまり左手を動かしたがらない。そして左肩が下がっている。違和感の正体が分かった／ただのカフェだ（裏口があったと記憶している。路地につながっている）↓つまりそこの客か店員を待っている（待っている？　だが時間を気にしていないようだ《体格がいいな。というより「鍛えている」と言った方がいいのか。》。なのにスマートフォンも出さず、持っている立派な本も読まず、ひたすら純粋に待っている／本を読んでいないのではなく読んでいる演技をしている〔読んでいるように見せようとしている。周囲の通行人に〕なぜだ／だがかなり《くそ、本格的に》長時間だ《腹が減ってきたぞ。》（本人も長時間待つことになると予期《昼食後だったらよかったのに。》している。だから「演技用」に本を持参している〔事前準備までしている［「待機」。いや「待ち伏せ」だ］｝いや、見落としていた。あの男の周囲に落ち葉が多い｛落ち葉の落ちる頻度は↓普通だ。一定間隔で時折落ちる［今日は風もない］｝↓つまりあの男が《これまで意識していなかったが、この公園はポプラばかりなんだな。》自分の上に落ちてきた葉っぱを払った。相当な長時間待っていたのだ。特に時計を見る気もなく｛では待っていたのは店員ではない。いつ出てくるか分からない《落ち葉を踏んでしまう。足音がするのは仕方がないか。》客の方だ［この店の常連。何か話を聞いていたか?］｝／周囲にはそこそこの通行人／男の右の人差し指の先にマジックのインクがついている↓左利きだ。書く方の手のあの位置には普通インクはつかない。キャップを開けたり閉めたりする時についたインクだ／**まとめよう。**あの男は長時間このベンチで「本を読む演技」をしながら、正面のカフェから出てくるはずの客を待っている（緊張したまま｛借金取りなどではない。それならカフェの中まで行けばいい［探偵でもない。あのベンチ《尾行中のストーカーという可能性はあるが。》からではカフェの中が見えない。裏口から相手が出ていってしまう可能性があるのに、ぼけっとあのベンチに座ったままの探偵などいないだろう］｝）仲間のいない人間（素人の尾行？だが素人ではない。何より）**思考をまとめろ！**あの男は不審だ。重要なのはむしろ左肩だ。左利きなのに左肩が下がっていて、その左手をあまり動かしたくないようだ。左肩に銃を吊《つ》っている。左利きなのに左肩に銃を吊り、右手で撃つ。訓練された人間だ。訓練された人間が重い拳銃を吊り、周囲の通行人に悟られないように、カフェから誰かが出てくるのを待っている。その相手に連絡をとることも、カフェの中を覗いてみることもせず。正確に言うなら待ち伏せている。緊張を続けながら。**動け！**

ボグダンはさりげなさを装いつつ歩き、男のベンチに近付いた。男がボグダンの足音に注意を向け、向けていながら気付いていないふうを装ったのが見えた。ベンチまで三歩。二歩。声をかけるか。いや、本に夢中なふりをしている。いきなり座るべきだろう。ボグダンはマフラーの入った紙袋を傍《かたわ》らの地面に置くと、男の右側に、肩をすりつけるようにして座った。お互いのジャケットが擦れあう音をたて、男はボグダンがベンチの板面に尻をつける約0・15秒前にびくりと反応した。ボグダンはそのまま座ることにし、ただし太股《ふともも》の筋肉は緊張させたままで男より素早く立ち上がれるようにし、左手の指を開いておいた。

男がボグダンを見上げるのが分かった。ボグダンは囁く。

「やめておけ。後ろに警察官がいる」

男は反射的に振り返ろうとしたが、視線は横を向いたものの首自体は四十度ほど回しただけで思いとどまり、急いで前を向いた。やはりど素人ではないようだ。

「見られている」ボグダンは右手の指も適度な緊張を維持したまま開きつつ囁く。「君の位置からは見えないが、監視されている。誰かが通報したのかもしれない」

男の視線が右に二回、左に一回泳ぐ。口が開きかけて、かすかに白い吐息が揺らぐ。口が一度閉じられ、今度は顎の筋肉が緊張して一気に開かれる。

「何だお前。警察じゃないな。どこの者だ」

ボグダンは考える。落としどころをどこにするか。今のところはただ拳銃を吊って公園のベンチに座っていただけだ。殺人罪には問えない。だが見逃してしまえば、それはただの先送りに過ぎない。男はただ家に帰り、次のチャンスを待てばいいだけだ。つまり行動を起こさせる（挑発するか？　だが感情的な挑発で動くという保証はない｛そもそもこの男の動機は？　個人的な怨恨《えんこん》。個人的な商売［組織の一員ではなさそうだ］《銃はでかそうで、ただの素人とは思えないんだがな。》依頼を受けているのか自分のために動いているのかでまるで方針が違ってくる｝確実に動かすには（動かざるを得ないような要素［現時点で分かっている男の弱み［把握しているのは今の行動だけしかない］↓つまりそれを使う｝↓挑発ではなく｛あまり賢くはなさそうだし｝）↓だとすれば表情はこう。目に力を入れずに。顎の筋肉もやや弛緩させる。静かに話す。

「5000にまけてやる。念のため言っておくがフリヴニャじゃない。米ドルでだ」

男の反応を横目で窺《うかが》う。顔を動かせないので左側の視界が狭く、細かい表情の変化が分からない。だが驚いている。眉《まゆ》が上がって皺を作り、顔の筋肉がそのまま維持されている。視線が激しく動いている。意外な方向の提案、といったところだろう。ならばこの方向で詰める。

「お前の行動は家を出る前から把握している」こんな演技は初めてだが、まあ、いい。この男がその筋の人間ではないのははっきりしている。だとすれば、リアルよりリアリティを優先すべきだ。「この街でそういうことをするには許可が要る。分かるな？　場所を使うには金が要るんだ。１コピーカも払わずにプィリジキ屋台を出しているやつはいない」

「……何のことだ」

男が動揺していることを確認する。おそらく今、必死で考えている。この状況を脱する方法はないか。とりあえずここまでは成功だ。あとは男の思考を「隣のこいつを消すしかない」というところまで持っていけばいい。

「お前が払わなくてもお前の体には金銭的価値があるものが詰まっている。もちろんお前の周囲の人間も同様だ」相手が聞き取れていることを確認する。「ついでに言っておくと、今、このあたりは通行人が少ない」

男が動いた。いきなり銃を抜くつもりらしい。もうひと押しかふた押しは必要だと予想していたのだが、予想外に考えのない男だった。男の額にくっきりと浮いた青筋がそれを裏付けているようだ。私はキレています。私はすぐにキレる人間です。つまらない警告表示だ。

とりあえず腰を浮かせて体を倒しつつ反対側に視線をやる。確認し、また視線を戻し、それから対応するのでも充分間に合うだろう。さっき一度、確認してはいたが、こういうものは鉄道と同じで再確認、最終確認が大事だ。男の肩の位置と自分の位置から弾道を予測し、少なくとも見える範囲内には、射線上に通行人がいないことを確かめる。ボグダンの腰が浮き上がるのと同時に男の右手がその懐《ふところ》に向けて動いている。男の視線はまっすぐにボグダンのこめかみのあたりを見ている。なかなかの殺意だと思う。ボグダンがこのまま立ち上がることに成功すれば、射線はもう少し上向きになるだろう。ますます安全だ。

男は座ったまま撃つつもりのようだった。足に力は入っていない。ボグダンは立ち上がりながら体を捻《ひね》る。男の手が拳銃を抜く。あらかじめ訓練されていたか、個人的にかなり練習を積んだか。並の警官よりだいぶ速い。クイック・ドロウじゃないか、と少し驚く。9㎜のマカロフ。ちゃんと安全装置《セーフティ》も外してある。準備している間は冷静なのに、いざ銃を持つとすぐキレて台無しにする、いやなタイプの男だ。ボグダンは足を踏ん張り体を捻り、相手の拳銃まで約25㎝の位置にある左手と、おそらくその0・4秒後程度には使用可能な位置に持ってこれるであろう右手のことを考える。どうしようか。オートマチックであれば銃身を握りながら遊底を後ろに押し下げれば発砲できなくなるが、これはかなり正確な動作が必要で、その後の動きにもつなげにくい。そもそも撃たせなければ事件にできないのだ。手っ取り早いのは銃口をそらして撃たせ、殺人未遂事件にしてしまうこと。だが撃たせた後、男を取り押さえるのが億劫《おっくう》だ。警官が到着するまで取り押さえ続けなくてはならず、組みあった状態ではクロックアップの利点も小さくなる。何よりそんな長時間「吹雪」の中にいたら、今日は就寝まで偏頭痛確定だ。ならば、こうする。ボグダンは左手と右手への指示内容を決め、動く軌道を変えた。銃口はすでにこちらに向かって向きを変え始めており、あまり時間的余裕はなかった。

銃口がボグダンの方を向き、引き金に指がかかり、男の右手親指の付け根が筋肉の収縮で波打つ。ボグダンの左手は指示通りにその上から襲いかかり、掌《てのひら》で男の手首のあたりを押し、もとの方向に押し戻す。引き金にかけられた男の親指の筋肉の動きから、もはや男の意思では撃つ動作を中断できないことを確認しながら、右手で男の左手首を掴む。弾道を思い描き、自分の腕を巻き込まないことを慎重に確かめながら男の両手首をそのまま寄せていく。発射音を避けるため頭をできるだけのけぞらせておくべきだった、ということを思い出し、その動作も加える（うっかりしていた。動作開始が遅すぎる。これではあまり意味がない）。この分なら銃はよく手入れされているだろう。暴発の危険は小さい。男の左手と、銃を持った右手が向き合う。さあ、感動のハグだ。発射炎に少し遅れて発射音。初速のたいして速くない9㎜弾とはいえ、銃弾の動きはさすがに高速だ。だが当たる直前、狙った通りの向きに飛んでいることは確認できた。回転する弾頭が男の左親指をひしゃげさせながら砕き、そのまま人差し指の根元に命中して穴を開け、とばっちりを食った中指もろとも吹き飛ばした。銃身から薬莢《やっきょう》が飛び出してきたのと、男の視線がまだこちらを向いたままで、彼が自分の左手に何が起こっているのかを全く把握していないことが、視界の隅《すみ》でかすかに確認できた。銃弾は火薬粉と金属粉をわずかに散らしながら飛び、地面に穴を開けた。

狙い通りだ。ボグダンは男の手を離す。男はよろめき、何が起こったか分からない、という顔で自分の手元を見た。そして自分の左手が半分吹き飛び、行き場を失った鮮血が傷口から噴き出ていることを知った。ボグダンは落ち着いて男の銃を奪い、奪う動作の間に次弾がちゃんと装塡《そうてん》されていることを確認し、自分で男の右手を撃った。今度は小指側が吹き飛び、薬指もパナマ共和国程度の幅だけ肉を残してぶらぶらと揺れ、ちぎれそうになっている。硝煙のにおいが鼻に届く。ベンチの傍らに置いた紙袋を視界の隅で確認する。あれに返り血がついていないことも含めて、とりあえず成功だ。これで男の両手は今後、極めて限定された使い方しかできなくなるだろう。この男がいかなる理由で今日の犯行を決意したのかは不明だが、今後の人生で再挑戦する日は来ないだろうし、ボグダンを逆恨《さかうら》みして殺しにくることも困難だ。もちろん本件は「偶然の結果」ということで片付けられる。男が殺人に至った動機は知らない。もしかしたら娘をレイプされ殺されたのかもしれない。革命前に汚職をしていた上司を告発しようとして消された同僚の仇《かたき》かもしれない。そう仮定すれば少々可哀想《かわいそう》な気がしないでもなかったが、こんな人通りのある場所で、拳銃を使って復讐をしようとした。しかも妨害したボグダンを迷わず殺そうとした。罰としては妥当な線だろう。聖書の世界には、もっと割に合わない罰を受けた者がごろごろいる。

男が銃を落とし、悲鳴をあげる。せめてもの慰めとして、止血ぐらいはしてやることにした。

3

「……で、こいつの指の数が半分になっちまってるのはどういうことだ」

「暴発したんだと思ったが、そういえば銃の方は無事だな」ボグダンは頭を掻きながら答えた。「焦ってて、自分の手を自分で撃っちまったんだろう。ご本人は何て言ってるんだ？」

「『お前にやられた』」

「そう言われれば、確かに銃を手で払ったような記憶はあるな。だが何がどうなったのかはよく見ていない」

「だろうな。これは偶然だ」

セルゲイはそう言って肩をすくめた。事情はすべて承知しているが、それを問いただす必要もなければ、そうする理由もない、という判断だろう。思ったより簡単に解放されそうな気がして、ボグダンは少しほっとしていた。今日は朝からついていなかったが、神様はちゃんと見ていてくださる。もっとも不運に対して幸運が小さすぎる。帳尻が合ったとはとても言えなかった。

「今回はこれでいい。奴は自滅した」セルゲイは持っている紙コップのコーヒーをこぼさないように慎重に動き、ボグダンに体を寄せて囁いた。「よくやってくれた。スカッとした」

「人を殺し屋みたいに言わないでくれるか？　あんな男は知らない」

「大事なのは結果だけだ。だから簡潔に言うが、奴はクズだ。名前はイワン・ポポヴィチ」セルゲイは手を真っ赤にして救急車に乗せられていく男を見る。「若い頃から札付きのチンピラだよ。革命時もガリガリのTiтушки《チトウーシキ》*4で、主に女性を襲って好き勝手をしていた。警官がどんどん真面目《まじめ》になっていくウクライナへの不満が爆発したんだろう」

「何か主張してたのか？」

「いいや。単に気にくわない奴を殺すところだったらしい。残念なのは、お前が奴の脳《のう》味噌《みそ》を吹っ飛ばしてくれなかったことだ」

＊4　マイダン革命時、ヤヌコーヴィチ大統領の政党「地域党」は私服のチンピラを多数雇ってデモ隊を襲わせていた。逮捕されても地域党の資金で保釈されるため、好き勝手ができるのである。「チトゥーシキ」は女性ジャーナリストを襲った後に保釈されたワシリー・チトゥーシカに由来する。

セルゲイは後ろから警官に呼ばれ、そこで待っていろ、という手振りをして離れた。何も知らない警官にボグダンが変な扱いをされないよう、ついていてくれるらしい。ありがたいことだ。残されたボグダンはふっと息をつく。当初、わらわらと集まってきた警察官に囲まれた時は面倒なことになると思ったが、幸いにもどこで嗅《か》ぎつけたか、セルゲイ・サヴェンコが大きな腹を揺らして駆けつけてくれた。キーウの警察で「話が通っている」のは署長を除けばこの男を含めて数人であり、下手をしたら傷害容疑で拘束されていたところだ。

もちろんその場合でも、じきに釈放となる。ボグダンの能力を知る署長の耳に入りさえすればいいのだ。これまでもボグダンは能力を活《い》かして犯罪者を発見したことが何度かある。すでに現行犯逮捕できる状態の奴は通報してそうなるように計らったし、まだそこまでいかない奴は危険度に応じて「正当防衛」をし、「適切な結果」に終わるように調整していた。いささか手続きが簡略化されすぎているきらいはあるが、忙しい警察に代わって、ボランティアで法執行をしているのだ。警察にとってはありがたい座敷童《ドモヴォーイ》のはずで、署長も、あるいはもっと上の局長もそのことは知っている。

セルゲイが戻ってくる。「お前さんの身柄はこっちで責任を持つ。まあ、夕方までには散歩の続きができるだろう」

「ありがたくて涙が出る」午後の仕事はできそうにないが、事情が事情だけに仕方がない。ボグダンは持っていた紙袋を思い出す。「それなら、こいつを今、受け取ってくれるともっとありがたいんだが」

「受け取るさ。病気とメタンフェタミン以外なら何でも受け取る主義なんだ。……軽いな。何だ」

「新作だ。端が赤い方はレーシャに」

「また作ったのか」セルゲイは紙袋を受け取るとさっさと口を開けて中を覗き、溜《た》め息《いき》をついた。「たいしたもんだ。オンラインショップでも開いたらどうだ」

「あんたが受け取ってくれなくなったらそうするが、どうせはした金に換わると思うとやる気がなくなる」そうなったら貴重な趣味が一つ減る。ボグダンとしてはそれなりに切実な問題だった。「それとも警察改革が進みすぎたか？」

「俺の方はこのくらい貰《もら》っても問題ないさ。係の若いのに『ずいぶん古風な再婚相手ですね』なんて誤解される程度だ。だがレーシャの方がな」セルゲイは肩をすくめる。

「喜びすぎる。最近はお前さんと結婚する、と言いだしてる」

「石ころより愛想《あいそう》のない野郎だと、ちゃんと伝えたか？」

「言ったさ。だが最近は『知らないの？　物静かな男の方がすぐれた伴侶《はんりよ》になるのよ』なんて抜かしやがる」

「でかくなったもんだ」ボグダンは、父親とそっくりなレーシャの顔を思い浮かべて苦笑した。俺にとってはしばしば遅すぎるこの世界だが、子供の成長だけは速く感じる。

「とりあえず署に来てもらうが。こいつの礼もある。昼飯ぐらいは……」紙袋を持ち上げて言いかけたセルゲイの携帯電話が鳴る。

面倒臭そうに電話に出たセルゲイは途中から丁寧な口調になり、しかし面倒臭そうな顔はますます固定され、喋りながら何度かボグダンを見た。何か雲行きがおかしい、とボグダンが感じ、それをきっかけに始まろうとする「吹雪」をなんとか回避したところで、セルゲイが渋面を作って電話を切った。

「すまんが、お前の今日の散歩はなしだ」セルゲイは携帯電話をしまいながら声を落とした。「ただ、かわりに夕飯もおごってやる。可哀想だからな」

「署長に何かあったか？」

「いや、ネステレンコ局長からだ」

その名前が出た瞬間、ボグダンは事情を悟った。なるほど今日は、午後の仕事もなしのようだ。「……何事件だ」

「殺人《コロシ》だ。スラヴィティチの郊外。背後関係はないが、どうも妙らしい」

やはり今日はついていないのだ。ボグダンは天を仰ぐ。「神よ、わたしに良き運命を惜しむのなら、せめて逆運なりとも与え給《たま》え！」*5

「やけくそになるな。俺も同行する」セルゲイはボグダンの背中を叩く。「うまいボルシチを食わせる店を見つけた。終わったら連れてってやる」

どちらにしろボグダンにこの手の「依頼」を断るという選択肢はなかった。ボグダンの能力をロシアから隠してくれているのは今のところ保安局であるし、彼ら自身もその気になればいつでもボグダンを拘束し、つまらない協力を無限に要求できるのだ。


ボグダン自身はわりと几帳面《きちようめん》に片付けをする方だが、他人の散らかった部屋が落ち着かない、といった性質はなかった。一方、勤務先では「最もデスクが片付いている刑事」というたいして輝かしくない称号を貰っているセルゲイは、現場を見回しては舌打ちをしたり唸ったりしている。無理もないことだった。事件の被害者である家主から半《なか》ば放置されていたのであろう物置小屋とはいえ、がらくたとしか呼べないものが積まれている。空のポリタンク、毛の抜けた箒《ほうき》、割れたスキー板。このあたりまではまだいい。だがどこから持ってきたのか自動車のエンジンや、ひん曲がって塗装の剥《は》げた窓枠まで隅に押し込まれている。

「……被害者はビーバーか？」セルゲイはビーバーを狩るオオカミの声で唸り、横にい

＊5　タラス・シェフチェンコ（訳は藤井悦子。群像社刊『シェフチェンコ詩集　コブザール』より）。

た若い警官に言う。「おい。この小屋ちょっと片付けていいか。写真は撮っただろ」

「やめておけ」ボグダンが手で制し、困惑している若い警官に詫《わ》びる。事件現場を片付ける刑事がどこにいる。「気になるなら外に出ていてもいいぞ。一人でやれる」

「つきあうさ。俺は仕事で来てるし、お前は仕事じゃないのに来てる」

わずかに黴臭《かびくさ》い小屋の空気に、二人の声がかすかに反響する。

車の中で事件の概要はすでに聞いていた。通報は今朝《けさ》八時過ぎ。このだらしない被害者の名前はアナトリー・ルイセンコ(49)。この小屋と捜査記録を見るに、だらしなさとウォッカの双方が原因で妻子に逃げられ一人暮らし。通報したのは隣に住む男性で、銃声を聞いたため外を窺っていたら、しばらくして、隣人アナトリーの小屋から走って逃げていく男を見たという。角度的にほぼ後ろ姿しか見えていない上に男性の乱視のせいで逃げた男の年格好は不明。老人でも子供でもない男、ということしか分かっていない。

ボグダンは小屋の中を壁際まで進み、白い枠を残して天に召された被害者の最期を考えた。壁に頭をもたせかけるような形で倒れていたようだ。かなり大柄な男だったようだが。

「射殺で間違いないんだな」

「そこは間違いない。被害者の左胸腔《きょうこう》内から弾頭も出た」セルゲイはタブレットに表示された画像を見せてくる。着弾の衝撃によってマッシュルーム形に変形した、鈍《にぶ》い金色の弾頭だ。もちろん被害者の血と体組織で汚れている。「7・62×39㎜。ウクライナはヨーロッパになったはずなんだがな」[*6]

ボグダンは画像を見て目を細める。「貫通しなかったのか？　それに死体に途中まで掘られたトンネルと、径が合わないようだが」

「画像だけでよく分かるな。……お察しの通りだ。犯人が発射したこいつはそこの机の上に並んでいた『ネミロフ』の空《あ》き瓶《びん》を砕いてこのクソ汚い小屋をさらに散らかした後、被害者の左胸部に進入。肋骨《ろっこつ》を見事に避けて心臓を破壊した後、背中から飛び出す直前で止まった」セルゲイは床の一部、死体とは別の小さい白枠で囲まれている部分を指さした。「死体に開いた穴が妙にでかいのは、最初に酒瓶をぶち抜いて弾頭部分が変形《マッシュルーミング》した上、軌道のブレが大きくなったせいだな。それでだいぶ威力が落ちたらしい」

ボグダンは死体を示す白線の周囲を指さす。「この床は。あんたが掃除《し》したのか」

死体からはそれなりに多い出血があったようだが、床は赤茶色の染みが引き延ばされたようにかすれて広がっている。

＊6　「7・62×39㎜」はロシアの規格。

セルゲイは首を振る。「俺じゃない。犯人が拭いたんだろうな。気持ちは分かる。薬莢の方はその時に回収したんだろう。だが犯人にとって不運だったのは、弾頭部分が被害者の体内に残っちまったことだ。医者いわく、あの位置では回収は困難だとさ」

　弾丸は発射時に「弾頭」と「薬莢」に分かれる。飛んでいくのは弾頭部分だけで、炸《さく》薬《やく》の詰まっていた薬莢は銃内部に残る。オートマチックの場合は自動的に排出されるが、射手の近くに落ちるから、こちらの回収は簡単だ。

「で、容疑者は特定されているんだったな」

「被害者の知人のヴィクトル・ソローキンだな。凶器となった弾丸はこいつの銃から発射された。モロト社のヴェープル・パイオニア。購入は２０１４年。スポーツ用のライフルだし、そういう名目で登録したんだろうが、動乱時だからな。実際には護身用だろう」セルゲイは毎日の家事で荒れたのであろう赤い手をぬっと出して画面をいじり、弾頭の尻の部分を拡大させた。「回収された弾頭に線条痕がくっきりついていた。間違いない」

　発射された際に弾頭が銃身内部で削られてできる線条痕は銃の指紋とでもいうべきもので、偽造することはできないし、同じものは二つとない。だが。

「それだけ分かっていて、なぜソローキンを引っ張らない」

「引っ張って殴ればなんとかなりそうなんだがな。そうもいかん」セルゲイはタブレットをタップして男の顔写真を表示させる。「死亡推定時刻は昨夜十一時頃から翌朝二時頃なんだが、この男にはその時間帯、不在証明《アリビ》がある。よりによってオデッサの別荘《ダーチャ》にいやがったのさ。*7 十一時頃まで友人たちと飲んでいたし、さらにその後、一時間は美人の女房と仲良くしていたらしい。まあこの部分が野郎の見栄《みえ》だったとしても、オデッサからここまで500㎞ある。三時間じゃ無理だ」

ボグダンは入り口を振り返る。戸板は片方が外れて傾いており、誰でも入れたようではあるのだが。

「……他に容疑者は」

「動機があってアリビがなさそうなのは、市内に住んでいる元友人のアレクサンドル・バンデーラ。被害者とは二年ほど前に大喧嘩《おおげんか》をして、被害者がマチェットを振り回す事態になったらしい。犯行時間帯には家にいた、と女房ともども言っているが、身内の証言だ」

セルゲイのタブレットに赤毛の男が表示される。さっきのソローキンもそうだったが、あまり屈強そうではなかった。銃でも使わなければ被害者に対抗できそうにない。

＊7　別荘というと優雅に聞こえるが、ウクライナではわりとみんな普通に、田舎に別荘を持っているらしい。

「考えられることが二つある」ボグダンは言った。クロックアップするまでもない。「バンデーラがソローキンから借りた銃で被害者を殺害した。またはバンデーラがソローキンに罪を着せるため、ソローキンの銃を盗んだ」

「後者はありえない。美人の女房も全く同じことを証言しているが、ソローキンは極めて厳重に銃の管理をしていたと言っている。買ってから今まで、ソローキンの銃にはソローキン以外、誰も触っていない。常にガンロッカーに入れて鍵をかけ、鍵をなくしたこともないとさ。半年前にハンティングに出たのを最後に、一度も鍵を開けてすらいないとまで言われたらしい」

「それも妙じゃないか。半年前には申告通りスポーツ・ハンティングに勤《いそ》しんでいたんだろう。なぜ今年の夏は一度も出なかった？」

「その半年前、クマに襲われて懲《こ》りたんだとさ」動物好きのセルゲイは思うところがあるらしく、ざまあ見ろ、という意識が頬のあたりに透けている。「銃をぶっ放して退散させたらしいが、担当の刑事は武勇伝を延々聞かされて苦労したそうだ」

狩猟を趣味にする者の中にはいわゆるトロフィー・ハンティングの思考で「大型動物を倒したマッチョな俺」を誇る者も多い。実際の野生動物は人間に遭遇してもまず逃げようとするから、彼らの武勇伝は九割以上、嘘なのだが。

セルゲイは寒そうに腕をこすると不意に出ていき、車からボグダンの新作を出して巻きながら戻ってきた。

「どうだ？」

「似合うな。自分のセンスに自信が持てた」

「馬鹿《ばか》言え。モデルがいいんだ」セルゲイは鼻を鳴らした。「まあ、これで問題の所在が分かっただろう。ソローキンは『銃の管理は完璧《かんぺき》だった』と自分で証言しているんだ」

ボグダンの思考が一瞬だけ早まる。そうだ。容疑者が他にいないなら、これは不可能犯罪だ（本当にいないのか？↓いないのだろう《しかしどうしてこの小屋には窓枠だのボートのオールだのが積んであるんだ？》。少しでも怪しい奴がいればセルゲイが言っている。とても容疑者に見えない奴が実は犯人だった《何か犯行に利用できそうなものはないか？　なさそうだな。》、という事件も過去にはあったのだ。誰かいれば漏らさず言っているはずだ／リヴィウだったか。あの後奢《おご》られたレストランはたいしたことがなかったな。いや、ヴァレーヌィクだけは美味《うま》かった《それよりもメニューの半分が売り切れだったな。》／それぞれの女房という可能性も排除されている。「男だった」のも確かなようだ）。バンデーラはアリビがないが銃もない。ソローキンは銃があるがアリビもある（友人とやらの証言もきっと信用できるのだろう）／だが何か引っかかる。何だ？／ソローキンの証言は信用できる。奴が犯人なら、銃の管理状況を訊かれた時に「そう《現場の床。》いえば甘かったかもしれない《やはりどうしても不自然だ。》」とでも答えておけばいいはずだからだ／まあいい。何が引っかかるかの検討は後だ。時間はいくらでもある／（銃の管理ミス程度ならたいした罪にはならないしな）それで容疑者の範囲が無限に広がるし、バンデーラみたいなアリビのない奴に容疑を向けることができるはずなのに、わざわざ「完璧だった」と言っ何か他により重大な、隠したいことがあるのか。それとも単に『イワンのばか』なのか。いずれにしろこの証言は信用できるはずだ。ている。奴の証言は信用できそうだ（共謀はどうだ？　バンデーラと共謀し、お互いの容疑を有《う》いや、これは偶然だと思うが。耶無耶《やむや》にするためにあえてそう言っている〔現に不可能犯罪であるかのようになっている〕↓ありえない。二人とも有耶無耶になったのは、警察がたまたま線条痕をしっかり鑑定したからだ。もしそうしなこいつ『ネミロフ』ばかり飲んでるな。しかしどうして空き瓶を大事に溜め込んでるんだ？　犬なのか？ければ〔警察はまだ、当てにならないこともあるしな［そもそもソローキンは動乱時に護身用に銃を買っていた。警察を信用して殺人計画を練るタイプじゃない］〕、バンデーラはそのまま容疑者にされていそういえば母屋でなくここで殺したのは偶然か？た。ソローキンはよくても、バンデーラがそんな計画に乗るとは思えない。ソローキン次第でいつでも殺人犯にされてしまうし、ソローキンに頭が上がらなくなる〔そもそも共謀というなら、こんな不確実母屋からは何も出なかったという話だが。ここがこれじゃ母屋も捜索は難航しただろう。な方法をとらず、素直にお互いのアリビを証言しあえば済む。普通、まず考えるのはそちらの方法だろう〕バンデーラの立場が弱くて、ソローキンの提案を拒《こば》めなかったとしたら？↓それもない。それならソローキンはわざわざ危険を冒して自分の銃を使わせる必要などない）↓なるほど不可能犯罪だ。

だが何か気にかかる。

ボグダンは一旦《いったん》「吹雪」を抑え、深く息を吐いた。それを見ていたセルゲイが尋《たず》ねてくる。「何か分かったか」

「いや。だが」

ボグダンはもう一度、深海に裸で潜る覚悟をしてクロックアップする。何か気になっていた（引っかかったのはどの瞬間だ？／しかし血の臭《にお》いが不快だ／床の血痕〔そもそもなぜ拭いた？　拭き方が雑だ。仮に犯人のＤＮＡを隠そうとしたのだとしても、こんな雑な拭き方では隠せない【拭いている途中に発見者が来た？《血以外の別の何かを拭き取ったという感じでもない。》　違う。それなら掃除用具がそこらに残されているはずだ。被害者《雑巾。モップ。何を使った》よりはるかに《かは重要ではないだろう。》几帳面なこの犯人は、掃除用具《だが、ここにあった物で慌てて拭き取った？》の処分まできちんとしてからここを出た【だとするとおか《確かめるのは不可能だな。》しい。几帳面に掃除用具の処分までして、薬莢も回収しているのに、なぜ拭き方がこんなに雑なのだ？】」↓拭くこと自体に何か、通常とは違う目的があったのかもしれない｝それともう一点だ。弾丸が貫通したという「ネミロフ」の瓶。それが置かれていた机。これがおかしい｛どこがおかしい？｝↓《新しい酒瓶はない。最近はコレクションどころじゃなくなっていた》低すぎる。《んだろうな。》机の高さは腰の高さだ。瓶もせいぜい腹の高さ。ここを貫通したということは、犯人はライフルを腰だめで撃ったのか？｛感情的になっていた？　にしてはずいぶん狙いが正確だ《酒は二度と御免だな。特にウォッカは。》。そもそも犯人はライフルの扱いに習熟していたはずだ。とっさでもちゃんと構えて撃つだろう｝しかも腰だめで撃ったのに被害者の｛しかも大柄だった。１８５㎝はあったぞ｝心臓を直撃しているということは、わざわざ《しれないが。》角度を上に向けていたことになる。なぜわざわざそんな撃ち方を？｝↓やはり気になる。犯人の《たまたまかも》行動がちぐはぐだ。この現場には何か偽装がある気がする。

ずしりと体が重くなる。「吹雪」から出た瞬間に全身がどっと汗をかき、その重みで全身が下に引っ張られる。セルゲイが支えてくれたようだ。体の下降が止まる。

「大丈夫か」

「問題ない」足を踏ん張り、立ち上がる。軽い貧血と目眩《めまい》。倒れずに重心を維持することには慣れている。「……いや、問題だらけだな。この場ですぐに結論は出なそうだ」

「珍しいな」

容疑者は二人だけ。だがソローキンには５００㎞の距離を、バンデーラには科学の力を打ち倒さなければ手錠をかけられない。

セルゲイはやれやれという顔で現場を見回している。「……どうする？」

それでもボグダンは落ち着いていた。解決はできる。ただ少し手間がかかるだけだ。

「ひと晩、ゆっくり考えるさ。ぶっ倒れても頭を打たない場所で」

おそらくその場にいた警官は不審に思っただろう。もう帰るのか、と。客観的には、ボグダンが推理していたのはほんの数分なのだ。だがこの場ではもうこれで充分だ。現場は隅から隅までしっかりと目に焼き付けた。


結局ボグダンが安らかなる我《わ》が家《や》に戻れたのは深夜だった。午後の仕事のことなどすでにどうでもよく、事件のことも後回しにしなければならなかった。偏頭痛で視界がちかちかするし、肩凝りはすでに限界の八割程度のレベルにまで上りつめてきている。ゆったりとした適温での入浴とアロマとマッサージチェア。それにリラックス用の茶を入れなければならない。今日すべき仕事は熱帯魚に餌《えさ》をやることだけで、あとはとにかく脳を落ち着かせ、できるだけ早く入眠しなければならない。困ったことに、消耗している時ほど「吹雪」はよくやってくる。クロックアップする力より、クロックアップを止める力の方が先に低下するのだろう。

　ボグダン・コルニエンコにとって、いつだって睡眠は闘いだった。もともと人間にとって一番難しいのが睡眠欲なのだ。食欲や性欲と違い、睡眠欲だけは「体が眠る気になってくれない限り」どうしようもない。人は空中で二回転二回半ひねりを入れて着地することができる。だが任意に眠ることはできない。人は三次方程式を解く方法を知っている。だが眠る方法は知らない。睡眠薬で眠れる不眠と眠れない不眠があるのだ。ボグダンの場合も、薬を使って強制的に眠れるのは三十分がせいぜいで、その後はかえって目が覚めてしまうたちだった。あらゆる手を尽くした後は、もう体が自然に眠る気になってくれるのをただ祈るしかないのだ。

　ボグダンはすべての準備を整えてベッドに入る。すべての準備を整えた、という意識は緊張を呼ぶので、それすら意識しないように思考をコントロールする術《すべ》は身につけている。あとは入眠前に襲いくる「吹雪」をかわし、何も意識しないように、考えないようにする。自分の場合に実績があったいくつかの瞑想法《めいそうほう》を続け、目を閉じる前に見ていたイコンをうっすらと思い浮かべる。本当は何も考えない状態が望ましいのだが、何も考えまいとすると何も考えまいとしている自分のことを考えてしまうため困難で、ぼんやりと何かを考え続けつつ、徐々に思考のギアを落とし、気がつくと入眠しているというルートに乗らなければならなかった。正直なところ、宇宙船を帰還軌道に乗せるより難しい。だがあのイコンは効くのだ。幼子イエスの表情と、それを抱くマリアの表情。それが妙にボグダンの意識を曖昧《あいまい》にさせ、「何も考えていないわけではないが」「思考は一点にとどまらず」「速すぎない速度でゆったりと」「堂々巡りでない経路を辿って揺蕩う」という絶妙の状態をもたらしてくれる。

無理にでも複製させてもらってきて正解だった、と思う。

三年ほど前、たまたま旅行でポルタヴァの聖スタニスラフ大聖堂を覗いた時、このイコンのオリジナルに出会ったのだ。なんとはなしに安らかな気分になっていたボグダンは、イコンを見上げながらなんと居眠りをした。礼拝堂の堅い椅子に座ったまま。ほんの十分ほどの居眠りだった。だがボグダンにとっては衝撃だった。物心ついてからというもの数十年間、通常四時間程度、少ない日はゼロという睡眠時間しか取れないまま生きてきたのだ。目覚めたボグダンは、自分が今、意識せずに睡《ねむ》っていた、ということがしばらく信じられなかった。だが体は傾いていたし、バッグを肘《ひじ》で潰していたし、あろうことか涎《よだれ》が垂れそうになっていた。信じられないが、睡っていたことは明らかだった。

ボグダンは自分の体に起きた奇跡の原因がイコンにあることを確かめ、その場で神父に懇願《こんがん》し、多額の寄付を約束してイコンの複製を頼み込んだ。他のイコンも試してみたが、効果は段違いだった。あの構図とタッチ、人物の表情、色づかいでないと駄目なのだ。十六世紀のものだというイコンは職人いわく「完璧」に複製されたが、ボグダンから見れば猫とクマほども違いがあった。それでもイコンは「効いた」。ベッドに入ってからあれを眺め、思考を揺蕩わせることで、ボグダンは生まれて初めて、ベッドに入ってからたったの四十分で入眠することに成功したのだ。今でもその効果は続いており、何も障害がなくうまくいった日なら、一時間程度で眠れるようになった。それに加えて、六時間程度の連続睡眠ができる日も時折訪れた。

なぜこんな体になったのかと、神を恨む時もあった。だが神は、それを乗り越えるすべも同時に与えた。

あれが欲しい。複製ではなく、完璧なオリジナルが。あれさえあれば俺はきっと、さしたる苦労なく睡ることができる。他の多くの人間と同じように。

靴の裏がじゃりじゃりと鳴る。そういえばかなり埃《ほこり》が吹き込んでいた。この倉庫は普段から開け放されていたのだ。だが、この黴臭さはどこから来るのだろう。チーズでも作っているのか。こんな臭いチーズがあっただろうか。

ボグダンは現場を見回し、視覚に集中することにして他の感覚を切り、倉庫内を浮遊し始めた。入り口から中へ。犯人はこのあたりに立っていた。ヴェープルを構えると、この位置。空中にライフルが出現する。目の前に机がある。弾丸はまっすぐ飛び、ガラス瓶を貫通し、被害者の心臓へ。被害者は倒れる――。

ボグダンは夢を見ていた。

夢の中で、ボグダンは夕方に訪れた事件現場を再訪している。昼間に一度見ているから、現場は三百六十度、完璧に再現されている。「現場検証」だった。

明晰夢《めいせきむ》。

誰でもが経験する「夢であると自覚している夢」だ。ボグダンはこれを自由に見ることができた。

明晰夢の中では、疲労感が残るので普段はやらないが、今回のような場合には便利だった。

明晰夢の中では、記憶にある情景を何度でも繰り返して再生できるのだ。ボグダンの夢は音もにおいも手触りもある。あらゆるVRを軽々と上回る「実体験」を、好きなだけ繰り返せるのだ。加えて、一度目に焼き付けた光景なら再生速度もズームも思いのまま。コマ送りにしてみることもできるし、一部だけをリピート再生することもできる。

そしてどれだけ時間をかけても、目を覚ませば翌朝にしかなっていない。正確に計ったことがないが、数時間分の明晰夢を見ても、実際には三十分程度しか経っていないはずである。おそらくはクロックアップ能力の応用で、眠っている間でも思考速度が加速しているのだろう。

この能力を使って、ボグダンは自室のベッドにいながら「無限の現場検証」を行うことができる。おそらくはすでにクロックアップ状態であるせいか、夢の中では「吹雪」

が起こらないが（「起こらない」！　それはなんと安らかなことだろう！）、再生時間は無限にあるわけで、何も問題はなかった。

セルゲイはすでに知っているが、局長などは不思議に思っているらしい。「ボグダン・コルニエンコは一晩寝て起きると、なぜかたちどころに謎を解いている」。どんな事件も関わり始めてから二十四時間以内に解決するので、ボグダンは「神馬《スレイプニル》」と呼ばれたりもする。だがスレイプニルはブースターで飛んでいるわけではない。他の馬より多い脚を必死で動かしているだけだ。

そしてボグダンは、今夜も事件を解決した。夢の中で、記憶と戯《たわむ》れながら。

名探偵ボグダン・ユーリエヴィチ・コルニエンコの、クロックアップとは別のもう一つの能力だった。

4

翌朝ボグダンは、セルゲイに電話を入れた。もう自ら現場検証に行く必要はなかったし、鑑定や取り調べは警察の仕事だ。友人は協力の礼と娘からのプロポーズの言葉をボグダンに伝えた後、「可能性はある。あとはこちらで調べてみる」と約束してくれた。確認は容易だろう。

ボグダンの仕事は終わった。疲労感が残っており、ボグダンはベッドの中で、壁に掛けられた聖母子とぼんやり向き合っていた。

謎は解けた。犯人は「アリビのない」バンデーラの方だ。奴がソローキンに罪を着せた。５００㎞の距離より、科学を打ち倒す方が容易だった。

信用できる複数人によってアリビが確認されているソローキンに対し、バンデーラの犯人性を否定するのは「弾頭の線条痕」だけなのだ。つまりバンデーラは、ソローキンのヴェープル・パイオニアから発射された弾頭を用いて被害者を殺害することができさえすれば、容疑をソローキンに向けることができた。

具体的な方法はこうだ。ソローキンのヴェープルから発射された、線条痕がくっきりついてマッシュルーム形に変形した使用済み弾頭を手に入れたバンデーラは、それをより口径の大きい銃に装塡する。おそらくは薬莢を用いない自作の空気銃か何かだろう。もちろん変形した弾頭をそのまま発射するのは困難なので、弾頭の周囲を加工する。氷で固めたか、被害者と同じ血液型の血液をホームレスあたりから入手し、それを凍《こお》らせて弾頭型に成型すれば、痕跡の残らない「再成型した弾頭」が完成する。それを、たとえばより口径の大きい12・7×１０８㎜弾などの薬莢に装着する。射撃競技では薬莢部分を回収して炸薬を詰め直し、再利用する「リローディング」は日常的に行われているが、これは「弾頭部分のリローディング」というわけだ。もちろん再成型した氷の部分は発射の瞬間に衝撃で崩壊してしまうが、この場合は弾頭を飛ばせさえすればいいので問題ない。

そしてこれで被害者を撃つ。特製のリローデッド弾頭は、被害者の胸にまっすぐ突き刺さって止まる。その後、バンデーラは「ネミロフ」の瓶を一つ割る。死体の銃創を見れば、弾頭が「着弾前からすでに変形していた」ことがばれてしまう。ガラス瓶を貫通したことにして、そうなったことに理由をつけようというわけだ。そして死体の位置も然るべく動かす。床が雑に拭かれていたのは、死体の位置がずらされていることと、薬莢が片付けられていることに関しても理由をつけるためだった。

もちろんここで一つ、大きな問題が生じる。そもそもバンデーラは、ソローキンのヴエープルから発射された「使用済みの弾頭」をどうやって入手したのか？　ソローキンは銃を厳重に管理していて、バンデーラがちょっと拝借して一発だけ撃って返す、ということはできない。

だがソローキンは、半年前までは普通にハンティングに行き、問題のヴェープルを撃っていたのだ。

もちろん、それでも弾頭を他人が手に入れることは困難だ。たとえばソローキンの車にGPS発信器をつけ、ハンティングに出かけるソローキンを尾行したとする。たとえそれに成功したとしても、山の中で、ソローキンに見つからないよう距離を取りながら、発砲された方向だけを頼りに、２㎝に満たない一発の使用済み弾頭を見つけ出すことなど不可能といっていい。

だがそれができた可能性が一つだけ、ソローキンの話の中にあった。

ソローキンは半年前、クマに襲われた。そこでソローキンは、問題のヴェープルをクマに向けて撃っているという。つまり、弾丸が命中し、なおかつクマが生きていた場合、ソローキンのヴェープルから発射された弾頭を体内にしまったままうろつくクマが存在したことになる。普通の場合、そのクマを発見し、そこから弾頭を取るのは、竜の鱗《うろこ》を剝いでくるより難しいかもしれない。だがそのクマが、バンデーラのもとに自らやってきたとすれば。

今頃セルゲイは、バンデーラの周囲を洗っているだろう。奴がどこかから――おそらくはサーカス団あたりの引退したヒグマを買い入れていないかを。

おそらく、今回の結果は偶然だった。バンデーラが本当に殺したいのはソローキンの方であり、バンデーラは当初、調教したクマをけしかけてソローキンを殺そうとしていた。これならハンティング中の事故に見せかけることができる。完全犯罪だ。

だがそれは失敗した。勇敢なるソローキンは襲ってくるヒグマに対して愛用のヴェープルをぶっ放し、撃退してしまった。奴の武勇伝は一割の真実の方だったわけだ。

そしてその結果、逃げ帰ってきたクマを迎えて手当てをしていたバンデーラは、ソローキン愛用のヴェープルから発射された7・62×9㎜弾頭を、クマの体内から手に入れた。

　バンデーラに悪魔が囁いただろう。この弾頭で適当な誰かを殺せば、ソローキンを殺人犯に仕立てあげることができる。


　その日の昼過ぎ、アレクサンドル・バンデーラをアナトリー・ルイセンコ殺害容疑で逮捕したと、セルゲイから電話があった。そして夕方のニュースでは、トリックの解説込みでそれが報道された。策謀と幸運によって実現できた大がかりなトリックだったがゆえに、明るみに出た後は脆《もろ》かったのかもしれなかった。動機にはソローキンの美人の女房が絡んでおり、ルイセンコはほとんどとばっちりのような形で殺されたようだった。ボグダンはそこで事件への興味を完全になくした。

　その夜、ボグダンは安眠できた。もともと自分とは無関係の事件で、自分自身に何か危機が迫っているというわけでもなかった。だがそれでも、あれだけ推理を披露したのだから、結果が出て安心した部分があるのだろう。

※

その事件から数ヵ月後、ボグダンは久しぶりにセルゲイから呼び出しを受けた。バンデーラ逮捕を最後にしばらく「依頼」は来ていなかったし、セルゲイの、悪臭のする肉を大量に背負わされたような顔を見れば、また何かややこしい事件だな、ということは分かった。

だがセルゲイは、レストランの席につくなり口を開いた。

「お前の腕を見込んで、ウクライナ正教組合からの依頼なんだ。……なんせあの現場の警官の証言で、警察と保安局の一部は、あんたが『たったの数分』でルイセンコ殺害事件のトリックを見抜いたと思っている」

実際にはそうではないのだが。とはいえ、能力がばれるよりはましだ。

依頼内容を説明する間、セルゲイはずっと不本意そうだった。ウクライナ警察とは関係がなく、刑事事件ですらないのだ。日本で急遽《きゅうきょ》開催されることになった、聖遺物を懸けた知恵比べゲーム。

「本物かどうかはさておき、聖遺物としてはだいぶ大物らしい。ウクライナ正教組合としては是非欲しいそうだ」説明するセルゲイは、自分の別荘はずっと外れにある、と言いたげにKBAC《クワス》をぐい、とあおった。「もちろん報酬ははずむらしいが、保安局は紹介をしただけで絡んでない。断っていいやつだ」

だが、ウクライナ正教組合、と聞いた瞬間から、ボグダンは心の中で身を乗り出していた。

「報酬は、金以外でもいいのか」そう問う時は実際に身を乗り出していた。「吹雪」が始まるのをなんとかこらえる。「たとえば、聖スタニスラフ大聖堂のイコンと交換というのは、どうだ」

もちろんセルゲイは即答できなかったが、おそらくいけるだろう、と請け負ってはくれた。「そんなものでいいのか」「お前いつからそんな熱心に」と、ひととおり不審がられはしたが。

ボグダンの心に爽快《そうかい》な春の風が吹いた。色とりどりの日々草が咲き、ナイチンゲールが高らかに囀《さえず》った。あれが手に入る。聖スタニスラフ大聖堂のイコンが。もしかして、自分はやっと毎夜のあの闘いから解放されるのではないか。

「依頼を持ってきてくれて感謝する」ボグダンは手を差し出し、困惑している友人と固く握手した。「その聖遺物は必ず持ち帰る」

無限の思考時間と無制限の現場検証能力。

「クロックアップ探偵」ボグダン・ユーリエヴィチ・コルニエンコ。聖遺物争奪ゲームに参戦する。

日本国
東京都千代田区

I

猫カフェにゴリラが紛《まぎ》れている、と時々言われる。バス路線を戦車が走っているとか、白物家電売り場でマシンガンを売っているとか、そういうふうに言われることもある。まあそれは「外」から見た場合の話である。「内」つまり部署内の人たちは、手芸部にプロレスラーが来た感じとか、野菜売り場にステーキ肉が来た感じと言っている。同じではないか。

仕方がないことではある。警視庁刑事部刑事総務課「庶務係」所属、椎堂斗真《しどうとうま》巡査部長。昨年の健康診断では１８６cm 88kg、一応言わせてもらうが柔道四段剣道初段である。係長以下六割方が女性で警察官は俺一人、係長からして「うちら捜査とかよく分かんないから」と堂々と言う庶務係では目立って当然だった。

ご存じない人も多いのだが、警察で働いているのは警察官だけではない。警察だって組織である以上、資料整理が、来客応対が、人事考課に勤怠管理が存在する。警視庁本部には総務部も警務部もあるが、当然ながらそれ以外の部にも総務課があり庶務係がそれぞれ存在する。そしてそのあたりの人員は大部分が警察官ではない。一般の地方公務員として採用された「警察行政職員」であり、普通の事務員である。ただ扱う書類に時折「拳銃」だの「手錠」だのの単語が出現するだけだ。以前は文京区の某署で刑事をしていた俺がここにいるのは高校時代に簿記（二級）を取っていたのと、庶務係にも刑事経験者が一人いた方が話が円滑になる、という上の適当な判断と、俺の左膝《ひだりひざ》から下がレントゲンを見ると「ビーフジャーキーみたいな感じ」になっていることによる。凶悪犯と戦ってついた名誉の負傷なら恰好もつくが、単なる交通事故の結果だった。しかも同僚の動かす車両にむこうの不注意でぶつかられた。仲間を嚙んでどうする。

そういう経緯と、所轄時代の「三係で唯一書類作成が得意な男」という評判もあって（先輩たちは確かにひどかった……）「歩かなくてもいい」事務方に移れたのだが、そうなったらそうなったで、今度はあれこれとマニュアル外の仕事が回ってくる。庶務係としてはまだ大仕事は任せられないし、治ったら捜査部門に戻っていくのだろうと思われているようだ。実際には「治る」と言う医師と「治らない」と言う医師が両方いるし、治ったところで刑事に戻れるかどうかも分からないのだが。

「……この三件を『調べる』というのは。……特命的な？」

「いや私、捜査とかよく分かんないんだけどさ」俺のデスクに来た係長は当然という顔で言った。「事件の方はもう全部解決済みなんだって。調べるのはこの人の方」

係長が指さした欄には、捜査に参加した嘱託警察犬の名前があった。所属／愛和《あいわ》ドッグスクール。訓練士／高崎満里愛《たかさきまりあ》。犬名／ハチロー号。警察犬にしてはのほほんとした名前だが、別におかしなところはない。

「この二……一人と一匹が何か？」

「容疑者とかじゃないらしいの。むしろ逆だって言うんだけど」係長は説明の仕方に迷っている時の仕草で眼鏡のつるをいじる。「とにかく調べてほしい、って。怪しいところがないか」

説明が面倒になるととりあえずそのままゴーサインを出し「分からないところがでてきたら訊いて」と風呂敷《ふろしき》を畳むいつもの逃げ方でデスクに戻っていく係長を見送り、渡されたファイルに目を通す。他に急ぎの仕事は与えられていない。最優先でやるべきなのだろう。

一件目のファイル。昨年五月、品川区《しながわ》で発生した殺人事件。当時六十二歳の男性が自宅で絞殺死体となって発見される。状況から物盗りではなく怨恨と推測されたが、第一発見者である妻には不審な点はなく、被害者の交友関係から数名の容疑者が浮かび上がる。だがどの容疑者も決め手がなく、捜査本部は容疑者らから任意で原臭の提供を受けた上、警察犬を用いての臭気選別を実施。いずれの容疑者の臭気も発見できなかったが、捜索中ハチロー号が「歯科医院の臭気」を発見。交友関係のあった歯科医師の男(60)に任意で事情聴取をしたところ、犯行を自供。現在は有罪が確定、男は服役中。

二件目のファイル。昨年十二月の殺人・死体遺棄事件。当時行方不明になっていた女性（38）の殺害及び死体遺棄の事実を話し東村山署《ひがしむらやま》に自首してきた男（42）の供述に基づき、死体遺棄現場付近を捜索。だが供述通りの死体が見つからないため警察犬の出動を要請。男から任意で原臭（靴下）の提供を受け、足跡追跡及び異物の捜索を実施。死体は発見できたが足跡に反応なし。またハチロー号が紙巻きたばこ（銘柄《めいがら》「ジョーカー・カルマ」）の臭気を検知。通販サイトの購入履歴から、自首してきた男の友人（42）が浮上。任意で事情聴取したところ、殺人・死体遺棄及び自首してきた男を身代わりにしていた事実が判明。友人の男は有罪が確定。服役中。

三件目のファイルは今年四月の事件だった。江東区《こうとう》・台東区《たいとう》内で発生していた連続空き巣事件。手口からの犯人推測が困難なため、容疑者リストに挙がった四名から原臭（靴下及び肌着）の提供を受け、最後の現場にて、警察犬を用いての臭気選別を実施。現場から四名の臭気はいずれも発見されなかったが、捜索中ハチロー号が「熟柿《じゅくし》のにおい」を検知。アルコール依存症治療のため通院歴のあった容疑者（71）が浮上。任意での事情聴取及び家宅捜索によって現場の侵入痕と一致するバール等を発見。逮捕。男は起訴され係争中。

「……何だ？　これ」

一見するとただの「解決した事件」であり、せいぜい「ハチロー号のお手柄《てがら》」としか読めないだろう。係長がこれを読んでいたとしても、おそらくそういう感想だったはずだ。

だが、これは明らかにおかしい。警察犬を用いた捜査の範疇《はんちゅう》から外れている。

通常、警察犬の仕事は四種類に大別される。遺留品などを用いて対象個人の臭気を覚えさせ、犯人や失踪者等がどこに行ったかを探る「足跡追及」。あるいは数名の容疑者の中からその臭気と合う者を選ばせる「臭気選別」。それに麻薬探知と威嚇・犯人確保だ。通常はイヌごとに専門が分かれており、すべての仕事をこなせるイヌはいないし、そもそも警察犬ができるのは「あらかじめ覚えた臭気（原臭）と同じものを探す」ことだけのはずなのだ。

だがこのハチロー号はおかしかった。たとえば一件目。現場で「歯科医院の臭気」を発見したというが、具体的にそれはどういうことなのだろうか。あらかじめ歯科医院の臭気を覚えさせ、これを探すよう指示していたなら分かる。だが「歯科医院の臭気」は現場にいた全員にとって予想外の発見だったはずで、そんな準備は当然なかった。「何か気になる臭気を感じたら知らせろ」という抽象的な指示は通常できないし、仮にできたとしても、物言わぬイヌにはそれが何の臭気なのかを訓練士《ハンドラー》に伝えるすべがない。二件目も同様だ。仮にこのハチロー号が、ジョーカー・カルマなる日本ではほぼ聞かない銘柄を含め、多数のたばこの銘柄を記憶していたとする。イヌの嗅覚《きゅうかく》なら紙巻きたばこの銘柄を当てる程度のことは造作もないだろう。だが発見した臭気が「ジョーカー・カルマ」のものだと、その場でどうやってハンドラーに伝えたのだろうか。まさか考えられる全銘柄のサンプルを持ち歩いていて照合させたわけがない。タブレットなどに画像を表示させ、それを選ばせた？　訓練次第ではあるいは可能かもしれない。だが他の仕事と並行して片手間にやれることではない。何より、ハチロー号が出動したのは足跡追及であって、現場に珍しい銘柄のたばこの臭気があることなど、捜査員の誰一人として予想できていなかったはずなのだ。しかもハチロー号は、足跡追及にも臭気選別にも出動している。三件目もそうだ。「熟柿のにおい」。肝臓が悪い人間はそう喩《たと》えられる口臭を発することがあると、話に聞いたことはある。だがこのハチロー号はそんなにおいまで知っていたのだろうか。それをどうやってハンドラーに伝えたのだろうか。

一体、この犬は何だ。

ハンドラーはすべて同じ人間だ。それ自体は不自然ではない。イヌとハンドラーのコンビは固定されているのが通常で、年齢からして初めての担当犬だろう。高崎満里愛。考えられるのは、彼女の方がすべての事件に関与しており、最初から何かを知っていた、ということだろうか。だがそれもありえない。依頼は警視庁の方からしている。彼女が都合よく、自分が関与した事件に派遣される確率は低いし、仮に関与していたとしても、それを暴《あば》く動機もない。

ハチロー号。警察犬にしては珍しい日本語の名前だ。ファイルをめくる。オス。四歳。驚くべきことに柴犬《しばいぬ》であり、*1 体毛は黒。写真も載っている。こちらを向いてきちんと座り、何かを期待するような通常のイヌ顔で舌を出している。普通の柴犬だ。だが。ファイルを閉じ、机に手をついて立ち上がり、松葉杖《まつばづえ》をつく。実際に会ってみないことにはどうしようもなかった。こういう「捜査」のような仕事は俺に回ってくるのである。

というわけで、俺は庶務係を出た。事務仕事はわりと歩く。

2

「……しかしまあ、不躾《ぶしつけ》で失礼かもしれませんけど、大きいですねえ。庶務係言うてませんでした？　刑事部やと庶務でもパワー要るんですか？」

「所轄の時は三係でした。この通り、脚の怪我で異動になりまして」

「おー。名誉の負傷言うやつですか。二階級特進されました？」

「いえ死んでませんので。自分、まだ巡査部長ですし」

「そこはよくないですか？　死んで二階級特進してから減量して一階級落とせば」

「痩《や》せたら降格ってどういう組織ですか」いや、つっこむべきポイントが違っただろうか。「ボクサーですか」

受け答えにツッコミの技術を要求される関西の話し方だ。発音もだんだん関西寄りになってきている。このてのやりとりは続けているうちにこちらも不躾にならざるを得ないわけで、相手への気遣いと自分の楽さのためにあえてそう仕向ける者もいる。彼女の場合どちらが主なのか分からないが。

まあ、堅苦しい空気は避けたいのだろう。後部座席の高崎満里愛は車に乗る前から「形式的な会話で済むやりとりでも、必要な言葉以上を発するタイプ」だった。乗ってからはよく喋るタクシー運転手のようにこちらに何くれとなく話しかけ、あるいは隣のハチロー号に話しかけ、とにかく口を動かし続けていた。大声ではなく、声質だけ見れば上品で可愛《かわい》らしい声なのだが、本人の性格がそれに引っぱられるということはなかったらしい。

係長経由で指示が来て、国分寺《こくぶんじ》の空き巣現場に向かっている。現場検証がすでに済んでいる事件であり、通常は警察犬の出てくるタイミングではない。つまりは正式な、と

＊1　警察犬に向いている犬種は限られているとされ、日本でも直轄警察犬になれるのはシェパード、コリー、ボクサー、エアデール・テリア、ラブラドール・レトリバー、ゴールデン・レトリバー、ドーベルマンの七種のみである。ただし民間の「嘱託警察犬」には犬種の限定はなく、チワワの警察犬も存在する。

いうよりそもそも「捜査」ではなく、ハチロー号に実地で仕事をさせて観察しろということだろう。フットブレーキでない車両も空きがあったので、愛和ドッグスクールで一人と一匹を拾ってここまでやってきたのだが。

今までのところさして警戒はされていないようで、ハチロー号も高崎もリラックスしている。情報収集という点でも話が弾むのはありがたいのだが、肝心のハチロー号の話にはならず、高崎の方が一人で喋り続けている。もちろんイヌであるハチロー号は話には参加せず、ただ楽しそうに窓の外を見てハッハッと興奮している。車に乗るのが好きらしい。

仕方なく高崎との会話を続けることにする。「……ええと、ご出身は大阪の方で？」

「あー。東京の人はこれやから」高崎は天を仰いで嘆きの叫びをあげた。「アクセント関西寄りやと全部大阪言われるんですよ。東京の人って関《せき》ヶ原《はら》のむこうは全部大阪や思てるんちゃいます？」

そこまでではないが。「失礼いたしました」

「いやそんな本気で頭下げられるとかえって困んねんけど。あー、やらかしたわ。やりにくうなった」高崎は全く喋りにくくなっていない様子で後部座席から身を乗り出してくる。「でもこれ大事ですよ。めっっっっちゃ大摑みにしても京都大阪神戸《こうべ》で違《ちゃ》いますし、その他の近畿《きんき》、山陽山陰、四国、九州も北と南でぜんぜん違いますから。広島や福《ふく》岡《おか》の人に大阪やろ言うたらドスで刺されますよ。京都の人には言葉で刺されます」

「そんな」

「まあこれも偏見ですけどね。よう知らん地域の人はどうしてもベタなイメージになりますから。西の人間も神奈川と北海道の区別ついてません」

「それはつくでしょ」

「栃木《とちぎ》と群馬はつくねん。U字工事おらんかったらヤバかったけど」

「なるほど」

「勉強になったやろ？　すぐ大阪や思たらダメですよ？　じゃあ勉強料いただきます。いつもは50万やけど今特別セール中やから7890円」

大阪じゃないか。「まだ微妙に高いですね」

「今時こんなベッタベタな大阪者《もん》おりませんよ」

「ではどちらで」

「釧路《くしろ》」

「めっちゃ東やん」反射的につっこんでしまった。しかも小さい頃岡山《おかやま》にいたせいかこちらも少し語尾が西寄りになった。「日本最東端の手前ですよ」

「すいません嘘つきました。ほんまは根室《ねむろ》」

「その細かい嘘、意味あります？」

「根室言うてもなぜか伝わらへんねん。なんでやねん。あとメドベージェフ北方領土返《ほっぽうりょうど》せ」

「ネタついでに言う話ですかそれ」つっこみ損《そこ》ねたが言う相手も違う。「それに北方領土問題は日本国全体の話です。根室の地域問題じゃない」

「もっと政治の話すりゃええねん。芸人も芸人以外も」日本人を雑に二分割し、高崎は腕を組んでふんぞり返る。小柄なので特に迫力はない。「まあええわ。気に入りました。ツッコミのテンポも悪ないし」

「はあ」

「最初はなんや疑われとるなあ、適当にやってできないフリしよ、思てたんですけどね。……まあ、所長もどっちでもええ言うてるし」高崎はハチロー号の耳の後ろをくしゃくしゃと撫《な》でる。「ハチ。真面目にやるで」

ハチロー号が綺麗にワンと返す。とりあえず、接触は成功のようだ。「……ちなみに、なんで大阪っぽいんですか？」

「キャラ付けですキャラ付け」高崎はハチロー号を撫でながら言った。「うち、親見たことないねん。東根室の教会が実家。関ケ原どころか箱根《はこね》すら、旅行以外で越えへん身分ですけどね。親はどっちも大阪の人らしい言うから、自分の中の大阪要素、絶やさんように思て」

「……努力している、と」
「そうです。見ての通り、もう風前《ふうぜん》の灯火《ともしび》やろ？」
「どこがですか」

聞いていた通り、現場となった家屋には捜査員はいなかった。市民の住居をいつまでも閉鎖していられないということもあって、通常、空き巣の現場検証は数時間で終わる。鑑識ももう帰ったのだろうが、それでも現場が無人だということは、被害者一家はどこかに避難しており、帰ってくる気もないのかもしれない。実際、侵入盗の被害に遭った後、そこにそのまま住み続ける被害者は少なく、持ち家でも一戸建てでも引っ越しを余儀なくされることが多い。心情的には当然である。空き巣の中には「俺は人を傷つけたことはない」などと誇らしげに抜かす者もいるが、怪我人の出ない窃盗でも、被害者の生活は破壊される。

住宅地は静かである。昼前の日差しが穏《おだ》やかに差し、家の前の路地をハクセキレイが駆け抜け、時折立ち止まっては尾羽を揺らしている。一見のどかではあるが、犯罪の行われた現場だ。この閑静なたたずまいが逆に生々しい。犯罪は常に日常と地続きだ。

高崎はそれこそ泥棒が物色するような顔で家屋を見上げる。二階建て・瓦屋根《かわらやね》の昭和的な戸建てである。それから庭に入り、これも昭和的な犬小屋の前に屈《かが》んで覗き込む。

「おー、ええ家やん。こら金、置いてるな」

「そっちは犬小屋です」

「間違えた」

ハチロー号は相棒のボケにつっこむ気はないらしく、ただ傍らに座ってハッハッと舌を出している。

「……で？　まだ何探すか聞いてませんけど。どういうことです？」

高崎がこちらを向き、ハチロー号もこちらを見上げる。どう説明するべきか迷った。この高崎自身にもわずかに「容疑」があるのだし、こちらの意図を知られないまま彼らの行動を観察するのがベストではあった。だがそもそもこのタイミングで要請し、派遣したのも庶務係員一名という時点で、正式な捜査ではないということはとっくにバレている。

「……事件の概要と捜査状況については、車の中でお見せしたファイルの通りなのですが」高崎は読みながらもずっと喋っていた。「率直に言いますと、解決の目処《めど》が立っていません。なので、使える情報は何でも欲しい、という状況でして」

高崎は家屋を見たまま沈黙している。ハチロー号がなぜかトコトコとこちらに歩いてきて、俺の足下に座った。

「……要するに、うちらの『大当たり』を期待してる、と」高崎はハチロー号の横にしやがみ、「どうしようなー？」と首筋を撫でている。「ついでにうちらの大活躍の謎も解いてこい、と警視庁本部は思ってるわけですね。けったいな奴らやでー、もしかしたらあいつら事件に関与してるんちゃうかー、と」

関西弁で考えてはいないだろうが、当たりである。「あなたが関与している、などという可能性はまず、ありえませんが」

「捜査本部の人手は割けへんけど、ちょっと気にはなるから調べといて、ってとこですか」

「警察犬の運用方法にはまだまだ改善の余地があります。今後のためにも、何か、参考になることがあればと」

高崎は腕組みをし、首を四十五度傾けて長々と唸った。「……参考にはならんと思いますけどねえ」

「何か特別な捜査方法を？」足下を見下ろす。「というより、このハチロー号は」

「ハチはまあ、普通の可愛い子ですよ。車と雪、あとお気に入りのボールが家にあるねんな？　帰ったらあれで遊ぼな？」高崎はハチロー号の背を撫でる。「まあええわ。とりあえず、捜査の方はやったります。こっちは正式な要請ですし。『何でもええからとにかく気になるもん見つけて来《き》』やな？　何か見つけたりますわ。まだ残っとるやろ、何か」

閉店セールに行くような調子で言う。鑑識が入ってもう何も見つからない状況なのだが。

「ただし、椎堂さんはうちらの仕事が終わるまで外で待っててください。決してドアを開けないように」

「はあ？」鶴《つる》か。

「もし見たら野生に帰らせてもらいますからね」高崎は俺の脳内を読んでこちらを指すと玄関に向かい、突然、別人のような鋭い声で指示を出した。「ハチ、仕事やで！探すのはこの家の中。探索開始《シーク》！」

なんで鶴、と問う間もなく、高崎とハチロー号は玄関に上がってドアを閉じた。かたん、と鍵をかける音まで聞こえた。

家の前に一人残された俺は、小学校の頃、友達を呼びにいって出てくるのを待っている時の気分を思い出しつつ、しばらくスズメの声を聞いていたのだが、このままただ突っ立って待つことの間抜けさに、すぐ考えを改めた。仮に高崎を怒らせて捜索が打ち切りになっても仕方がない。そもそも上の指示は事件の捜査ではなくあのコンビの調査である。

俺はまず玄関ドアにぴったりとくっついて中の音に耳を澄ませてみた。見るなとは言われたが聞くなとは言われていない、という政治家のごとき言い訳を思い浮かべつつ、低音部を中心に響いてくる物音を探る。高崎の足音はする。ハチロー号がフローリングを歩く音も、チャ、チャ、チャ、とかすかに聞こえる。二人ともまだ廊下と、手前の洗面所のあたりを捜索しているようだ。だがハチロー号への指示の声は聞こえてこない。

しばらく耳をそばだてていたが、じきに足音は聞こえなくなってしまった。そもそも音だけでは情報が少なすぎる。どこかから中を覗けないか、と思い、ブロック塀沿いに家の横を抜けて勝手口方向を探してみる。勝手口は鍵がかかっていた。そのまま裏庭を回り、また前庭に戻る。カーテンが閉じられていて、掃き出し窓から中を窺うことはできないようだ。

と、思ったのだが。

ハッハッハッ、と、予想外の音が聞こえた。前庭に出てみると、なぜかハチロー号がちょこんと座っていた。どこから出てきたのだ、と思ったら、縁側の掃き出し窓がわずかに開き、カーテンの端が覗いている。鍵が開いていたらしい。しかし。

「ハチロー君」本来、仕事中のイヌに話しかけるのは厳禁なのだが、そうも言っていられなかった。「高崎さんはどうした？」

ハチロー号はこちらを見て何か嬉しげに寄ってくると、コロン、と腹を見せて転がった。

俺は困惑した。何だこいつは。

そもそも柴犬らしからぬ愛想のよさだが、そこは重要ではない。仕事中のはずではないのか。それにイヌだけトコトコと庭に出てきて、ハンドラーの方は何をしているのだ。

……というより、捜索中のハンドラーが、イヌがいなくなったのに出てきもしないということは。

「……高崎さん？」俺は松葉杖を高速で動かして移動した。彼女の言いつけなどもうどうでもいい。何かあったのだ。「高崎さん、入りますよ」

左足、右足、とフットカバーをつけ、松葉杖の先端はどうにもならないのでいいことにし、急いで縁側に上がって窓を開け放す。後ろでハチロー号が鳴いた。からみついてくるカーテンを引き剝がして全開にする。

俺が見たのは、カエルのように四つん這いになって畳に顔を近づけている高崎本人だった。

3

高崎は顔を上げると、ぎょっとして目を見開き、ぱっと立ち上がって飛びすさった。

「ちょっと！　何するんですか！　野生に帰りますよ？」

とっさに出てくるほど気に入った設定なのだろうか。「いや、ハチロー号が外に」

「はあ？」高崎は周囲を見回した。「あっ、ハチおらん。……ハチ！　ハチおい、こら！」

高崎が呼ぶと、ハチロー号はするりと窓から上がってきた。仕事をしていた様子は全くなかった。

高崎は時折舌で鼻をペロンと舐《な》めつつ自分を見上げるハチロー号の前にしゃがんで何かを言い聞かせている。だが、それを見ている俺は混乱していた。どういうことだろうか。いや、見たままだ。足跡追及でも臭気選別でもない、非定型的な臭気の発見。なぜか発見した臭気が何なのかをその場で正確に把握していた高崎。つまり。

「……あんただったのか。ハチロー号じゃなく」

笑うしかない話だった。いや、お前が嗅ぐんかい、とでもつっこんでおいた方がいいのだろうか。異常嗅覚。ハンドラーの高崎満里愛はハチロー号に捜索をさせるふりをして、自分で臭気を検知していたのだ。

高崎はまだ不満げに顔をそむけていたが、現場を見られた以上、言い訳は無理と観念したらしい。上目遣いでこちらを窺う。「……言わんでくださいね？」

「言っても信じてもらえないでしょうが……」だが、彼女自身が事件に関与したとか、事前に情報を得ていたとかいったケースでないなら、確かにそれしかない。

「……ちなみに、どこまで分かるんですか」

高崎は渋々《しぶしぶ》といった表情で立ち上がり、俺の胸元に顔を寄せて嗅いできた。思わずのけぞり、松葉杖が腋に食い込む。

「朝食はネスカフェのインスタントコーヒーとバター、いやマーガリンを塗ったトースト。あとこれ、コンビニのサラダですか？　昨夜買っておいた残り？　生もの系はその日のうちに食べんとヤバいですよ」

「……気をつけます」当たっている。まるで見られていたかのようだ。

「電車通勤。有楽町線《ゆうらくちょうせん》の他に日比谷線《ひびやせん》を使ってますね。独身で一人暮らし。掃除機のフィルターを交換した方がええみたいです」路線のにおいを覚えているということだろうか。「ちゃんと柔軟剤、使《つこ》てるのは偉いですけど、洗濯物の量が少なくても規定量は入れんとダメです。あとタオルはできれば乾燥機を使って。あー……職場に『マルボロメンソール』吸いよる人が一人、いますね。あと、ちょっとセンスええ彼女……いや、同僚かな」

「たぶん係長です」俺は両手を上げた。「でもそういう関係じゃないですよ。今日、指示を受けた時にちょっと距離が近くなっただけです」

「せやな。そういう距離や」高崎はこちらをじっと見た。「……とりあえず、こんなんでどうです？　それとも」

「いや、そこまでで。そこまでで」これ以上やられたらプライバシーが消滅する。「確かに、すごい能力です。……しかしそれ、日常生活に支障は？」

「意識的にシャットダウンできるし、特にないです」高崎は溜め息をついた。「でも、怪しげな研究所に放り込まれるのはごめんですよ」

「承知しています。それに、まず誰も信じないでしょうし」だが頭の片隅では考えている。これはとびきりの能力だ。犯行現場のすべてが分かる。

「まあ、仮に椎堂さんが誰かにばらそうとしても、全力ですっとぼけて大恥かかせるだけですけどね」

　高崎は無慈悲に言うと、ちゃぶ台に電灯の紐、と昭和感の溢《あふ》れる部屋を見回した後、部屋の一隅を指さした。「犯人、あそこにどっかり胡座《あぐら》かいて座ってますね。壁に背ぇ向けて」

「……え？」

「こいつLARKクラシック・マイルド吸いすぎやねん。あれ甘くてにおいめっちゃ残んねんで？　マーキングしながら歩いてるようなもんやで？　……まあおかげで通ったとこ全部分かるし、持ち物をどこにどの向きでどの時間置いたかも分かります。ハチちょっとどいて」高崎はハチロー号のふさふさの背中を押しのけ、畳の一角を指さす。

「犯人、まあ仮に坂田《サカタ》としますけど、一回このあたりにどっかり座ってます。胡座かいて。たぶんこの向きで、そんで持ってた懐中電灯を自分に向けて置いてます」

俺も膝をついて畳のその部分を見る。もちろん何の痕跡もない。

だが奇妙なことだった。侵入盗が犯行中に現場でそんなことをするだろうか。もちろん古いタイプの空き巣の中には「仕事」の時の一種の「ゲン担ぎ」として現場で飲食をしたり、ひどい奴になるとベッドで寝ていったりするケースもある。だがこの犯人はそうした行動は一切とらず、一秒でも早く現場から逃げたがっているタイプのようで、金品を物色する以外の場所は全く手をつけられていなかった。それに、もし部屋でゆっくりするつもりなら、こんな隅っこというのは逆におかしい。うまく侵入して、思いのままにできる家なのだ。真ん中に座る。

「他にもありますよ。坂田の変な行動シリーズその二。この部屋に一歩か二歩、入った直後にストップ。回れ右して部屋を出て、一回ゆっくり勝手口まで戻ってます」高崎は廊下を指さし、中腰になった。「こう、ゆっくり腰をかがめて歩く感じです。たぶんやけど」

廊下を見る。突き当たりが勝手口というか裏口で、犯人は侵入してから、まっすぐにこの部屋に向かった――というのが鑑識の見解だったが、その後の行動までは分かっていなかった。

だが、確かに妙な行動だ。忘れ物でもしたのだろうか。

「で、ゆっくり勝手口まで戻ったら今度は洗面所に入って石鹸《せっけん》で手を洗ってます。坂田の変行動シリーズその三ですね」

「手を？」

「で、再びこの部屋まで戻ってきて、ようやく犯行開始です。何やってんねん」高崎は泥棒につっこんだ。「……ちゅうわけでですね。坂田、泥棒だとしたらえらい変な行動してるんですよ」

「……つまり犯行時に何かトラブルが？」

「そうですね」

それが何なのか俺には全く分からなかったが、高崎の方はどうも、すでに分かっていることを一つずつ出している、という話しぶりだった。つまり、嗅いだ瞬間にもう分かっていたということだ。本当なのか、とつい疑いたくなる一方で、そんな簡単なのに自分は見落としていたのだろうかと不安になる。

俺は脚にすり寄ってくるハチロー号をよけて廊下を進み、洗面室を覗いた。昭和的な花柄のタイルが一部に貼られ鏡のくすんだ、平和な洗面台だ。何の変哲もないがゆえに思考のとっかかりもないが、こういう時はとにかく思いついたことを口にしてみるのも手だ。

「坂……犯人はむこうの部屋に侵入したところで何かに気付き、それを確かめるため一度廊下を戻り、手を洗い、部屋に戻って何かの作業をしてから犯行にうつった」集中して考えねばならない。その「作業」とは何か。「……手を洗ってから、ということは医療行為か何か？」

「ま、そうなりますよね」高崎はすでに分かっている者の余裕を見せる。

鏡に浴室の暗がりが映っている。なぜ高崎はすぐに結論を出せたのか、と訝ると同時に、置いていかれている状況に焦りを感じた。だが思いついた。医療行為。しかも侵入窃盗の犯行中にすぐにしなければならないようなこと。手を洗ってから自分でする医療行為。つまり。

「……コンタクトだ」俺は言った。「犯人は部屋に侵入してから、コンタクトレンズをどこかに落としたことに気付き、勝手口まで捜しながら戻った。鑑識が落ちたレンズを見つけていないってことは、犯人が見つけて拾ったんでしょう。そして洗面所で手を洗ってから部屋で付け直した。懐中電灯をわざわざ置き、床に座り込んだのはそういうことですね。片手でコンタクトレンズを入れるのは困難です」

「おおー。ハズレです」高崎は拍手をしながら言った。「傍点つける感じで言ったのに間違いとか、恥ずかしいですね」

「……違いましたか？」拍手をしながら言うから紛らわしい。「しかし、他にありますか？」

「だって坂田がコンタクト落としたんやったら、なんで勝手口まで戻ってるん？　廊下の途中で見つけたなら、勝手口までゆっくり戻る必要ないですよね」

「それはつまり、見つけたのが勝手口付近で」

「せやかて工藤」

「椎堂です」

「せやかて椎堂さん、勝手口付近で落としたコンタクト見つけて拾ったんやったら、なんで洗面所で付けへんのですか？　鏡あるのにわざわざ洗面所から出て、部屋に戻って付けるっておかしないですか？」

「……確かに」だが他の可能性は浮かばない。「……では、犯人は何を落としたんですか？」

「落ちてないか確かめたんでしょうね。自分の血が」

「……血」

なるほど、それなら確かに納得がいく。コンタクトを捜すのならもっと這うように移動していたはずで、そこも気になっていたのだが、血が落ちていないか確かめるというだけなら「中腰でゆっくり戻る」だけで充分だ。その推測の方が現場の痕跡に合致する。が。

「犯人がどこかで怪我を？　そうした痕跡は、鑑識も確認していないと思いますが」

「侵入前、すでに出血していたんやと思いますよ。侵入中にそれに気付いた」

高崎はハチローの前にしゃがんで首筋をわしゃわしゃと撫で始める。俺はそれを見下ろしながら、まだ納得しきっていない部分を考えた。

「しかしそれこそ、止血は洗面所でやればいいのでは？　それとも怪我の部位が足の裏かどこかで、座らないと止血ができないので、狭い洗面室《ここ》から出た？」

「それやったら靴を脱いだ痕跡があるはずですが、そういうのはないですね」

そもそも止血なら懐中電灯を持ったままでもできるだろうし、現場周辺に、犯人が怪我をしそうなものは何もない。

「……止血ではなく、両手を使う医療行為で、自分でできるもの。しかも泥棒が侵入中にやらなければならないほど緊急で、そのための道具を常に携帯しているような行為」

「しかも手探りは無理で、患部を照らす必要がある行為とは何？　そう注射ですね」

「言うんかい」思わずつっこんでしまったが、確かにそれしかない。「つまり覚醒剤？」

「侵入中に急いで打つくらい依存してる坂田が、丁寧に石鹸で手を洗ってから刺したんですか？」

「では……」そこでようやく気付いた。残った可能性はこれしかない。「インスリンか。糖尿病で、自己注射をしている」

「ま、そうでしょうね」高崎はハチロー号の顎を撫でる。「おそらく、犯行の前の腹ごしらえ……に先だってインスリン製剤を注射し、さっと食べてから侵入した。そこで注射部位から出血していることに気付いた」

インスリン注射はごく細い針で皮下組織に刺すだけだが、それでも毛細血管に当たってしまって出血することはある。

「幸い血は垂れるほどではありませんでしたが、焦ったんでしょう。『あかん血ぃ出てるやん。もう一回打ち直さんと』」

「……危ない誤解ですね」

インスリン注射後に出血したからといって血と一緒にインスリンが出てしまうようなことはなく、注射の効果に全く問題はない。だが「刺した場所から血が流れ出てしまった」ことに焦り、慌てて「打ち直してしまう」患者が時折いるらしい。結果的に二回分打つことになり、血糖値が下がりすぎて危険なので、絶対にしてはいけないことなのだが。

「……絞れますね」何か手がかりが増えれば、という程度に考えていたが、容疑者の範囲がいきなり絞れる。「周辺の医療機関に照会します。だが。ただ、患者の個人情報、しかも病歴です。困難かもしれませんが……」

考えを巡らせる俺を、高崎はハチロー号を撫でつつ見上げていた。

「……ふうん。まあええわ」

「はい？」高崎が立ち上がると、足下にハチロー号がからみついてくる。懐かれたようだ。

「そこで悩まんような奴やったら二度と協力する気ありませんでしたけど。……まあ一応、ええんちゃいますか。合格です」

「……はあ」

「困ったことがあったら呼んでええ、いうことです。警察の便利屋は御免や思てましたけど、まあ椎堂さん通してならそこそこ出張ってあげます」高崎はこちらを指さす。「せやけど『人手足らんから高崎さんちょっと手伝って』言うのは駄目ですよ？　ほんまに分からん！　もう誰も解けん！　ちゅう時だけにしてくださいね？　うちも生活があるんですから」

どうやら、高崎満里愛との間に協力態勢はとりつけた、ということらしい。どうしてそう言ってくれる気になったのかは推測するしかないが、彼女なりに何らかの判断基準があるのだろう。

だが一方で、そうまで言われてしまうと、高崎満里愛の能力について、大々的にそのままを報告することはできなくなってしまった。そのままを報告して「捜査に有用」などと伝えてしまえば、彼女は臍を曲げて能力を封印してしまうかもしれない。金の卵を産むガチョウの腹を割くことになる。そもそも俺も大恥だ。それならばとりあえず、今のところ、彼女の協力をあおげるというだけでよしとすべきなのか。巡査拝命以来いち兵卒としての思考が染みついてしまっているので、こうしたことを俺一人で判断してよいのか、と落ち着かない。いずれは警察庁に上げ、共有した方がいいとは思うのだが。

「ま、今なら安うしときますよ。一件３９８０万円！　今なら専用ケースもつけて送料無料」

「いやちゃんと警察の車で送りますから」

「つっこんで？　『ケース入って来るん？』て」

「いやまず『高《たか》！』でしょ」

「よし合格」

「何がですか」

迷いがないわけではなかったが、結局、高崎満里愛の能力についてはぼかす方向でまとまった。報告書は「本件を含む四件はいずれも知能の高いハチロー号と密接にコミュニケーションをとっている高崎満里愛がたまたま発見した臭気の内容を特定できただけであり、そのようなケースは今後も起こりうるものの期待できる確率ではない」といったようなことを書類言葉でオブラートに包んでぼかしつつ、しかしぼかしていることはばれないように、なんとかまとめた。こんなに大変な報告書は初めてだった。そして報告書には書かず、口頭で総務課長に対し、「高崎とハチロー号は捜査が行き詰まりそうなケースで何らかの発見をするかもしれないから、適宜、協力を要請する価値があります」と進言しておいた。

課長は面白がっていたが、どこまで本気にしてくれたかどうか分からない。だが窃盗事件の方は報告の翌日に容疑者が逮捕され、自白も得られたらしい。

そのこともあってか、あるいは課長が思ったより本気だったのか、いいかげん俺が庶務係の仕事に慣れてきた十一月半ば、課長に呼び出された。

捜査一課長から協力要請を受けたのだという。現在未解決の重要案件。数日にわたってマスコミに取り上げられたので俺も知っている。八王子《はちおうじ》市郊外で発生した「西八王子古武術家殺害事件」である。

4

「柳剛流《りゅうごう》？　さあ。ナントカ流言われてもそっち方面は知りませんよ。要するにあれですね？　佐藤健《さとうたける》のやってたやつ」

「あれはフィクションです」

「あとあれや。あの曲結局第何章までいくん？」

「あれはバンド名です。ひらがなで認識してるんですか？」

「イントロクイズみたいなボケでよく分かりますね。怖《こわ》」

「『ナイスリバン！』ってってくださいよ」

「外したかのように言わんでください。ていうかダイエット失敗した奴に向かってナイスって酷ないですか？[*2]」

「『悪いリバウンド』ってどういうのでしょうね。怖いんですけど」このままでは永遠にこのやりとりが終わらない。「正式には『武蔵《むさし》柳剛流』だそうです。江戸時代から続く柳剛流の一派で……まあ関東では流行《はや》ったらしく、分派がやたら多いのでその一つかと」

「いきなり臑《すね》斬るやつですね。知らんけど」

「知ってるなら無駄なボケ入れないでくださいよ。ていうかよくそんなこと御存知ですね」

「一度見たもんは全部覚えるたちなんで。プリキュア全員言えますよ」

「全部見てるんですね」映像的記憶能力《フォトグラフィックメモリー》まであるというのだろうか。もっとも、あの嗅

＊2　略さずに言うと「ナイスリバウンド」。バスケットボールで、シュートミスしたボールを取った時、味方からかかる掛け声。

覚と比べればはるかに現実的と言えそうだが。

殺人事件の現場とは思えぬやりとりをしつつ歩いているが、ハチロー号は嬉しいらしく、足下でくるくる回ってリードを雑巾《ぞうきん》絞りしている。

八王子の郊外とはいえ敷地はかなり広く、足下の枯れ葉が小気味よく乾いた音をたてるのを聞いていると公園にいるかのようだ。実際、警察犬とはとても思えぬハチロー号はドッグランに連れてきてもらったとでも勘違いしているようで、松ぼっくりを咥えては「投げて？」とこちらを見上げ、石を咥えては見上げ、木切れを咥えては見上げてくる。根気があってよろしい。

被害者は来原吉信《くるはらよしのぶ》(59)。号を来原柳心《りゅうしん》といい、古武術・居合道「武蔵柳剛流」の師範である。

問題は現場と凶器であった。

現場は道場の裏にある「お堂」。被害者の息子である来原信継《のぶつぐ》(30)はそう呼んでいたが外から見ると木造の掘っ立て小屋で、柳心が瞑想をしたり、技を考案したりするために建てさせたという。信継によれば、他人に見せたくない技が多かったのだろう、とのことだったが。

「刀、振り回すには狭いなあ」

中を覗いた高崎が感想を漏らす。確かに「お堂」の中には段ボールの箱や机などが置いてあり、稽古場《けいこば》というより物置である。

「つまり、今でも本気で武術をやっていた、ちゅうわけですね。怖」

奥の壁際に置いてある段ボール箱も机も中にはぎっしりガラクタが詰め込んであり、要するに障害物として機能するようになっている。狭い屋内での戦闘を想定しての訓練と、技の開発に使っていたのだろう。武術家というのは要するに「いかに効率よく人を殺すか」を研究している人間たちであって、怖いのは当然である。

板張りというか一般の建物と同じくフローリングにしてある床をぎしりと鳴らし、高崎とハチロー号に続いて入り口正面の壁に近付く。壁には細い穴が開き、その周囲に茶色に変色した血糊《ちのり》と、死体の姿勢を示す白線があった。季節柄それほどではないが、はっきり分かる死臭もある。警察官でない高崎を少し心配したが、彼女はまったく平気なようで壁に顔を近付け、イヌのようにくんくん嗅いでいる。実際にイヌであるハチロー号は適当に床に鼻をつけたりしつつ、それをただ見上げている。

俺は総務課長経由で送られてきた資料を入れたタブレットをかかげ、壁の白線と比較する。死体はかなり驚くような状況で発見された。刀で心臓をひと突きにされ、壁に磔《はりつけ》になっていたのだ。

「椎堂さん、ホトケホトケ。死体《ホトケ》画像くれますか」高崎がむこうを向いたまま手だけ出してくるのでタブレットを渡す。

死体は午前七時過ぎ、朝のロードワークから帰ってきた信継が発見した。あまりの状況に最初は父の冗談かと思ったという。だが会社員をしながら父とともに稽古をしていた信継は、すぐに事態を理解した。刺さっていた凶器を抜かないまま119番と110番する冷静さもあった。

画像にもあるが、殺害された柳心は胴着姿であり、襷《たすき》もかけてまるで果たし合いに赴くような出で立《い　た》ちだった。それだけでなく、柳心の手の下には鞘《さや》に収まった真剣が落ちていた。常に手入れし、実際にこれで稽古もしていたという愛用の業物《わざもの》である。

それを見た信継は「果たし合いをしようとしていたのではないか」と証言した。というのも、本物の武術家である来原柳心は過去何度か、実際に真剣を用いて、武術家や格闘家と果たし合いをしたことがあったらしい、というのである。もちろん現代では決闘は違法行為であり、妻や信継らも本当のところは知らない。だが同業者などの話を詳しく聞いていくと、柳心の周囲には不可解に行方不明になったり、体や顔に大怪我をしたり、理由を話さないまま指や手首を失《な》くした者が数名いた。柳心自身もある夜、血だらけになって帰宅したことがあったという。当人は真剣を用いた稽古中の怪我だと言い張ったが、信継から見ると「袈裟《けさ》斬りを皮一枚で躱したかのような傷」であり、解剖でも実際に、日本刀のようなものでついた古傷だと判明している。つまり来原柳心は本当に果たし合いをしていたのであり、今回はそれに負けて死んだのではないか、という話になる。

　だが、だとすれば不可解な点が一つ増えるのだ。柳心は生前、相当強かったらしく、「真剣を持たせたらボクシングの世界チャンピオンでも相手にならない」という同業者の評もあった。息子の信継も「今でも、真剣を持った本気の父に勝てる人間は思いつかない」と言っている。それなのに、来原柳心は突き殺されている。具体的にどのような技だったのかは分からないが、他に全く傷がなく、犯人は一切出血していないらしいとなると、一撃で勝負がついたかのようである。しかも日本刀に見えた凶器は、刃のないただの模造刀だった。頑丈ではあるが市販品だ。犯人はそんな武器で、達人と言われる来原柳心を一撃で突き殺した。

　謎は単純である。そんなことが可能なのだろうか？

「要するに不意打ちなん？」

「死体には死後動かされた痕跡はありませんでした」高崎の疑問に俺は首を振る。「被害者は壁を背にして立っています。敵の姿ははっきり見えていたはずです。たとえば照明を落としたりしても、柳心ほどの遣い手なら、ただ突っ立って刺されるだけ、なんてことは絶対にないでしょう」

「脅迫して動けなくさせたんは？」

「さっき届いた追加資料にありました。被害者の携帯などに不審な受信履歴はないようです。……まあ、仮に『壁を背に立って動くな』なんて脅迫をしたとして、柳心がまともに聞いたとも思えませんしね」

「飛龍閃《ひりゅうせん》みたいなので」

「あれは柄《つか》の方を飛ばすでしょ。*3 だいたい柳心なら避《よ》けたと思います。少なくとも、まっすぐただ食らう、なんてことは」

「そうやなあ……」

「資料、見たと思いますが」一度見れば覚えてしまう人に言うのもどうかと思うが。「被害者の体からは何の薬物反応も出ませんでした。つまり薬物で弱らせたり怯《ひる》ませたりもしていない」

「ですよねえ」高崎はよく平然と、という距離で壁の血糊などを嗅いでいる。

「無論、拳銃なんかで脅すこともできない。銃を向けながらの片手じゃあんな見事な突きは出せないし、銃をしまって両手持ちになった瞬間、被害者の方も反応するでしょう」

高崎の頭越しに細く穴が開いており、外の景色がちらつく。模造刀で人体を串刺《くしざ》しにするとなるとかなりの威力の突きであり、それを証明するように刀は背後の壁ごと貫通し、鍔元《つばもと》まで深く深く刺さっていた。かなりの遣い手であることは間違いなかった。だがそれだけに余計、疑問に映る。そんな遣い手が模造刀などで柳心に襲いかかるだろうか。

しかも凶器の模造刀は買ったばかりのものなのか、鞘やケース、それどころか説明書や伝票といったものまでが死体の横に捨てられていた。被害者の絶命後、凶器が何度か大きく動かされたあとがあることからして、犯人は最初、凶器を抜いて回収しようとし、深く刺しすぎて無理であることを悟って捨てることにしたのだろう。つまり、その程度の武器なのだ。伝票の氏名の部分は破り取られていたし、追跡しても購入者は不明だったが、本当にただの、そこらで買ったばかりのような模造刀に過ぎない。この模造刀であれだけ強烈に貫《つらぬ》くとなれば刀を腰だめに構えての走り込み突きでなければならない。そんな見え見えの攻撃を柳心が捌《さば》けなかったはずがない。

どう見ても不可能だった。

俺は入り口のドアを振り返る。もう一つの「不可能」がそこにあった。事件発生時、現場は密室だったのだ。

もともとこの「お堂」は用途から考えて、外から見えない方が都合がいい。ドアはマンションの玄関についているような（あるいは実際にマンションの玄関ドアをどこかから持って

＊3　漫画『るろうに剣心―明治剣客浪漫譚―』に登場する技の一つ。鞘に収まった刀の鍔を親指で弾《はじ》いて飛ばし相手を倒すというとんでもない技。

きて再利用したか）ドアスコープ付きの金属製のもので、隙間はほぼない。それ以外には、入って右側の壁に小さな曇りガラスの窓が一つついているだけで、その窓にも外側には格子が嵌《は》められているのである。そしてその窓も、死体発見時には内側から鍵がかかっていた。あと隙間といえば、左側の壁についている換気扇ぐらいだが、こちらもスイッチが入っておらず、今は蓋《ふた》が閉じている。つまり玄関ドアが唯一の出入り口だったわけだが、死体発見時には鍵がかかっていた。

そしてその鍵はずっと道場内にあった。信継がそれを証言している。前夜二十一時、いつものように被害者と一緒に夜稽古を終え、道場は施錠したが、その時に鍵束は確かにあった。そして朝六時、日課通りに信継が道場を開けたら、やはり同じ場所にあった。つまり前夜二十一時から翌朝六時まで、鍵には誰も触れなかったはずだ。死体発見は七時過ぎ。信継がロードワークから戻り、父親の姿がないことを不審に思ってこの「お堂」に回り、壁から突き出ている剣先を見て、慌てて道場に鍵を取りにいった。

ということは、今朝六時から七時までであれは、道場に忍び込んで鍵を盗み出せば誰でも現場に入れたことになる、のだが……。

死亡推定時刻は当日未明の午前一時半から三時頃までだった。どう解釈してもそれ以上は広がらないという。それでは犯人が現場に入れない。もちろん被害者自身は入れるから、たとえば被害者を殺害した犯人が、被害者の持っていた鍵束を奪って現場を施錠することはできる。だがその場合、今度は鍵束を、六時までに道場内に戻しておくすべがない。

　俺は壁際に立つ来原柳心を思い浮かべた。強そうだ。この男をどうやって殺すか。たとえば、発射機のようなもので模造刀を飛ばす。無理だ。鍔元まで刺さるほどの威力は出ない。いや、飛ばした時はただ心臓に達しただけで、その後、たとえば午前六時過ぎに鍵を盗んで現場に侵入し、鍔元まで押し込んだのかもしれない。だがいずれにしろ無理だ。刀のような形状のものをまっすぐ飛ばすのは困難だし、それを柳心が避けられなかったとも思えない。何より密室の謎がある。犯人どころか、刀が出入りする隙間も全くないのだ。

　薄暗い建物の中を血の臭いだけが音もなく回遊し、時折鼻先をかすめる。どことなく場末というか、退廃的な雰囲気のある、安っぽい空間。だが完璧な密室だった。床にも天井にも異状は一切ない。鍵束を使わず中から施錠し、どこかの抜け穴からするりと外に出る、ということも不可能だ。薄っぺらい、たった一枚の板壁が捜査本部を煙《けむ》に巻《ま》き、隣の小柄な名探偵を阻《はば》んでいる。

　……確かにこれでは、いくら超人的な嗅覚があってもどうしようもない。

　と思ったのだが、高崎はさして困っている様子もなく、ふうん、と頷いた。「ハチ、外見るで」

待っていたらしく、嬉しそうに続くハチロー号と共に、高崎はさっさと出ていった。どこに行くのかと思ったら、彼女はなぜかドアのすぐ外でしゃがみ、うん、と頷いた。

「何か見つけましたか？」

「見つけました。ここの地面、ちゅうかこの小屋の床」高崎は小屋の地面を指さした。「ちょっと動いた跡があります」

「『動いた』……？」俺もしゃがんで見たが、何も分からない。

「この小屋全体が。たぶん一度持ち上げられて、またもとの場所に下ろされた」

小屋を見上げる。確かに小さな小屋ではあるし、基礎工事がされているわけではない。重機があれば可能だろうが……。

「なぜそんなことを？」

「トリックですね」高崎は立ち上がった。「八王子署、連れてってくれますか？　凶器見れば全部分かりますから」

名探偵は、あっさりとそう言った。

5

本庁から来た刑事部員という立場は便利なもので、証拠品保管室へは立ち会いもなしに入れた。総務課長から話が通っている、ということであり、課長も実のところ、高崎（とハチロー号）の能力をかなり本気で期待していたのかもしれなかった。あるいは便利な手駒《てごま》を得たと思っているか。どちらにしろありがたい。なんせ、イヌ同伴で入室しても何も言われないのだ。

借りた白手袋をした高崎は机の上に置かれた凶器の模造刀を取り出し、かちゃり、と構えてみたりし、何やら楽しげだったが、鞘から抜き放つと目つきが変わった。目を細め、血糊がついて赤黒く汚れた刀身をじっくり観察すると、柄に耳をつけ、指先でとんとん、と叩き始める。

「……確認できました」

「何をですか？」

「現場の小屋、一回持ち上げた跡があったでしょう」

「それがそもそも、俺には分からなかったんですが……」

高崎はこちらを振り返ると、天井を見上げ、言葉を探しているようだった。視線が動く。あのあたりに言葉が浮遊しているのだろうか。

「……ハトって、見分けるらしいんですよ。ピカソの真作と贋作《がんさく》を」

何の話だろうか。「……動物にそんな鑑識眼が？　いや、記憶力？」

「どっちもですね。あれです。たとえば連続写真の一枚を抜き出し、それをつつくと餌がもらえる、ちゅう感じで学習させといて、それを他の連続写真の中に紛れ込ませる。それでもハトは、ちゃんと『正解の写真』を選んでつつくんやそうです。ハトの視力自体は0・5程度ですが、『細かいパターンの差異』を見分ける能力は、人間よりはるかに優れてます。歩きながら地面に落ちた餌を探すためでしょうね」

「……初めて聞きました」

「正味の話、うちもそれ、できるんです。さっき小屋が一度持ち上げられてる、て分かったのも、この視力のおかげです」高崎は自分の目を指さす。「小屋の縁についた土のパターンと、地面の痕跡を照合したんです。目、わりとええんですよ。視力も動体視力も5・0以上」

「な……」わりと、などというレベルではない。怪物だ。ハトとタカとチーターを兼ねている。

「あと、この音も分かりました」高崎は模造刀の柄をとんとん、と叩く。「この刀、柄の中に妙な形の空洞があるんです。ついでに言うと、刀身を柄の中に固定する目釘《めくぎ》もダミーちゅうか、特殊な形のもんです。普通、目釘は刀身に穴を開けてそこを通すんやけど、これはただ刀身を挟んで押さえてるだけなんです」

刀を渡されるが、目に近づけて見ても、叩いてみても、何も分からない。

「たぶん、この音なら椎堂さんにも分かるんちゃいます？」

高崎は柄を摑み、左右に捻った。かちゃり、というかすかな音がする。

「……あっ」

剣道の経験のおかげで俺も知っていた。刀を鞘から出したり、向きを変えたりする時、時代劇などではよく「カチャ」と鳴る。だがあれはいわば擬態語なのだ。実際の刀は柄と刀身が目釘できっちり固定されており、動かした程度でカチャカチャ鳴ったりはしない。そもそも、そんなぐらついたもので人体を斬ったりなどできないだろう。

だがこの刀は鳴った。つまり。

「それと、切っ先をよく見て分かったんです。全く刃こぼれがない」高崎は刃先のあたりを指でつまみ、すっと撫でた。「それに刃先の両側。かすかですが丸く凹《へこ》んだ部分があります」

「そう……なんですか？」

ここですと言われた位置を撫でてみても、俺には全く分からなかった。だが高崎には分かるらしい。つまり。

「……高崎さん。あんたもしかして、嗅覚だけじゃなく」

「ああ……。やっぱり嗅覚だけや思てましたね」高崎は溜め息をついた。「そんなバランス悪い奴いませんて」

全部鋭敏な動物の方がいないだろうと思うのだが、そこは今、どうでもいい。「つまり視覚、聴覚、触覚に味覚も……？」

「五感全部です。第六意識はよく分からんし、修行が足らんねんで、末那識《まなしき》、阿頼耶識《あらやしき》は全然ですけど」

「高崎さん本当にキリスト教徒？」

「カトリックは家。他宗教は隣の家」高崎は胸元に手を入れると首飾りを出した。ネックレスだと思っていたが、銀の十字架である。「汝《なんじ》の隣人を愛せよ、言うやないですか。他宗教と喧嘩するための信仰やありません。先生もそう言うてました」

「なるほど」

「ちなみにこれ犬笛なんですよ」高崎が十字架を吹くと、ハチロー号が突然興奮し、二足歩行になづて尻尾《しっぽ》を激しく振り始めた。「どうです？　凄《すご》ないですか？」

「いや」凄いのか凄くないのか分からないが、はっきりしているのは。「あんたの方が凄いでしょ。五感全部だったなんて。……ちなみにそれ、他の感覚もちゃんとスイッチ切れるんですか？」

「そこはご心配なく」高崎は俺を指さして口角を上げた。「あ、今ちょっと鼓動、速なりましたね？」

「ああ、確かに」無駄だと分かってても左胸を押さえてしまう。「じゃ、容疑者集めて質問すれば、鼓動の変化とかで犯人が分かるんじゃ」

「それでき たら無敵《チート》なんですけどねえ」高崎は苦笑いする。「そんな便利なもんと違いますよ。ほんまもんの嘘吐《うそは》きは心拍ぐらい抑えますもん」

あっけらかんとしたものだ。彼女が自分自身のことを「完璧ではない」と認識しているという事実は、どういうわけか俺を安心させた。もっとも俺たち普通の人間から見れば、もう充分すぎるほど化け物なのだが。

「ま、それでもこの事件くらいは分かりますよ。鍵はこの凶器だったわけです」高崎は目の前に模造刀を持ち上げてみせる。「分解してみてええですか？」

「……俺がやります」

日本刀の分解などやったことがなかったが、手順はだいたい想像がつく。それにこの模造刀はそこまで構えるほどのものではなかった。高崎にタブレットを渡して作業工程を録画してもらいつつ、柄の部品を一つ一つ外していく。彼女が指摘した通り、目釘を外してもいないのに、模造刀の刀身はぐらりと動いた。鍔を外して横に置く。

「元彼が漫画好きでしてね」ただ横で待っているだけ、ということができないのか、高崎は喋り始めた。「なまら面白いさかい読んでみ、言うて薦められた漫画があるんです。格闘技……異種格闘技戦？　のトーナメントやってる漫画なんですけどね」

「はあ」その元彼とやら、いったいどこの人なのだろうか。目釘が外れない。持っているペンの先を差し込む。

「その漫画、伝説の空手家が出てくるんです。素手でクマを倒した系の」

「格闘技漫画には絶対出てきますね。あと『飄々《ひょうひょう》とした高齢の、合気道の達人』も」

「あ、それもいました。ビートたけしみたいな感じの」高崎は喋り続ける。「で、そのトーナメントに出てる拳法《けんぽう》使いが、お父《とん》に訊くんです。その伝説の空手家を殺すにはどうすればええんですか、って」

「その漫画、俺も読んでます。そういえば柳剛流も出てきましたね」

「お父の答えは『お前には無理だ』なんですけど、『今の俺の力で殺せる方法を』ってさらに訊くと、お父はこう答えるんです」

「――『後ろから刺せ』」

目釘が外れた。俺は鍔元をつまみ、刀身を引き出した。

高崎が続けた。その台詞《せりふ》の続きは俺も知っている。俺たちの声が揃った。

抜き出した刀身には、もう一つの切っ先がついていた。柄の中に収まっていた根元の部分も切っ先になっていたのだ。上下両方が切っ先になっている、変形の刃。

そして柄に収まっていた方の切っ先にも、べっとりと赤黒い血がついていた。

「……柄の中からも血の臭いがする気がしたんです」高崎は頷いた。「正解ですね」

犯人がただの模造刀で、達人である来原柳心を突き殺せた理由。現場が完全な密室だった理由。そして、現場が一度持ち上げられ、下ろされていた理由。

ハチロー号が俺たちを見上げ、ハッハッと息をしている。

犯人は来原柳心を「後ろから刺した」のだ。

「……椎堂さん」高崎はぽつりと言った。「『自分が読んだ漫画のあらすじの話』って、『昨夜見た夢の話』に匹敵する伝わりにくさですね」

「そこは今、気にしなくていいです」

※

「……というわけで、おかげさまで無事、犯人逮捕です。犯人は藤枝庄司《ふじえだしょうじ》(37)、号は藤枝水月《すいげつ》。心天流《しんてん》とかいう古武術の師範で、来原らと同じく『本気で果たし合いをする連中』のうちの一人。動機は父親の仇討《あだう》ちだったそうです」

高崎は椅子の下に手を伸ばし、伏せているハチロー号に手を舐めさせている。「……古風ですねえ」

「あ、この席寒くないですか？　中、空いてますし」

「いえ、暖房の熱、来るんで」

言った途端に風が吹き、俺は首をすぼめたが、高崎とハチロー号は平気なようだった。俺はブレンドのカップを口につける。あっという間に温《ぬる》くなり始め、酸味が増している。

すでに年が明けていた。すっかり遅くなってしまったが、高崎とハチロー号に、公判が始まった「西八王子古武術家殺害事件」の結果を報告することはできた。高崎の参加は非公式であり、俺も部外者ではあるため、遅くなってしまったこと自体は仕方がない、と言い訳をしたいところなのだが。

「で、この藤枝の父親というのが、来原柳心と立ち合って敗れ、左手首をなくしたそうなんです。藤枝はその仇討ちに出た。ただしスポーツではなく『武術』ですから。飛び道具などは知りませんが、およそどんな方法でもアリ、と考えた」

「……狡《ずる》くないですか？」高崎は眉をひそめてオレンジジュースを飲む。この寒さでなぜ冷たいものを飲むのだろうか。

「来原柳心自身がそれを認めていたふうでもあります。現場になった『お堂』は推測通り、彼らの決闘場所の一つだったわけですが、柳心はあそこにワイヤーなどでトラップを張ることもしていたらしく」その事実を息子から隠すための建物だったともいえる。

「入り口のドアがマンションの玄関みたいだったのも、防衛のためです。両開き戸だと一気に開けられて大人数になだれ込まれるかもしれないですからね。ドアスコープから外を窺うこともできた方が安全ですし」

「……イメージにある『古武術』の人と、だいぶ違いますね。もっとこう、芒原《すすきはら》でヒョオオオゥッて風が吹いて」

「そもそもスキが箱根まで行かないと駄目ですね」

「天然理心流奥義、邪王炎殺黒龍波ー！　的な」

「天然理心流にそんな技ないです」

「そもそもなんで全員チョンマゲやないんですか！」

「一番怒るのそこですか」

「椎堂さん、だいぶ良うなってますよ。これからはもう少し『間・強さ・中身』のツッコミ三要素を意識して」

「三要素」

「有名どころやとかまいたちの濱家《はまいえ》さんですね。いい意味で非常に教科書通りの綺麗なフォームです。でも個人的な推しは川西《かわにし》ストロンガーの小坂《オサカ》です。小坂のツッコミは一見やかましいだけっちゅう印象を受けますが、やかましさの中に絶妙な陰影と中田《ナカダ》に対する愛が」

「知りませんって」誰だそれは。

「川スト必見ですよ。あ、こないだイオンモール京都桂川《かつらがわ》でやってたやつをあっちの友達が録画してくれてて。椎堂さん絶対勉強になりますよ」

「いや勤務中なんで」

「ええやないですか警察漫才。コンビ名は『監察室』」

「生々しいんでやめてください」

相変わらずのやりとりだが慣れてはいる。咳払《せきばら》いを挟む。「ええと、とにかくですね。仇討ちついでに息子の信継に罪を着せようとしたわけです。信継も逮捕されれば武蔵柳剛流を絶てるわけで」

「怖い世界ですねえ」足下でハチロー号がぶるりと体を震わせた。

「で、藤枝は被害者の日課を把握していたわけです。それで、事件のあった日の二十四時を指定して仕合を申し込んだ。被害者の方は相手を甘く見ていたのか、特に小細工はしなかったようですが、藤枝の方は違った。隣の空き地にクレーンを持ち込んでいたんです。もちろん、リモコンで遠隔操縦できる車種を」

藤枝は指定した「お堂」で被害者が待っているのを確認した後、その裏手に回り込み、あらかじめ小屋のドア側にフックをかけておいたクレーンを動かす。クレーンが突然、「お堂」のドア側を持ち上げる。敵を待ち構える意味でも奥の壁際にいた被害者は当然驚き、バランスを崩して壁に背中をつける。

「……そこで藤枝は壁のむこう、現場の『外』から被害者の心臓を貫いたわけです」

後ろから刺す。まさか来原柳心も、壁越しに背後から突然刺されるとは思っていなかっただろう。奥側の壁は机などで塞《ふさ》がれているから、柳心の来る位置は分かる。タイミングさえ合えば刺せる。

「そして藤枝は現場を戻してクレーンを隠し、道場に忍び込める朝六時まで待つと、道場にあった鍵束を持ち出し、現場に入り……」俺は両方に切っ先のついた凶器を思い浮かべる。「凶器であった模造刀の柄を付け替えた。この特殊な模造刀は柄を取り外し、切っ先の方に柄を付け替えることができる。これで模造刀の向きは反対になります。実際には外から内に向かって刺したのに、内から刺して外まで貫通したように見える」

古武術には、柄に隠し刀を仕込んだり、特殊な武器を使う流派もある。その技術から派生した武器だったのかもしれない。柄を反対向きに付け替えられる刀。藤枝はこれを利用し、密室の外から被害者を突き殺した。もちろん突いた方向をごまかすため、刺さった刀身を引いたり押し込んだりして動かした。あれは抜こうとしたのではなかったのだ。

「……凶器の説明書やら伝票やらが投げてあったのも、そのためですね」

なんでまた北海道弁になっているんだろうと思うが、とにかく高崎の言葉に頷く。かさばる鞘などはともかく、説明書や伝票等まで犯人が捨てていったのは、凶器の素性を「明らかにするため」だった。日本刀は通常、目釘を外して柄の中の刀身を見ると銘が入っている。凶器の出所を探ろうとした鑑識が柄を外してしまわないように、先に自分でばらしたのだ。素性さえ分かっていれば、血糊もついている凶器だ。鑑識も柄を外してまで調べようとはしない、と踏んだのだろう。

「……まあ非公式なんで、ろくにお礼ができないのが心苦しいですが」俺はカフェの店内を見回し、隣のテーブルに置いてあったメニューを取る。「ここぐらいは奢ります。何でも頼んでください」

「おっ、言いましたね？　なら遠慮しませんよ。うち本気出すとなんまら食いますけど今から撤回ナシですよ？　言いましたからね？」

たちまち笑顔になりメニューをひっくり返し始める。基本的にいい人のようだ。

となると、ここから先の話がしにくい。

「……実はもう一件、依頼があるんです。警察ではありません。日本カトリック連盟から」

高崎はメニューを置いた。俺が出した名前は日本におけるカトリックの総本山だ。さすがに表情が変わっている。

俺は課長経由で来た話を高崎に告げた。課長も上から「何か得意な人がいれば」と頼まれただけで、実際はもっと上、警察庁のお偉方と政治家を通じ、連盟が依頼したらしい。とある富豪が発見した聖遺物。それを懸けた「知恵比べゲーム」が北海道で密かに開催される。スケジュールはかなりきつく、もう来週である。

謝礼は出る。その旨も伝えたが、高崎は黙って頷いてくれた。

「……分かりました。日本代表でうちが出ます。他に適任者もおらんやろうし」

そう言い切れる資格は、確かにあった。

「連盟側のいわばわがままなわけで、申し訳ないんですが」

「いえ、やりますよ。聖遺物、ちゃんと取ってきます」高崎は言った。「……なんか、納得いかんとこありますし」

俺が見ると、高崎もこちらを見ていた。事件の時にすら見せたことのないような真摯な表情で、その意外な鋭さに思わず背筋が伸びる。

「他の国も聖遺物を欲しがってるちゅうのは、分かります。きっとみなさん、それぞれに必要があるんでしょう。でも」高崎は目を細める。「……おかしいやないですか。その聖遺物、日本で発見されたもんなんですよね？　日本の信者が大事に保管して、宗教弾圧の時代も守り通して、それで今に伝わっているもんでしょう？　それをどうして、海外の教会がハイって手を挙げて、一回ゲームに勝ったくらいで持ってってしまうんですか？」

高崎は、膝の上に置いている手を握った。

「確かに、日本のカトリック信者は多くはありません。世界的に見れば、信仰の僻地《へきち》に見えるのかもしれません」高崎は言った。「だからって、強い海外の教会が持っていってええとは思いません。それって、クラスの地味ぃな子が見つけた面白いもんを、人気者が取り上げてみんなに見せてる、ちゅうのとどこが違うんですか？　むしろ信者数の少ない日本だからこそ、信仰を広めるために、そうしたもんが必要なんと違いますか」

高崎の言葉は真摯だった。俺は自分が同行できないことを少し残念に思った。あるいは彼女の本気が見られるかもしれないのだ。

高崎は言った。

「立派な聖遺物の一つくらい、日本にあってええと思います」

完全無欠の情報収集能力と犯行状況の再現能力。

「五感探偵」高崎満里愛。聖遺物争奪ゲームに参戦する。

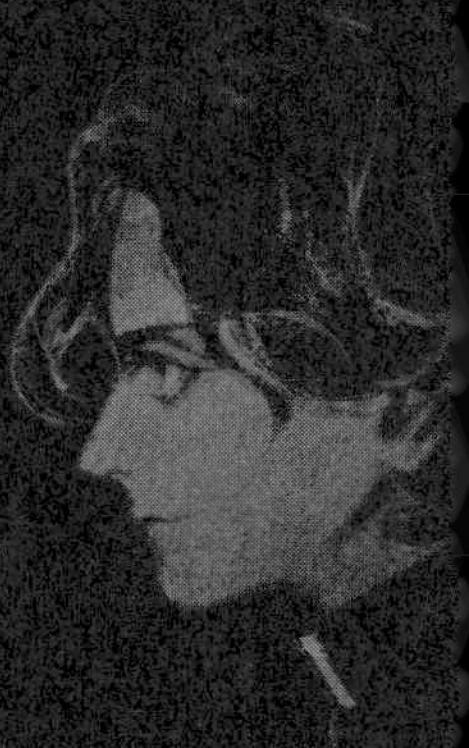

ブラジル連邦共和国

サンパウロ・ピニェイロス地区

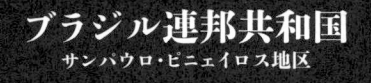

I

うちの学校では、マテウス・リベイロの名前を聞いて顔をしかめないやつは少ない。顔をしかめないやつだって眉をひそめ、関わりあいになりたくない、という顔をする。母親がスーツを着ているような金持ちの子も、親兄弟が大麻を売っているような貧乏人の子もだ。両方から嫌われる家は珍しい。おれは貧乏人の方だが、金持ちがやつの家を同類だと認めたがらないのは理解できる。パライゾ地区の綺麗な邸宅に住み、レンジローバーを乗り回していても、マテウスの家は「カルトで儲《もう》けている」のだから。当然だ。

ブラジル人は信心深い。たぶん、アメリカ人やポルトガル人よりずっと。おれたち「最近の若者」はそこまででもないけど、母親たちはよく「悪さをすると神様が見ているよ」と言うし、祖父や祖母は「最後は神様が平等に裁定をしてくださる」と言う。ただ言うのではなく本当にそれを信じているというか、そう信じることでなんとか倒れずに立っているようなところがある。うちの飲んだくれじじいですら「主よ、意志の弱い私をお許しください」とか言いながらピンガを飲んでいる。どうしてそうなんだ、とパウロ伯父さんに聞いてみたことがある。伯父さんは「納得するために仕方なくなんだ」

と答えた。九年生になった今ではその意味がなんとなくわかる。親やその親が若かった頃は、金持ちと貧乏人はほとんど会話も通じないほど断絶されていた。銃もレイプもドラッグも今よりずっと多かった。小便の臭いのするファベーラのぼろ家で生まれ、学校を卒業する学力もなく、ギャングの使い走りか強盗をする以外の生き方ができなかった子供がいる一方で、プール付きの豪邸で家政婦に囲まれて育ち、誕生日プレゼントにBMWを買ってもらう子供もいる。「あいつら」と「おれたち」がなぜこんなにも違うんだ、という疑問に答えをくれるのは神様しかいなかったのだ。

おれは人並みに「最近の若者」だし、教会に行くよりは家でテレビでも観ていたい程度の信仰心しかないので、神というのは祈りたいやつが勝手に祈っていればいいんであって、それがどんな神だろうと特段かまわないと思っている。だから親たちが口にするような、マテウスの家に対する嫌悪感みたいなのはよく理解できなかったのだ。信じたいやつが信じたいものに金を払っているのだ、好きなようにさせておけばいいじゃないか、と。カルトの連中はただの水やただの灰に給料一ヵ月分くらいの値段をつけるとか、信者が破産して家族ごと路頭に迷うまで搾り取るとか、そういう手口で儲けている。だが信者だって好きで払っているんだ。本人が馬鹿なのが悪いんじゃないか、と。

だから、マテウスが教団で奇跡の子とか呼ばれて、人の守護天使を「霊視」してその人の運命を見るとかいった奇跡を起こしているらしい、と聞いた時も、気味悪がるよりむしろ笑ったのだ。たしかにマテウスは勉強が恐ろしくできたし、気持ち悪いほど礼儀正しかったたし、カナリアみたいな巻き毛で綺麗な顔をしていたから、女の子たちの一部があいつを複雑な目で見ていた。でも客観的に見てみれば普通の「いつも本を読んでいる暗い奴」であり、体育が苦手でひ弱な奴だった。大勢の大人があれをありがたがって、跪《ひざまず》いて祈りを捧《ささ》げているというのは信じられないことだった。

なのにアントニオやカルロスがあいつを気味悪がって、もしかしたらサイキックなのかも、なんて言うものだから、おれはその馬鹿馬鹿しさに腹が立って、つい言ってしまった。それならおれが日曜日、あいつのところに行って化けの皮を剝いでやる。ついでにあいつの家がやってる、ぼろ儲けしてるらしいあの教団。超越教会《ちょうえつきょうかい》とかいうところの化けの皮も剝いでやる。信者どもの目を覚まさせてやるよ。簡単さ。二人は止めたけど、かえってそれがおれをを乗り気にさせた。あの教団の言うことなんてどうせ矛盾だらけだ。奇跡もインチキ。おれがぜんぶ暴いてやる。そう言いながら、これはちょっとどきどきする勝負だが、面白くなるぞ、と思っていた。頭の回転とか、いざという時の度胸なんかは自信があった。本だって読んでいる。皆の怖がる超越教会をたった一人でぶっ潰した男。ひょっとしたら学校中で話題になって、テレビの取材なんかも来るかもしれない。

ツテはあった。超越教会は信者たちが地域で色々とサークル活動をしていて、

ＰＡＳＴＥＬ《パステウ》会というお茶会に母がしつこく勧誘されていたのだ。あいつらしつこいだろ、おれがちょっと顔を出してビシッと言ってきてやるよ、と言うと母はやめておきなさい、と顔をしかめたが、次のＰＡＳＴＥＬ会が日曜の何時からどこで開かれるのかは分かった。

で、おれがその日曜、どうなったか？　洗脳されて信者になった？　監禁されてボコボコにされた？　どちらでもなかった。

ただ、マテウスの奴が奇跡の子だという話は、もしかしたらそうかもしれない、と思うようになった。

話にしか聞いていなかった超越教会は、実際に見てみると思った以上に金がありそうだった。ＰＡＳＴＥＬ会の会場はジャルジン地区の白い豪邸で、もちろんそんなところに自転車で来たのはおれだけだった。最初はそれを反乱軍に相応《ふさわ》しいじゃないかなどと思ってもいたが、ずらりと並ぶ立派な車（おれ以外の参加者はみんなおっさんおばさんとその子供たちで、子供だけで参加するのはおれだけだった）の中、どこに自転車を停めればいいのかと迷っているところを信者のおばさんに助けられ、どこから入ればいいのか、勝手に入っていいのか分からずに立ち止まっているところを、また信者のおばさんに笑顔で案内してもらった。そうしていると、自分はこの団体をひっくり返すどころか、信者たちにあれこれ世話を焼かれて助けてもらっているあわれな子供のように思えてきた。実際に、自転車を停めた瞬間から、おれの横には常に、声をかけてきてあれやこれや案内してくれるおばさんが一人いた。一人が離れると同時になぜかすぐ別の一人が声をかけてくるのだ。普通に信者の家らしい会場の玄関をくぐると次のおばさんが現れ、廊下を通って菓子やジュースの並ぶ広々としたダイニングに入ると次のおばさんが現れる。どうやらおれが初めて来たことは、このダイニングで談笑する二十人ほどの信者全員がすでに知っているらしかった。おばさんに手を引かれている二、三年生くらいのチビですらこっちを興味深げに窺っているのだ。スパイのように潜んでマテウスの情報を訊き出し、うまく交渉してやつの奇跡とやらを拝ませてもらおう、という目論見《もくろみ》は完全に外れた。それどころかおれは会が始まると同時に進行役のおばさんから紹介され、拍手までされ、信者たちの前で自己紹介をしなければならなかった。だが、しどろもどろのおれの自己紹介を周囲の信者たちはにこやかに待ってくれ、終えるとまた拍手してくれ、気楽に好きなものを食べていってね、と言った。教義を熱く語られるとか、皆で丸くなって呪文《じゅもん》を唱えだすとか、そういったことはまったくなく、ただもてなされただけだった。テーブルの上にあるのはよくこんなに手間をかけた、と思うほどの様々な手作り菓子で、小さい頃、近所のばあちゃんからもらったことがあるな、という素朴なものだった。菓子だけでなく、まわりのものすべてに手間がかかっていた。テーブルクロス。テーブルの上の花。カーテンに、壁に掛かっているキルト。どれも手作りばかりで、ここの主《あるじ》は家事を家政婦にやらせてこんなことばかりしているのだろうかと想像したが、ただ突っ立っていてもつまらないので、とりあえず好きなブリガデイロ[*1]からいただいた。うまかった。誰かが出窓のところにスマートフォンを置いて音楽をかけた。変な洗脳音楽かと思ったらセルジオ・メンデスだった。

おれの横にはなぜか常におばちゃんが一人ついていたが、別に信仰の話は出ず、話題は昨日のパルメイラスの試合とか、おれの母親も見ているNovela《テレビドラマ》とか、親戚の集まりみたいだった。おれは居心地のよさを感じ、そのことに自分でぎょっとした。危ないところだった。まわりのこいつらは全員カルトの信者で、目的はおれを引き入れることで、おれを引き入れて、たぶんおれの家族もついでに引き入れて、金を搾り取ろうとしているのだ。べったり甘いお世辞を振り撒《ふま》いて物を売りつけようとするセールスマンとか、選挙の時だけ笑顔で握手をしまくる政治家と一緒なのだ。おれは気合を入れてそう思い直し、でもこれ以上ここにいると親しみを持ってしまうと考え、横についていたおばさんにこっそり打ち明けた。実は悩んでいることがあって。人には絶対に言いたくな

＊1　大量のコンデンスミルクにココアパウダーを混ぜたら煮詰めて冷やし、ボール状にしてチョコスプレーをまぶしたもの。極めて甘い。

いけど、ここには奇跡の子がいるって聞いたんで、その人に話を聞いてもらいたくて来たんです。

おばさんは「奇跡の子」という単語を聞いた瞬間にはっきりと反応した。気楽にくつろいでいたところにマジな話が来て緊張したのか、くつろいだ演技をしていたところに待っていた話が来て気が緩《ゆる》んだのか、どちらなのかはわからなかった。おれじゃなきゃ見逃していたと思うが、おばさんは素早く誰かとアイコンタクトを取った。それからおれを部屋の隅に連れていき、奇跡の子についてどう聞いているか、と質問してきた。おれは適当に「すごいらしいって聞いて」「友達の母ちゃんが」と言った。子供っぽく振る舞っていれば曖昧な答えでも通ると踏んだのだが、これが正解で、おばさんはさんざん、「普通はお会いできない」「特別に私が交渉してみる」などともったいをつけたあげく、もう一人のおっさんと一緒におれを外に連れだし、車に乗せて、近くのビルに連れていった。何の変哲もないビルだと思ったが、入るといきなり原色のレイで飾りつけられた、子供の巨大な顔写真が掲げてあった。おれは笑いをこらえた。どう見ても同級生のマテウスだった。

何だその衣装は、と思ったので、おれはそれをそのまま言った。するとマテウスはそういえばそうだ、という顔で自分の胸元を引っぱった。ギラついた緑に赤で縁取りの入った謎の司祭平服《キャソック》で、よくそんなものを着ているもんだという代物だった。本人は慣れているらしく、何とも思っていなかったようだ。

君が来るとは思っていなかった、とマテウスは微笑んだ。もちろん君の守護天使であっても特別扱いしない。普通に対話するよ。その珍妙な衣装のせいなのか、背後に十字架を背負った玉座のような椅子のせいなのか、この部屋の彼はずいぶんと大人びて見えた。なるほど仕事中というわけか、とおれは納得し、マテウスのものよりだいぶ簡素な向かいの椅子に座った。

部屋を見回した。変なアロマが焚《た》いてあるが、マテウスは酔っぱらってるふうもないから毒じゃないんだろう。部屋というより納戸《なんど》に近い広さしかない場所で、ドアの蝶番《ちょうつがい》が一ヵ所傾いているのと、ペンキをべったり塗ったようなちかちかしたライトグリーンの壁紙が安っぽかった。この壁紙と大仰な十字架。わざと暗めにしてある照明とアロマで「普通とは違う場所」だという印象を与えようというのだろう。騙《だま》されるもんか。おれは遠慮せず訊いた。お前、神の声が聞こえるって本当か。少し馬鹿にするような響きがあったはずなのに、マテウスはそれを承知しているような顔で微笑んでいた。神の声を直接聞くことはできない。ジョゼ君の守護天使と対話するだけだよ。同じじゃねえか。おれは口に出してそう言ったが、マテウスは特に構えた様子もなく微笑み、おれが蒸《む》し暑《あつ》さにシャツの胸元を扇《あお》ぐと、ちょっと暑いよね、と言って自分も衣装の胸元を扇ぎ、身を乗り出した。でも興味深いな。こんなオーラを持つ守護天使は初めて見た。

おれはそうか？　とすっとぼけたが、心の中ではご名答、と思っていた。相談する気がない客なんて初めてだろう。確かにマテウスは少し困惑しているようだった。困ったな。君の心にある悩みごとは分かるんだけど、それは今、君が相談しにきた用件とは違うようなんだ。つまり、君の本当の悩みは、君がこれから口に出す相談と違う。

とりあえず相手の好きにさせてやろうと思った。喋るだけ喋らせて、間違いが出たらそこを突けばうろたえるだろう。キレるだろうか？　それならなお都合がいい。

だがマテウスは言った。君は複雑だね。少なくとも、学校の平均的な同級生よりずっと。君はそのことを自覚しているけど、まわりの同級生を見下す態度はとりたくないと思っていつも演技をしている。学業には興味はないんだね。真剣に努力すれば成績上位になる能力があるのに、まだその気がない。まあ、こっちの方は近い将来、君が本気になることで劇的な変化が起こるんだけど。

俺は、どうだかな、と答えた。だが奇妙な気分だった。マテウスはおれをじっと見ているわけではないのに、体の内部を見透かされているような気がする。いきなり断言してきたせいだろうか。

君の性格も複雑だ。心の奥には優しさがあるのに、普段はそれを出すつもりはない。他人と裸のままの心でぶつかるのが煩《わずら》わしいから。君の天使は鎧《よろい》をまとっている。どうも、親族の中に支配的な女性がいるね。彼女からすごいプレッシャーを感じる。それが君の守護天使にまで影響している。

祖母のことが浮かんだ。あいつだ。おれが祖父に似ていて気に食わない、といつも言う。お前はどうせまともに働かない。だってあいつにそっくりだから。酒もよく飲むようになるだろうよ。あいつにそっくりだから。

マテウスは心配そうな顔になった。まさか今日は、彼女をなんとかしたい、という目的ではないよね？　でも、恋の悩みの方はまだ話す段階にないのかな。

しめた、と思った。マテウスは間違った。おれに恋の悩みなんかない。そもそも好きな女なんていないのだ。おれはもっともらしい顔を作ってみた。そうなんだ。実は好きな子がいて、おれにもチャンスがあるのかどうかを知りたい。

マテウスは少し、言いにくそうにした。うん。でも、彼女はとてもモテるよ。分かりやすく狙っている人もいるけど、ひそかに狙っている人の方がずっと多い。彼女は——名前を言うべきかな？「Aの人」にしておいた方がいいかな。

マテウスは当然のように言った。すべて了解済みのようだった。A。確かにおれは、たぶんおれたちの学年で一番可愛いAlice Basilio《アリースイ バジリオ》を頭に思い浮かべていた。思ったより鋭い。ここまで断言するのか。驚いているおれと対照的に、マテウスの方は初めからわかっている、という顔をしている。そう。こいつは最初からずっとこの態度だった。

いや、騙されるな、と思う。おれは別に、そこまでアリースィのことが好きなわけじゃないはずだ。ウソ相談のネタにちょうどいいだろうと思っただけ。だからやつの言ったことはハズレだ。だが、本当にそうだろうか？　なぜ彼女を挙げた？　実は心の底で彼女のことが気になっていたんじゃないだろうか。考えれば考えるほどアリースィが浮かんできてしまう。あの形のいい脚と輝くような肌。あつらえたように整った歯。本当になんとも思っていないのか。実は意識していたんじゃないか。

……こいつ。

マテウスを窺う。こいつ、やるじゃないか。

「なるほど。こうなるわけか」

おれは溜め息をついた。知らないうちに身を乗り出してもいた。だから座り直して、言った。

「けっこう、やるじゃねえか――マテウス・リベイロ。危うく信じるところだったよ」

2

おれがはっきり言ったことで、部屋の中で密かに、少しずつ濃くなり続けていたガスがぷしゅっと抜けたようだった。置き去りにしかけていたおれの五感が戻ってきたみたいな感じだ。窓枠の汚れ。空調のカリカリという音。ケツに硬く当たる椅子の感触と、実は少しくどいアロマ。下の前歯の裏にこびりついていたブリガデイロの甘さ。

「たしかにお前は本物だよ」

マテウスは小さく首をかしげた。おれが急に態度と声色を変えても、微笑んだままで動揺したふうに見えない。そこも大したもんだ、と思う。やっぱり、こいつは。

「……本物の詐欺師《さぎし》だ」

少し残念そうな顔を作ってマテウスが口を開きかけたので、おれはその前に言った。

「コールド・リーディング。ミラーリングや褒め言葉を使ってのラポール形成から入ってストックスピールの披露。バーナム効果とサトル・プリディクション。サトル・クエスチョンも使ったな？　『Aの人』ってのは、とっさにやったにしちゃ見事だ。まあ、Alice なら誰でも思いつくけどな」

マテウスはそこで初めて本心を見せたようだ。目を見開き、初めてわずかに視線をそらした。

「言い訳を考えてるんだろうが、もう遅いぜ。録音したしな」おれはシャツの胸を叩いた。「この録音とウェブの引用を配信してやるよ。タイトルは『コールド・リーディングで奇跡の子になろう――実践例』とかでどうだ？　アカデミックに見えるかな？」

普通のやつなら、さっきの時点で騙されていたのだろう。だが相手が悪かった。おれは父や母たちとは違い、本を読むのだ。ウェブで見られる科学ニュースなども好きで、文字だけの記事もちゃんと読む。母などには「小難しいことばかり覚えて」と嫌味を言われているが。

「おれにはよくわかったよ。マテウス。お前はコールド・リーディング……つまり、初対面の人間のことをあれこれ言い当てたように見せる技術を使っている」余裕がでてきた。おれは背中をのけぞらせてマテウスを見る。「コールド・リーディングの第一段階は『雰囲気作り』だもんな。まずこの部屋の異様な雰囲気からして意図的だ。『普通と違う何かがあるのか』という先入観が作れる。さらにお前の衣装と、椅子や背中の十字架。もっと言えばお前が『奇跡の子』と言われてる、っていう前評判とか、このビルにあるでかい顔写真とかもそうだ。お前のことを『もしかしたらただものじゃないのかも』と思わせる演出がさりげなく、あちこちに仕込んである」

マテウスはおれを見ている。少し小さくなったように見えるということは、もとは大きく錯覚していたわけだ。おれに対しても雰囲気作りがだいぶ効いていたのだろう。

「そして第二段階。まず相手をリラックスさせて『親頼関係《ラポール》』を形成する。これ自体は精神科医のカウンセリングなんかでもやってることだよな。同じ動作をする『ミラーリング』。それから、相手をばれないように褒めて、この人は自分の側だ、自分を理解してくれている、と認識させる。お前はまるで言い当てたかのように言ったが、おれくらいの年齢だと、十人中九人以上が『おれはまわりのやつらとは違う』と思ってるものだし、『単純だ』と言われるよりは『複雑だ』と言われたいに決まってる。『本気になれば勉強ももっとできるはず』なんて、学校の連中、全員が思ってるんじゃないか？　言い当てているように見えて、実は誰にも当てはまることを言っているだけの指摘――『バーナム効果』ってやつだ。『支配的な女性』なんてどこの家にも一人はいる。曖昧に言っておけば相手が勝手に『関連付け』してくれるし、もし否定されたら『家族じゃなくて親族にいる』と『ズームアウト』すればいい。一緒に暮らしてない親族のことなんて把握してるわけがないからな。『彼女をなんとかしたい、という目的ではないよね？』というのは、典型的な『サトルクエスチョン』。答えがSim《はい》でもNão《いいえ》でも『的中』する。おれが勉強に関して『近い将来、本気になる』のは『近い将来』の範囲を厳密に言っていないから絶対に当たるし、外れていたとしても、そうだったたってわかるのはどうせ先のことだから、その頃にはどうせ覚えていないし、今、この場の成否には何の影響もない。絶対安全な予言、『サトルプリディクション』てやつだろ」

マテウスは目を閉じて背もたれに体重をあずけた。

「『Aの人』に関しては少しだけ事前調査《ホット・リーディング》だな。うちの学校でおれの学年なら、人気があってモテる女はまずAlice。でなきゃSophiaかJúliaだもんな。先頭か末尾かの違いはあっても『Aの人』と言い張ることはできる。それでもハズレならズームアウトすりゃいい」

おれはマテウスを指さした。そして言った。お前は奇跡の子なんかじゃない。お前の「霊視」はただの技術《コールド・リーディング》で、お前はふつうの人間だ。

「で、ネタが割れたら次はどうするんだ？『あなたは神を侮辱している』とキレて追い出すか？『たしかにそうした技術も一部使っていますが』と粘《ねば》るのか？どっちもありふれているぜ。もっと他のやつはないのか？」

逃げ道をなくしてやったぞ、と思った。これでどちらもできない。目の前のこいつはどうするのだろう。あくまで平静を装い、人を呼んでおれをつまみ出すか。それともどうか信者たちの前で余計なことは言わないでくれ、と交渉にでるか。あとの方がいいな、と思ったが、つまみ出されたとしても、学校で接触することはできる。いくらか金をせびってみてもいいんじゃないだろうか。どうせインチキで信者たちから巻き上げた金だ。

そう思っていたら、マテウスは意外にも笑顔になった。「すごいよジョゼ。それは自分で勉強したの？すべて正解だ」

「おれをおだてたって、どうにもならないぜ。守護天使と対話できるってんなら、もっとちゃんとしたことを、ちゃんと言い当ててみせたらどうだ？さっきみたいなのばかりじゃ、いずれ化けの皮が剥がれる」

「心配してくれてるの？　てっきり、お金を要求してくるのかと思ったけど」マテウスはなぜか、興味津々、という目でおれを見ている。「ばらされてこの仕事ができなくなっても、僕はべつにいいんだけどね。……大丈夫。他のも言える。たとえば君がコリンチャンスよりサンパウロかパルメイラス派なのかな、とか、コリンチャンス派だったお兄さんはどうしてファンをやめちゃったんだろう、とか」

「何……？」

これは予想外だった。コールド・リーディングの技法では、いきなりこんなに具体的に指摘はしない。というより、できないはずだ。まず曖昧に、あるいは間違えても言い訳ができる言い方で「言い当て」て、それに対する相手の反応を見て回答の範囲を狭めていく。そういう技術なのだ。

「もちろん僕には守護天使なんて見えないよ。というより、そんなものはいない」マテウスはくすくすとおかしそうに笑った。「これはただの観察眼。君の着ているTシャツに答えが書いてあるじゃないか」

マテウスが指さしたのはおれのTシャツの胸のあたりだ。

「胸の部分の一部に細かい穴が集中している。もともとはそこに貼ってあったワッペンを剝がしたんだろ？　穴の形で貼ってあったワッペンがコリンチャンスのロゴだってことは分かる。だけど変だ。シャツの生地自体はほとんど傷んでなくて、新品に近い。君は新品に近いコリンチャンスのロゴ入りシャツから、どうしてワッペンを剝がしてしまったんだろう？」

当たっている。たしかに、コリンチャンスのロゴはカッターナイフで剝がした。おれは気合を入れて無表情を貫いた。驚いた顔になったら情報を与えてしまう。

「そのヒントはシャツのデザインにある。なぜなら、そのシャツは二年ほど前に販売終了しているデザインだからだ」

おれは信じられなかった。「……なんで、そんなことを知ってるんだ」

「ネットか何かで見たことがあるよ」

だからってそうそう覚えられるものじゃない。映像的記憶能力《フォトグラフィックメモリー》、という単語が頭に浮かんだ。守護天使など見えなくても、こいつは充分「奇跡の子」なんじゃないだろうか。

おれは降参して、当たりだ、と言った。マテウスは、だろ？　と言って初めて得意げに微笑み、おれのシャツを指さした。

「そのシャツは二年前に買われ、二年間ほとんど着られる機会もないまま、今、ワッペンを剝がされた上であらためて着られている。つまり、お下がりなんだ。でもシャツのサイズはGだから[*2]、もとの持ち主がサイズアウトしたとは考えにくい。つまりもとの持ち主は、ロゴ入りのTシャツを大事にしてなかなか着ないくらいコリンチャンスのファンだったのに、コリンチャンスか、あるいはfutebol《フッチボウル》そのものに興味をなくした、君のお兄さんだ」

お前、とおれは思わず呟《つぶや》いた。お前、すごいな。まるでシャーロック・ホームズだ。

その途端、マテウスは目を輝かせた。「君もシャーロック・ホームズ好きかい？」

「ああ。ＢＢＣのドラマよりコナン・ドイルの原作の方が好きだ」

「僕もだ」

「一番好きなのは『四つの署名』？」

「短編だね。『まだらの紐』か『赤毛組合』」

おれたちは笑ってフィストバンプした。

それにしても、まさかこんなところに、おれと同じ趣味のやつがいるなんて思ってもみなかった。おれの周囲にいる人間はそもそも本なんて読まなかったし、読んだとしても小説なんて読まなかったし、小説でもややこしい謎解きなんて読まなかった。おれは家族から変わり者扱いされていたし、学校にも同じ趣味のやつはいなかったから、自分自身のこの部分については、他人に言ってもバカにされるだけだと思って隠していたのだ。その意味では、おれにも一部だけ、独《ひと》りぼっちな部分はあったのだ。マテウスと同

＊2　日本のＳ／Ｍ／ＬがＰ／Ｍ／Ｇと表記される。

じく。

こうなった後では遠慮はいらなかった。おれはまともに訊いてみた。そんなに頭がよくて、合理的な考え方をしているのに、なんでインチキ教祖なんてやっているんだ。

マテウスは表情を曇らせた。仕方がないんだ。「家の仕事」だから。どこの子供だってそうだろう？　生まれる家は選べない。

おれはすぐに彼の事情を理解して詫びた。そうだ。「家の仕事」はどうしようもないよな。うちはどう見ても貧乏な方だったが、それでもだいぶマシだった。家がファベーラにある子供なんかは家の仕事を手伝わされて学校に行けないことも多いし、ファベーラの上の方に行けば[*3]、親がギャングで「家の仕事」は強盗とヤクの密売、という子供もいる。おれたちはどんなにいきがっていてもまだガキで、親に逆《さか》らって生きていくことはできない。

でも、時々もうやめてやろうか、って思うことはある。マテウスは言い、姿勢を崩して椅子の背もたれに背中をあずけた。僕がある日から急に霊感をなくしたら、親はどんな顔をしてうろたえるんだろう、とかね。それとも、大真面目な顔でとんちんかんな預言をするのはどうかな？

おれはわざと真面目くさった顔をして言ってみせた。あなたには悪霊がついている。いますぐ便所に行ってゲロを舐めなさい。それ以外に祓《はら》う方法はありません。

マテウスも真面目くさった顔で言った。あなたの守護天使はゴリラが好きなようです。外を歩く時はゴリラの真似をし、一日一回ゴリラを撫で、バナナ以外は食べないようにしなさい。

おれは笑ったが、マテウスは一瞬、笑いそうになっただけでこらえた。そういえば、おれは「奇跡の子」に悩みを相談しているはずだったのだ。バカ話でバカ笑いしているところを外にいる信者に聞かれてはまずい。

真顔に戻るついでにマテウスは呟いた。自由になりたい。本当は家の金を洗いざらいかっぱらって家を出たいんだよ。でもそれは無理だ。妹もいるし。

親がヤク売った金でメシ食わせてもらってる、っていうのと、どっちがキツいんだろうな。

コカイン売られるよりはマシかも。でも大麻だったらうちの方がひどいと思う。

きわどいとこじゃねえか。

今度は二人とも、声を出さないように気をつけながら笑った。

＊3　ブラジルでは通常、海岸沿いに高級住宅地が、丘の斜面に貧民街（ファベーラ）がある。ファベーラの中でも格差があり、基本的に丘の上の方になるほど貧しく、ギャングの縄張りになっていたりする。

話していたるうちに、マテウスは着ていたインチキ教祖の衣装を一枚ずつ脱いでいった。本当に脱いだわけじゃない。学校のやつらと同じようなガキの顔になったのだ。なんならクロスの敷かれた神聖なテーブルに足でも載っけそうだった。この教団内ではもちろん、学校でも見せたことがない姿だろう。おれたちは喋った。お互いが本当はどんなやつであるか見せあいながら。

本人は当たり前のように話していたが、聞けば聞くほど、マテウスの境遇はクソだった。おれなら開き直って金稼ぎに精を出すかもしれなかったが、マテウスは悩んでいて、それでもできる限り、搾り取りすぎて信者が金に困らないよう、父親と交渉して寄付額を下げさせたり、寄付そのものを突き返したりしているらしい。だがそんなことをしても、彼の家がインチキカルトで儲けていることには変わりがない。さっき「やめてやろうか」と言ったのは、実は本気のようだった。

深刻な話の他にどうでもいい話もした。シャーロック・ホームズの話。二人ともサンパウロ派であること。実はアリースィよりヴァレンチーナ・ペレイラの方がかわいいこと。マテウスの家にはPS4があるから今度ぜひやりに来てほしいということ。あまりに話が長引いたのか、それとも賑《にぎ》やかすぎたのか、一度、信者のおばさんがノックして顔をのぞかせたが、マテウスはノックが聞こえた瞬間に「奇跡の子」に戻り、神秘的な微笑でおばさんを追い返した。それから、チケットはとれるし車も出してもらうから、週末にバイーア戦を観にいこう、と誘われた。要するにおれたちは友達になったのだった。学校で蚊《か》のように忌《い》み嫌《きら》われているマテウス・リベイロは、シャーロック・ホームズみたいなところがあるだけの、普通の人間だった。

おれたちは再会を約束して別れた。明日、学校が終わったら、サンパウロ・カルデアウ墓地の入り口で。あそこなら知りあいに見られないから。

愛人囲ってるみたいだぞ、と言うと、マテウスは苦笑した。

3

もちろん、マテウスとのつきあいは学校では秘密だった。マテウスは、おれが彼とつるんでいることがばれて学校内で孤立するとか、親の手で引き離されることをひどく恐れていて、彼に言わせると警戒心が足りないおれはよくたしなめられた。そうなったらそうなった時でいいんじゃないのか、と思っていたが、君の家族まで同じ目に遭う、と言われたので納得した。

それでもおれは、マテウスとつるむのはやめなかった。アントニオたちからはつきあいが悪くなったと言われたが、別にかまわなかった。学校どころか街中で嫌われているマテウスに同情したわけでもないし、罪のない彼に友人を与えなければならないと使命感に突き動かされたわけでもない。単に楽しかったからだ。マテウスはアントニオたちと騒ぐのとは別の、もっと落ち着いた「時間の過ごし方」というやつを知っていたし、金持ちの行動というのはおれには未体験のことばかりだった。二人で映画を観にいったり、リベルダージ地区の東洋人街で食べ歩きをしたり、美術館にも行った。もっともおれの存在は彼の家族にはあまり歓迎されていないようで、マテウスがようやくおれを"Zé《ぜ》"と短く呼ぶようになっても、うちのじじいからくすねたピンガをひと瓶、二人で回し飲みして共に酔っぱらっても、彼の家には一度も招待されなかった。いつも地下鉄の駅で待ち合わせたり、自転車で出かけたりした。彼の家の運転手だけはおれを歓迎してくれ、おれたちが車に乗ってグアルジャのビーチに行った時は勝手にアイスクリームを買ってきてくれたりしていた。

つるむ時間が増えても、おれはマテウスに対して、アントニオたちに感じるような完全な気楽さはなかった。どこか距離があった。マテウスの方も同様で、時折ひどく遠慮したり、恐れるような顔を見せたりした。たしかに、つるんでいることがばれればおしまいなのだ。おれはなんとでも言い訳ができるし、最後の手段として、マテウスに騙されたとでも言えば被害者面して皆の元に戻ることができる。だがマテウスはそうはいかないわけで、おれより彼の方がいつも不安だったのは当然と言えた。これはどうしようもなかった。おれたちの間に横たわる川、そこに水を注いでいるのが金だということもまた、どうしようもなかった。おれは彼と遊ぶには金がなさすぎたし、何をするにも彼に奢ってもらうしかない。彼はそれそのものには不満はなかったようだが、おれが他の友人の誘いを断ってまで彼とつるんでいる理由の何割が奢られることにあるのか、常に気にしていた。全く奢らなくなったら自分に興味などなくなるのだろうかと不安なようだった。おれは、そんなことはない、と何度も繰り返し、それでもまだ信用しないマテウスにいらついたこともあったが、彼の情況を考えれば無理もないことだと思って納得した。おれの方もまた、奢られているとどうしてもこの友人と対等であると思えないところがあって、無理に奢り返してみたりしたが、結局、川は川のままで、都度、泳いで渡るしかないようだった。

たぶんマテウスは、何か状況が変わってやばくなったら、まっさきにおれとのつきあいを断ち切って、また向こう岸に閉《と》じ籠《こ》もる気なのだろう。

それでも少しだけ距離が狭まったと感じたのは、あの時だ。おれはマテウスにいきなり頼みごとをした。しかも、かなり重大で困難なやつを。

つまり、泥棒の嫌疑をかけられているパウロ伯父さんを助けてくれ、と頼んだのだ。

パウロ伯父さんは旧市街《セントロ》にある宝石店で働いている。現金でやりとりしているのは観光客向けの安い商品だけで、本物の高級品はカード決済の割合が大きいから、その日も、店舗の金庫にはたいした額は入っていなかったという。それもあって管理がいいかげんで、これではいつか盗まれるのではないかと不安ではあったらしい。それが本当に盗まれた。伯父さんは営業に出ていたが、夕方に戻ると、店のバックヤードがざわついていた。支店長は12万R$の契約を決めてきたパウロ伯父さんに「ご苦労さん」の一言も言わず、「君は昼間、どこにいた」と訊いてきた。

被害に遭ったのは金庫の中にあった現金1万5000R$少々。昼前から出かけていた店長が夕方に戻ってきて、金庫を確認したらすでに現金がなかったという。金庫は壊されてはおらず、犯人はナンバーを合わせて解錠したのだ。それはナンバーを知らなくてもできることだった。ナンバーを書いたメモが金庫の底面に貼りつけてあったからだ。

馬鹿なんだろうか？　だが、この街の泥棒の大半はもっと馬鹿だ。ここの支店長は金庫のナンバーを金庫自体の底に貼りつけている、ということを調べ上げるより、拳銃を持って押し入り、「金庫を開けろ」と脅す方が手っとり早い、と考える。つまり、そこらのチンピラが犯人じゃないってことだ。

サンパウロ・カルデアウ墓地の前に来てくれていたマテウスの前でブレーキを握り、息を切らして自転車を停めたおれは、今朝聞いたそのことを話した。おれの話し方から、マテウスもわかっているようだった。犯人は少なくとも、支店長の頭の程度を知っている関係者だ。

「それだけじゃないんだ」おれはマテウスに言った。「金庫は事務所の中にある。いつも人が出入りしているんだ」

知性溢れる友人はすぐに答えた。「つまり、事務所から人がいなくなるタイミングを知っているか、事務所の様子が常に分かっていて無人の時を狙えるか、人を呼び出すなりして自分で無人の状況を作れるか、だね」

「だろ？」自分でもわかっていることだったが、他人の口からはっきり言われるともう一度落ち込む。やっぱり確定なのか、と。「ますます関係者しかありえない」

「その『関係者』は何人いるの？」

「伯父さんの他にはほとんどいないはずだ」言いながら、なんだかパウロ伯父さんを裏切っているような気分になった。「小さな店なんだ。支店長のマリーニョと伯父さんの他は、事務員のマイコンしかいない」

「他に、お店の様子を知っていた人はいないかな？　従業員以外で、だよ。近所の人とか」

「どうだろう」パウロ伯父さんとはよく話をするし、職場の様子もいろいろ聞いていた。「ペドロっていったかな。支店長の親戚が時々訪ねてくるらしいけど」

それらの名前を出したところで、伯父さんの容疑がどうなるわけでもなかった。だがマテウスは、意味のわからないことを言った。

「警察署に行こう。容疑者は全部で四人。そのうちの何人かは集まっているはずだ」

人並みに警察が嫌いだったおれはぎくりとした。「行ってどうするんだ」

「関係者に襲いかかるんだ」マテウスは余裕があるようだった。警察にびびってはいないらしい。「もちろん平和的にね。それでとりあえず犯人が分かる」

友人の提案は突飛であると同時に奇妙だった。そりゃ確かに、関係者はまだ警察署に留め置かれているかもしれない。だがそれを捕まえたところでどうして犯人がわかるんだ。銃を突きつけて脅す？　ありえない。おれたちにそんなことは無理だし、警察署では尚更《なおさら》だし、そもそもそれで自白させたって本当かどうかわからない。警察が動かなければ意味がない。

なのに、マテウスは平然としていた。「犯人は訊けばわかるよ。僕には」

街路樹のパキラが風で揺れ、道の向こうに並ぶ店の軒先の日よけテントを一斉にばたつかせる。八月とはいえ昼間なのに、涼しい風だった。おれはこの数時間後に知った。自分がマテウス・リベイロの本当の力を理解していなかったことを。

学校のやつらといきがった話をしていても、実際に警察署に入るのは初めてだった。一体何の用でこんなに人がいるんだという警察署の一階には、殺気立った大声で会話とか喧嘩をしている人間や、殺気立った早足ですぐ横を通り抜ける人間や、殺気立った視線でガキの二人連れを一瞥《いちべつ》する人間がいて、おれは正直なところびびっていた。だが傍らの友人はロビー内の空気をそよ風のように受け流し、受付で係の人に頼み込んでいる。隣にいるのは昨日の夕方、イピランガ通り沿いのラックスジュエリーサンパウロ支店で発生した窃盗事件の関係者であるパウロ・ホドリゲスの親戚だ。彼の母がパニック状態で、とにかくパウロの様子を見てこないと話もできない。まだここにいるなら、少しだけでいいからなんとか話を聞けないか。マテウスは自分の上品そうに見える綺麗な顔と、金持ちらしいきちんとした身なりをうまく使って、友達のために親身になるけなげな少年を演じていた。なにせ仕事で「奇跡の子」をやっているのだから、このくらいの演技は造作もないようだった。係の男は訝しげにマテウスの全身を上から下まで観察し、隣のおれの恰好と見比べて眉をひそめたが、大声で別の警官を呼んでくれた。カウンターから出てきた別の警官は顔も体もいかつく、腰のベルトに挿したでかい銃がおっかなかったが、あの事件の関係者は朝に呼び出してちょうど上に集められているからついてこい、と階段に向かって歩き出した。いいお巡りさんでよかったね、と囁くマテウスの言葉は聞こえよがしだったが、実際にそうらしいのでおれは同意した。

階段を上った先も一階ロビーと同じように殺気立っていたが、先を歩く警官が廊下の先に向かって大声を飛ばすと、ベンチのところで二人の刑事から話しかけられているスーツの集団がこちらを振り返り、その中にパウロ伯父さんもいるのが見えた。案内してくれた警官がおれたちを刑事たちに紹介し、おれの肩をぽんと叩いて去っていった。やはりいい人のようだった。パウロ伯父さんはおれが来たことに驚き、心配するな、と言ったが、なぜかマテウスはいきなり、伯父さんに向かって訊いた。

「あなたが金庫のお金を盗んだんですか？」

いきなりのことにその場の全員がぴたりと動きを止めた。おれは焦り、マテウス、と呼ぼうとして慌てて口をつぐみ、彼の肩を叩いた。「チノ、違うって。この人がおれの伯父さん」

だがマテウスはパウロ伯父さんの目をじっと見ていた。友人の様子が今までと全く違っていることに、おれは気付いた。無表情であったが、枝の上からこちらを窺うトカゲのように内心の読めない目。瞳の奥に無限の空間があるように思えてくる魔眼。まともにそれを向けられるパウロ伯父さんも困惑したようだったが、やがて大人らしい分別を思い出したという顔で、違うよ、と首を振った。

するとマテウスは、今度は隣にいた支店長を見上げた。「では、金庫のお金を盗んだのはあなたですか？」

支店長は驚くと同時に素早く腹を立てたようだった。「ああん？　何だお前は。俺は被害者だ」

マテウスは、失礼しました、とすぐに謝ったが、質問は続けた。なんとなくオシドリに似た顔をしたちびの事務員マイコンと、事件のあった日に店を訪ねていたという支店長の親戚のペドロ。二人に立て続けに「金庫のお金を盗んだのはあなたですか？」とまともに訊いた。二人ともすぐに首を振ったが、質問してからの三秒間、マテウスは例の目で相手の顔をじっと見ていた。そして隣のおれには、彼が小さくひとつ頷くのが見えた。

さすがに支店長が怒鳴《どな》り声をあげ、刑事の一人に、何なんだこいつらは、と訊いた。刑事は困った顔をしてこちらに来て、乱暴におれたちの背中を押し、さっさと帰れ、と言った。マテウスははい、ありがとうございました、と頷き、なぜか悪戯っぽい顔で、実は迷ってしまいました、と言った。あっちでしたっけ。

勝手にとんちんかんな方向に歩き出そうとするマテウスを、おれはよくわからないまま見ていた。こいつは頭がおかしくなったのだろうか。「金庫のお金を盗んだのはあなたですか？」と訊いて、刑事の前で「はい私です」と答えるやつがいるとでも思ったのだろうか。だが普段のマテウスはそんな非常識でもなければバカでもない。あれもおれの知らない、コールド・リーディングの技術なのだろうか。

マテウスは刑事に腕をつかまれ、引っ張ってこられた。当然のことながらおれたちは面倒臭い邪魔者として扱われ、刑事は舌打ちをしながらもう一人に目配せをし、おれたちを引っ張って階段まで連れていった。さっさと階段を下りろ。まっすぐ行けば玄関だ。次、邪魔しに来やがったら逮捕するぞ。

だがマテウスは刑事を見上げて微笑んだ。

「僕、犯人を知っています。支店長の親戚のペドロ・マリーニョ。彼ですよ」

刑事の表情が変わった。何を言っていやがる。おふざけに付き合っている暇はないんだ。

彼に会ったことがあります、とマテウスは言った。犯行をほのめかすようなことを言っていました。もう限界ですとか、いつでも取れる金があるんです、とか。

刑事はマテウスに凄んだ。でたらめを言っているなら承知しないぞ。お前はあの男の何だ。その話はいつ、どこで聞いた？　凄んではいるが、マテウスの言葉を無視することはできないようだった。

「『告解』です」マテウスは答えた。「ペドロはうちの信者です。一ヵ月ほど前、悪魔に誘惑されている、と打ちあけにきました。職場の金庫に金がある、明日にでも手を出してしまうかもしれない、どうすればいいか、と」

刑事はさっと周囲を窺い、ちょっと来い、と言ってマテウスの腕を乱暴に摑んだ。

「詳しく話せ。なぜお前が『告解』を受けるんだ？」

刑事は囁き声だった。おれたちが連れていかれたのは壁際にパイプ椅子の積まれた物置のような部屋だったが、ドアは開けたまま固定されていたから、外から見つかるわけにはいかなかったのだろう。おれも「壁にくっついて立ってろ。チョロチョロ動いたり騒いだりするな」と命令された。強盗犯に人質に取られているみたいだった。

だがマテウスは、その状況でも落ち着いていた。自分が「超越教会」の教祖マテウス・リベイロであり、ペドロ・マリーニョは信者であると言った。

「『超越教会』？　何だそれは」

「カルトですよ。インチキの」マテウスは全く躊躇わず、かといって力も入れず、ごく自然にそう言った。「僕はちょっとばかりそれっぽい外見をしているから、奇跡の子とか言われて崇《あが》められる役をさせられているんです。学校に問い合わせてくれればいい。みんな知っていますよ」

刑事がこちらを見るので、おれは仕方なく頷いた。

マテウスがおれを指さす。「彼から聞いたんです。ラックスジュエリーサンパウロ支店に泥棒が入ったって。僕は『本当にやったのか』と思ったんですけど、黙っているわけにもいかなかったし」

「なぜ告解の内容をバラすんだ？」

「うちはインチキですから」マテウスは唾《つば》でも吐くような顔をした。あるいはこれは本心かもしれなかった。「せめて少しでも社会の役に立たないと」

刑事は黙り、一度か二度、開いたドアから外の廊下を窺った。時折ばたばたと足音をたてて人が通った。

刑事はさらに小さな声になり、マテウスにかがんだ。「……なあお前。何が目的だ？」

「こっちのジョゼが、パウロ・ホドリゲスの甥なんです」

刑事はこちらを見る。マテウスはおれの方は見ずに言う。「彼の母親がパニックになっているというのは本当です。それにうちの教団としても、泥棒をかくまっていたくはないですし。さっさと逮捕してもらいたいんです。ただでさえインチキカルトなのに、犯罪者の味方だなんてことになったら、僕の家族はもうこの街にいられなくなる」

刑事はマテウスを見ている。マテウスの言葉は真剣に受け止められていると見ているようで、ある意味、うるさいガキ、という見方ではなく、不審者だと見ていた。

「だからさっさと逮捕してもらいたいんです」マテウスは例の目になって刑事を見上げた。「そもそも警察だって、犯人はペドロだろう、って思ってるんでしょ？　理屈からいってそうならないとおかしい。逮捕するのに不都合な事情でもあるんですか？」

刑事の眉間に皺が寄った。無理もない。マテウスの言うことはさっきからずっと突飛だった。一つの突飛にどう対処しようか考えている間に次の突飛が来る。ついていけないのは当然だった。「……どういうことだ」

「状況からして当然です」マテウスは上から睨《にら》まれても落ち着いていた。「支店長や事務員のマイコンが犯人なら、自分たちしかいない昼間に、綺麗に金庫だけを開けてお金を取っていくなんてやり方はしません。それじゃ自分たちを疑ってくれと言っているようなものです。僕なら外部犯に見せかけるため、夜中に車で来て、ガラスを割って店内に入り、金庫ごと持って逃げる。持ち運べない金庫ならこじ開ける」

刑事はまだマテウスを睨んでいる。

「残ったのは営業マンのパウロさんと親戚のペドロですが、パウロさんだというのも変です。彼は一人で営業に行き、一人で売り上げを持ち帰っていた。現金での取引も多かった」マテウスはじっと刑事を見たまま喋る。「つまり、その気になれば好きなだけ売り上げをごまかして自分のポケットに入れられる立場だったんです。お金が欲しくなったらそうすればいい。危険を冒して、たいして入っていないと知っている金庫を狙う必要はありません」

マテウスはじっと刑事を見上げた。もう肝心なことは言ったから、あとはただ見ているだけで思い通りの結果になると、確信しているようだった。実際に、マテウスは黙ってただ見ているだけなのに、刑事の精神が徐々に押し返されていくのがなんとなく分かった。

「取引です」マテウスはタイミングを見て言った。「捜査情報を教えてくれれば、ペドロ・マリーニョの告解を証言してもいいし、本人に自首するよう促《うなが》してもいいです」

「信用できない」

「なぜ彼が逮捕されていないのか、それすら話せない事情が？」

「変な事情はない。勘ぐるな」おそらくは汚職を疑われるのを嫌がったのだろう。刑事は手を振り、廊下の外を確認してから囁いた。「防犯カメラの映像があるんだ。犯人と服装が違う」

刑事はそこで黙った。今言ったことですら、突然訪ねてきた怪しいガキにばらすべき内容ではないだろう。

「僕なら解決できますよ」マテウスは囁いた。「ペドロ・マリーニョは寄付も多い、熱心な信者です。僕の言うことならたぶん聞きます。あなたの手柄にすればいい」

刑事はまた外を窺った。「……そう、うまくはいかない。いいか？　支店長とマイコンが証言している。ペドロ・マリーニョは確かに午後一時過ぎに現場を訪ねているし、カウンターの中にも入っている。帰りは裏口からだったようだ。だが、やつが入ったのは廊下とトイレだけだ」

「なぜ、そう断言できるんですか？」

「事務所内にある防犯カメラに犯人が映っていたんだ。犯人は二時前頃に事務所に入ってきて、約三分後に出ていっている。だがそいつは、ペドロではなかった」

「なぜペドロではないと？」

「顔は隠していたが、服装が違った。カメラにはっきり映ってる。犯人はオレンジの派手なダウンベストを着てたんだよ。一方、事務所を訪ねた時のペドロは長袖《ながそで》シャツだけで、手ぶらだった。着替えなんて持っていない」刑事は早口で言った。「だがパウロの方はどうだ？　奴は午前中からずっと外にいて、鞄も持っていた。どこかで着替えて裏口から侵入し、事務所の金庫を開けて、またこっそり裏口から出ていくことはできる」

「ペドロにだって同じことができるんじゃないですか？　わざと軽装で受付を通って、服装の違いをアピールしておく。その時は防犯カメラに映らないよう事務所を素通りして裏口から出て、外のどこかで着替えて、今度は裏口からもう一度入って犯行に及ぶ」

「ダウンベストをどこに隠す？　現場周辺は人通りが多い。あらかじめ隠しておける場所もなければ、犯行後にすぐ脱いで捨てられる場所もない」刑事は掌を広げて見せた。「それに裏口側も人の目が多い。そう何度も出入りはできない。警察だって捜索はしたが、ダウンベストなんてどこからも出てきていないんだ。なのにペドロの奴は防犯カメラに犯行が映っていたわずか五分後に中央郵便局で目撃されている。いいか？　お前が今、言ったような面倒な真似をしている時間はないんだ」

刑事の方もすでにいろいろ考えていたのだ。当たり前だった。おれは「店内のどこかにダウンベストを隠していた可能性は」と思いついたが、口には出さなかった。さすがに見つかるだろうし、見つかりにくい場所に隠すのも、そこから出すのもひと手間だ。

マイコンや支店長がいつ来るかも分からないのに。

だとすると、やはりパウロ伯父さんが一番怪しいということになってしまう。

だが、マテウスは言った。

「分かりました。そこを聞き出せばいいんですね」

4

駐車場に出てそれぞれの自転車にまたがったところで、ようやくマテウスに訊けた。

どういうつもりだ、と。

どういうつもりって、君は伯父さんの無実を証明したいんじゃないの？　マテウスは何を質問されているのかわからないという顔をしていた。

たしかにそうだけど違うだろ。おれはもどかしさを感じた。お前、大丈夫なのか。名乗ったりして。家にも警察が来るかもしれないんだぞ。

来たらそのときさ。

どうしてそこまでするんだ。

どうして、だって？　マテウスは目を見開いた。君が僕の友達だからじゃないか。ただの友達じゃない。大事な友達だ。

マテウスからそんな言葉が出てきたことに、おれは内心、驚いていた。たしかにおれだって、大事な友達のためならそのくらいするかもしれない。だが自分がそう思われていたことは意外だったし、そもそもこのマテウス・リベイロがそういうことを考える、普通の奴だということはもっと意外だったのだ。

マテウスは学校で忌み嫌われている「カルトの家の子」で、教団内では崇め奉られている「奇跡の子」だ。誰もこいつのことをよく知らない。それにマテウス自身も、普段はきわめて合理的で頭がよく、例の映像的記憶《フォトグラフィックメモリー》能力のせいなのか、信じられないほど知識があり、どこか人間離れしていた。頭がよすぎる人間は非人間的に見える。おれはどこかで、マテウス・リベイロを自分と同年代のガキだというふうに捉《とら》えていなかった。おれや、アントニオたちにあるような、ガキ同士の仲間意識みたいな普通の感情とは無縁だと思っていた。

それにおれはどこかで、他人にばれないようにしなければならないマテウスとのつきあいを、何か違法な「冒険」のようにとらえていたのかもしれない。保護動物をこっそり飼っているとか、ギャングとこっそり取り引きしているとかいったような感じで。

だが、何もかも違ったのだ。マテウスは能力が優れているだけの普通のガキだったし、おれたちはどこにでもいる普通の友達同士だった。少なくとも、マテウスはおれをそう扱おうとしてくれていた。

おれはまず、すまなかった、と言い、それから言い直した。

「ありがとう」

「今回、僕は張り切ってるんだ」マテウスは頷いて微笑んだ。「君が僕に何かを頼むのは初めてだったから」

そういえばそうだった。おれはマテウスに対しては、やはり普通の友達の一人だと思っていなかったのだろう。あれこれと奢って貰ったりはしていたが、それらはすべてマテウスの方から申し出たもので、おれが彼に何かを頼んだことは、たしかになかった。

「それに、嬉しいんだよ」マテウスは自転車のペダルをがつんと踏む。「君は僕のお金でなく、僕自身を当てにしてくれた」

マテウスに続いてペダルを踏み、自転車で走り出す。マテウスは迷わず警察署の敷地外に出ると、颯爽《さっそう》とした声で言った。「でも大丈夫だよ。仮説はもうある。一つだけ確かめれば、犯人は確定だ」


夜、おれは例の運転手の運転する車に乗り、とんでもない場所に連れていかれた。ジャルジン地区、ヨーロッパ通りの高層ビルに入っている高級レストランだ。

案内してくれたマテウスと運転手は慣れた様子で、入り口にいた店員とやりとりをしていた。だが床はぴかぴかで、おれなんかが踏んでいいのだろうかと思った。店員は全員スーツで、おれなんかの相手をしていいのだろうかと思った。店の壁には絵が飾られ、料理のいい香りと控《ひか》えめな音量の音楽が流れているこんなレストランなんておれは当然、生まれてこのかた入ったことがない。そもそも予約して入るようなレストランに入ったことがないし、それ以前にこんな綺麗なビルに入ったことがないし、おれ一人で入ろうとしてもつまみ出されるに決まってる。係員が自分たちの乗ってきた車を預かってくれるなんていう光景も初めて見たし、そもそも車でビルの車寄せに乗りつけるなんていうことも初めてだ。いや、おれはこの地区自体、自転車で一度か二度、駆け抜けた経験しかない。

車に戻っている、という運転手と別れ、案内された席は壁際だったが、窓の前を通った時、おれはしばらく呆然《ぼうぜん》として立ち止まっていた。街の夜景が見下ろせるのだ。金持ちの見ている風景だった。おれは金持ちが貧乏人を見下す理由が分かった。こんなふうに店員たちにちやほやされ、こんなふうに街を見下ろしていたら、自分は貧乏人どもとは違う生き物なのだと勘違いするに決まっている。夜景に見とれていたおれはマテウスに呼ばれて慌ててついていき、テーブルの椅子を自分で引こうとして止められ、ウェイターに座らせてもらった。王子になった気分だったが、真っ白すぎるテーブルクロスに触っていいのだろうかという気がして動けない。ここはおれのいるべき場所じゃない、と思った。大人の行くレストランだ。しかも、金持ちの。だが店員たちは、ガキ二人だけなのに、しかも片方は明らかに汚い貧乏人のガキなのに、他の客と差をつけず、丁寧に応対してくれた。本当の一流というのはそういうものなのだ、ということを、マテウスから聞いていた気もする。

背中に汗をかいていた。空調がきちんと利いていて暖かいのだ。サンパウロの冬は寒暖差が激しく、昼間は25℃になるのに、朝晩は一桁にまで下がる。だがその空気はビルの壁とガラスで完全に遮断されていた。レストランの中は宇宙船のようで、外の冷え込みもクラクションの喧噪《けんそう》も、ゴミと排気ガスの臭気もなくひたすら穏やかだった。いや、水槽の中なのかもしれない。おれたちは今、大事に管理され保護されている魚だ。

それでもおれはリラックスできなかった。店中の人間がおれを見ている気がする。マテウスの勧め通り一番まともな服は着てきたし、レストラン側もドレスコードなしだそうだが、染みついた貧乏人のにおいだけでまわりから顔をしかめられるのではないかと思った。我ながら情けないことだが、いくら服だけ替えても、肌とか爪とか、髪の毛とかに、貧乏人のにおいが残っている気がどうしてもした。

なぜマテウスがおれをこんな場所に連れてきたか。その理由は十分ほど遅刻してテーブルに来た。

「たいしたもんだな。初めて入るぞ、こんな店」昼間の刑事はそれでもおれとは違い、慣れた様子でウェイターに椅子を引かせた。「本当にいいんだな？　お前の奢りで」

「もちろんです。僕のようないち関係者のために時間を割いていただくわけですから」

マテウスは大人っぽい口調でそう言う。要するに一種の賄賂《わいろ》なのか、金持ち流の礼儀なのかは分からないが、たしかにヴィートル・ウーゴ通りのGIRAFFASに来てくれ、では応じてくれなかった可能性も大きい。

そこから約四十分、おれは店の雰囲気で緊張するのと、初めて見る料理に感動するのと、マテウスや刑事がなかなか話を始めずやきもきするのの三つでくたくたになった。それでも食うだけは食った。なんせ、コースで運ばれてくる料理だ。食べ終わる頃にどこからともなくウェイターがやってきて、座っているだけで次々料理を目の前に置いてくれるのだ。ジュースなどいくらでもおかわりしていいのだ。前菜が来た時は目立たないようにしていようと小さくなっていたが、前菜の途中から「遠慮したら絶対に後悔する」と分かったので、メインのアルゼンチン・ベビービーフは追加を頼んだ。刑事は笑っていた。料理はどれもたとえようもないほどうまかったが、マテウスの奢りとなると家族に持って帰ることはできない。おれはかすかに罪悪感を覚えながら胃袋を幸せにした。さすがにデザートの頃になると少し余裕ができて、この刑事が食前酒も断り、その後もワイングラスに全く口をつけていないことにも気付いていた。

「まあ、うまかったしな」刑事はドルチェのフォークを置き、ナプキンで口を拭《ぬぐ》った。

「話はしっかり聞いてやる。何か分かったのか」

マテウスはすぐには答えず、刑事の目を見た。「どうやら、本気のようですね」

訝る刑事に対し、マテウスは言った。

「犯人はペドロ・マリーニョです。ペドロ・マリーニョが容疑を免《まぬが》れている理由は、つきつめればたった一つ。『ダウンベストを隠す場所がない』。隠し持ったままカウンターを抜ける方法がないし、外に隠して用意しておく場所がないし、犯行後に捨てる場所もない。裏を返せば、そこさえ解決すればいいんです」

刑事はゆっくりと一口、水を飲んだ。それから、昼間の話を聞いてなかったのか？と言った。やつに犯行の時間はなかった。防犯カメラにも細工の跡はないし、他の服ならともかく、ダウンベストを気付かれないように隠し持つことなどできない。

「そこですよ」マテウスは、刑事に対してストップ・ボタンを押すように指先でテーブルを叩く。「そもそも、なぜ犯人はダウンベストなんて着ていたんでしょうか？」

マテウスはあらかじめ用意していた原稿を読むように、すらすらと喋った。確かに今の季節、朝晩ならダウンベストを着るのも不自然じゃない。だが犯行時は昼下がりだ。普通は脱いでいる。加えて目立つオレンジ色。あれはむしろ防犯カメラにわざと映して、犯人の服装を印象づけようとしていたと考える方が自然だ。

「俺だってそう思う。ダウンベストを着るぐらいなら、ポケットが多くて色の目立たないジャケットを羽織る」刑事は応えた。「だがそれがどうした？　偽装だとしてもその方法がない」

「あります」マテウスは言い、それから少し、楽しそうに口角を上げた。「なぜなら僕は今、それをやっています」

刑事は眉をひそめてマテウスを見る。その言葉はおれにとっても意外だったが、マテウスは悪戯を仕込んだ、という顔で楽しそうにしていた。

刑事がマテウスの服装を観察した。「……お前、昼間と服装が違うな」

「よくお気づきで」

マテウスは刑事を相手にしても全く物怖《ものお》じせず、むしろ自分の部下を見ているように余裕があった。普段、教団で大人たちを従わせているからだろうか。

おれも今になってようやく気付いた。昼間はポロシャツだったが、今は長袖の襟付きシャツだ。というより。

「……お前、なんか膨らんでないか？　下に何、着てるんだ」

「君が先に見つけた」

マテウスは苦笑し、一番上まで留めていたシャツのボタンを外していく。一つ。二つ。三つ目を外すより先に気付いた。下から現れたのはオレンジ色の、ビニールのような素材の。

「ペドロはオレンジのダウンベストを隠し持ったまま受付を通過したんです。隠し場所はここです」

「……シャツの下にダウンベストを着ていたのか？」刑事が思わず腰を上げて手を伸ばす。「いや、無理だろう。どうやった？」

マテウスは足下に置いていたバッグから、もう一着のダウンベストを出した。大人っぽく抑えた色調ばかりの食卓周辺で、鮮やかなオレンジ色がぎらぎらと目に痛い。

マテウスは胸元をはだけ、どうやったのか、長袖シャツの中に着ているダウンベストを見せた。「ペドロが受付を通る時は、この状態でした。そして彼は受付を通過すると、着ていたダウンベストを脱ぎ、この状態にして上から着直した」

マテウスはオレンジのダウンベストを刑事に渡した。こちらは、どこからどう見ても普通のダウンベストだった。とてもシャツの下に着られるようなボリュームではない。

だが。

「感触がおかしい」刑事はダウンベストのあちこちを指でつまんでいる。「中に入っているのは羽毛じゃないな」

「空気です」マテウスは着ている方のダウンベストをつまんでみせる。「ペドロが犯行時に着ていたのはダウンベストではなく、細工してそう見えるようにした『空気ベスト』だったんです。買ったダウンベストに切れ目を入れて、中の羽毛をすべて出す。そしてかわりにビニールの風船を詰める。ダウンベストは中身を抜くと、ただの薄い合成繊維になります」

刑事は渡された、膨らんだ方のベストをこねくり回し、切れ目を見つけていた。

「……だが、空気を入れると元のボリュームに戻る、ってわけか」

マテウスはニヤリとした。「初歩ですよ。刑事さん」

実際に着てみれば着心地は全く違うのだろうが、防犯カメラで見る限りでは普通のダウンベストに見える。つまりペドロは、受付を通過した後、どこかに隠れ、ベストに空気を入れてから事務所に入り、防犯カメラに映った。そして犯行後はすぐにベストを捨てる。彼がダウンベストを着ていたことを知っているのは神様だけになる。

「あとはそちらの仕事です。ダウンベストの購入履歴を探せばいい。ですが」マテウスは言った。その目が変化していることに気付いた。魔眼になっている。「時間を節約したいなら、僕に任せてくれませんか。ペドロ・マリーニョに会って、いくつか質問すれば、どこで買ったかが分かります」

刑事はマテウスの推理に驚いたようだったが、まだ冷静さを残していた。どういうことだ、と聞き返す。

「言葉の通りです。面と向かって質問すれば分かるんです。僕は」

「何を言っている？」刑事も、目をそらしたら負けだというふうにマテウスを見ている。「ペドロは今、警察署にはいない。呼び出してお前に会わせるなんて権限も、俺にはない。無理だ」

「一つ目は本当ですね」マテウスは相手から目をそらさない。「二つ目も本当だ。でも『無理だ』と言った三つ目は違う。おそらくあなたは『やってやれないことはないが面倒だ』と思っている。適当に理由をでっち上げて、ペドロの家に僕を連れていくことは可能なようですね」

マテウスが言い、おれと刑事ははっとした。刑事の方はおそらく、図星を言い当てられたのだろう。おれの方は、思い出していた。マテウスに聞きそびれていたことがあった。なぜか彼は明らかに、ペドロが犯人だと最初から確信していた。それはなぜなのか。

「行くぞ」刑事は立ち上がった。「五分だけ、と言ってドアを開かせることぐらいできるだろう」

マテウス・リベイロはおれの友人で、すごい奴だ。コールド・リーディングの名手で、初対面の懐疑的な相手でさえも、二十分話し込めば彼を「奇跡の子」だと信じさせることができる。それに組み合わせて使うのがシャーロック・ホームズばりの洞察力。この二つで、人の大抵のことは言い当ててしまう。そして推理力。警察がペドロ・マリーニョを逮捕できずに頭を抱えていた状況を、数時間で打破してしまった。名探偵だ、と思う。

だが、おれがマテウス・リベイロの本当の力を知ったのは、刑事を連れてペドロ・マリーニョのアパルタミャントを訪ねた時だった。窮屈な階段を上ってペドロの部屋の前に来ると、マテウスはおれたちを押しのけて前に出て、不機嫌を隠そうともせずドアから顔を覗かせているペドロに対し、挨拶もそこそこに、真っ向から質問した。

「オレンジ色のダウンベストを買いましたね？」

「どこで買いましたか？」

「いつ買いましたか？」

「通販で？　それとも店で買いましたか？」

最初から不信感を顔に出していたペドロはこれらすべての質問に「いいや」「何の話だ」「知らない」と答え、いらついた顔をしていたが、マテウスはその目をじっと見上げていた。例の、深淵《しんえん》を思わせる魔眼だ。もちろんペドロは途中から、何なんだこのガキは、とキレたが、刑事がそれをなだめた。マテウスは最後の確認です、と言った。

「あなたは犯行の一週間ほど前、リベルダージ地区の『ウエハラ服飾店』で、トリックに用いたダウンベストを買った。間違いありませんね？」

「ふざけるな」

ペドロは怒鳴り、マテウスを押しのけてドアを閉めた。聞こえよがしに鍵とドアチェーンをかける音がそれに続いた。

ドアは閉められた。もう、ノックをしても出てはこないだろう。ドアの横に便所があるのか、クソの臭いがかすかに漂っている。

「……おい。何だ今のは」

刑事はさすがに、マテウスを責めるような目で見た。「もっと考えて質問しろ。もうチャンスはないんだぞ」

だが、マテウスの方は落ち着いていた。先に階段を下りていく。「確認できました。さっき言った内容で間違いないです。ウエハラ服飾店に行きましょう」

「ちょっと待て」刑事が後を追いかける。「なんで今のやりとりで分かるんだ。あいつは『知らない』としか言っていないぞ」

「分かるんです。僕には。以前リベルダージ地区に行った時、ウエハラ服飾店の店頭にダウンベストがあったのも覚えているし」マテウスは刑事の方を振り返らない。「店であなたに質問した時と同じですよ。僕は、面と向かった相手が嘘をついているかどうかが、100%分かる。視線の動きや、顔や首周りの筋肉の、微妙な動きで」

おれも驚いたが、マテウスはむしろおれにむかって説明するように、踊り場からこちらを見上げた。

「人は嘘をつくことができる。でも、顔や首周りの筋肉を完璧に制御することまではできない。嘘を言っている人間の筋肉は特有の動き方をする。普通なら見逃してしまうようなほんの一瞬の動きだけど、僕にはそれが分かる」

おれは思わず、自分の顔を撫でた。「……まさか」

おれはようやく知った。昼に警察署に行った時、マテウスが関係者一人一人に訊いていた理由。「あなたが盗んだんですか？」——そう質問していたのは、つまり。

「そんなことまでわかるのか？　犯人ですか、って訊きゃ、それがイエスかノーかもわかる」

マテウスは黙って頷いた。

おれは、自分が今、すごいことを聞いたのだと自覚した。嘘をついているかどうかが100％わかる探偵。だとしたら無敵だ。最初に「あなたが犯人ですか？」と全員に訊くだけで、もう犯人がわかってしまう。こんな反則があっていいのだろうか。

「『霊視』だよ。『奇跡の子』が使っている、三つ目のテクニックだ」マテウスは少しばつが悪そうに顔をそむけた。「でもこの力は、集中して使おうと思った時しか使えない。だから、君の嘘をつい見抜いてしまう、なんていうことはない」

「……いや、それは別にいいんだけど」

「……君の前でこの力を使ったことは一度もない。信じてほしい」

そんなことはたいした問題じゃないのだからどうでもいい、と思った。だがマテウスは踊り場で立ち止まり、驚くほど真剣な顔でおれを見ていた。

それを見て、ようやくおれも気付いた。おれはいつも、気付くのが五秒遅い。

「余計な心配すんな。おれはお前の前でつまらない嘘はつかないし、お前がその力をこっそり使わない、ってんなら、それも信用する。今更そんなことぐらいで警戒するかよ」

マテウスは俺の目を覗き込もうとし、急いで顔を伏せた。別に嘘は言っていない。「霊視」で確かめてくれてもよかったのだが。

だが、ようやくわかった気がした。おれとマテウスの間に流れている川は、金だけでできているわけではなかった。やましいところが全くない奴なんてこの世にいないだろうから、「完璧に嘘を見抜ける人間」なんて、疎まれる理由にしかならないのだ。

おれは階段を下りていき、踊り場で俯《うつむ》いていたマテウスの肩を叩いた。

「行くぞ親友。もうすぐ事件解決だ」

マテウスは顔をそむけながらも頷き、さっと袖で目許《めもと》を拭った。

こんなことぐらいで泣くな、と思ったが、彼にとってどのくらいのことだったのかはおれにはわからない。黙って肩を組むだけにした。

マテウスの「予言」通り、ペドロ・マリーニョの写真を見せると、店主は証言した。

ほんの三日ほど前、確かにこの男がオレンジのダウンベストを買っていったという。

事件はその日のうちに解決した。ペドロは逮捕され、パウロ伯父さんの容疑は消えてなくなった。たった一人の少年がそれをやってのけた。Goiaba《グァバ》を二つに割るように、簡単に。

※

「ＣＣＢＢ《ブラジル・カトリック協議会》」縁のない言葉であり、おれは二度も訊き返した。「……って、つまり教会のボスってことか？　すごいじゃないか」

マテウスは腕を組んだ。「警察から、そんなところにまで話が行っていたのは意外だった」

夏のある日、マテウスから驚くべき話を聞いた。ＣＣＢＢが彼の能力を聞きつけ、知恵を貸してほしい、と依頼をしてきたのである。なんでも世界中のカトリック教会と正教会の代表者が日本に集まり、ある重要な聖遺物を懸けて知恵比べゲームをするのだという。マテウスは、ブラジル代表としてそこに参加する、というのだ。飛行機で日本に行って。

地球の反対側。日系の人は親の知りあいにもいたが、もちろん行ったこともない国だ。

「すげえなあ。『霊視探偵』マテウス・リベイロの名声もいよいよ世界クラスか」おれは実感がないまま頷く。「まあ、何度もやったもんな。『霊視』」

つい先月も、例の刑事の依頼で容疑者たちの「面通し」をした。そういえばあの刑事だけでなく、明らかにもっと偉そうなじいさんが同席していた。おれは部外者のガキ以外の何物でもなかったが、マテウスが同席させてくれたのだ。

「最初は特に目的もなく協力してたけど、意外なところで役に立った」マテウスはおれを見る。「ごめん。ほぼ毎回付き合わせてるね」

「気にすんな」

そうは言ったが、どちらかというとそれは嬉しいことだった。最初はあの刑事がこっそり協力を頼んでくるだけだったが、徐々に他の刑事たちが同席するようになり、今ではおそらく、マテウスの能力は警察署公認になっている。そうなっていくにつれ、普通なら「ただの友人」であるおれはじかれ、マテウスだけが呼ばれるようになっていくはずなのだ。なのにそうなっていない。マテウスがおれの同行を求めるからだ。彼がヒーローになっていくにつれ、おれは自分の存在が必要ないものに感じられてきたことを自覚していたが、今は黙ってついていくことを選んでいる。実は将来の夢もできた。探偵事務所を開き、警察の依頼を受けて二人で難事件を解決する。本物のシャーロック・

ホームズになるのだ。そのためにはおれ自身もワトソン程度には役に立てなくてはいけない。というわけで最近のおれは、読む本のジャンルが変わってきた。法律、法医学、犯罪学、心理学。それに英語。どれも子供には難しかったが、将来のためのトレーニングだと思うとなかなか楽しかった。

壊れているんじゃないかというくらいやかましいエンジン音をさせて、目の前をトラックが通り過ぎる。警察署内でひそかにヒーローになっても、放課後、マテウスと待ち合わせる場所は相変わらずこの場所だった。サンパウロ・カルデアウ墓地の前で、塀にもたれて話す。

「……で、報酬はどうなんだ？　けっこうくれるんだろ？」

「いや、『謝礼』としか聞いてない。だけど、もし成功すればＣＣＢＢの後ろ盾が得られる」マテウスは塀に後頭部をごつりとぶつけ、空を見た。「最初はそれで家を出ようと思ったんだ。必要なら妹を連れて」

マテウスはそこで一度、黙った。口にするか悩んでいるようだった。

「でも、考えを変えたんだ。僕は家を出ない。出ないまま、家の方を変える」マテウスは空を見たまま言った。「『超越教会』をカトリック公認にするんだ。もちろん、インチキ商品を売りつけるような真似はやめさせる。信者が増えるなら、親も納得すると思う。『超越教会』は有名でまっとうな団体になり、知名度を上げて信者を増やす。そして周辺のカルトを吸収する」

おれはマテウスを見る。マテウスも視線だけこちらに向けた。

「……この国のカルトの状況、前に話したよね。あいつらを潰す」マテウスは拳を握った。「こっちにはカトリック教会の後ろ盾と、本物の『奇跡の子』がいるんだ。信者をこっちに連れてくることはできるはずだ」

そう。おれも自分で調べた。この国のカルトは深刻な社会問題なのだ。マテウスのところなんてまだ可愛い方だと言える。信者を連れ去り、監禁し、家族から引き離した上で強制労働をさせたり、性奴隷にしたりしている団体がごまんとある。警察も摘発に乗り出しているが、被害者自身が盲信しているから救済が進まない。

そして調べるうちにおれは、カルト問題は「信じたい奴が勝手に信じている」という、ガキっぽい認識では語れないことを知った。カルトは、苦境にいる人間を嗅ぎつけて寄ってくる。貧困、犯罪被害、家族問題。そういうもので死にたいくらいに追い詰められている人間に、あなたの苦境はすべて、これこれこういう悪魔のせいだ、と囁く。うちに入信すればすべて解決する、と誘いかける。そしてマテウスもやっているように、インチキの奇跡で信じ込ませる。

調べていくうちに、おれはマテウスの家がやっていることの真実を知った。そして、それに加担させられているマテウス本人の悩みがいかに深いかも。最近の彼が楽しげなのは、警察の依頼が増えたのと、親との交渉がうまくいっているかららしい。非公式ながら警察との関係ができ、それが家に伝わったことでかえって抑止力になり、インチキ商品に法外な値段をつけることもなくなってきたし、ただのカウンセリングに近い仕事も多くなった、と嬉しそうに言っていた。

「僕は『超越教会』を育てる。まともな団体に近付けながらね。……そして、この国のカルトを全部、吸収してやる」マテウスは空を見ていた。「そのために、まずは絶対に、聖遺物を取ってくる」

「お前なら絶対できる」おれも拳を握った。「どんな名探偵もお前にはかなわないさ。なんせ最初から犯人がわかるんだから」

マテウスは力強く頷いた。おれは拳を出し、親友のそれとぶつけた。

嘘を１００％見抜く「魔眼」。最初から犯人を特定できる無敵の能力者。

「霊視探偵」マテウス・リベイロ。聖遺物争奪ゲームに参戦する。

決戦
北海道上川郡筆尻村

I

ほんの三メートルほどだがまた急坂があった。ハリアーの車体がぐらりと揺れる。アクセルの感覚と車の加速が一瞬だけ噛み合わなくなり、空転した、と思う。僕はスタッドレスだからスタッドレスだから、と魔除《まよ》けの呪文のように繰り返しつつアクセルを踏み込み、坂を突破する。ルームミラーをちらりと見たが、後部座席のシスター・リンは年齢的には僕よりだいぶ上のはずながら、キラキラした目で窓の外を見て楽しそうにしている。山道は二十分ほど前から凄まじい悪路が続いており、前後左右上下斜めとあらゆる方向に揺れたり傾いたりを繰り返しているが、心配したような車酔いはないらしく、どちらかというとアトラクション的に楽しんでいる様子なのでほっとする。上にグレーのコートを羽織ってこそいるものの全身黒の修道服で頭には黒のヴェール。本物のシスターであり、実物を間近で見たのは初めてだ。もっともシスターというものはそもそも基本的に修道院の外には出ない存在であるらしく、シスター・リンにしても、車に乗ってこんな雪の積もった山奥まで来ていること自体が未経験なのかもしれない。いや、旭川駅《あさひかわえき》で出迎えた時も周囲の雪景色をきょろきょろきょろきょろ見回し続けてなかなか車に乗ってくれなかったくらいなので、雪自体が初めてという可能性もあった。俗世と聖域。それなら会話が弾んでいなくてもまあ問題はないかな、などと自己弁護する。日本語の堪能な人が選ばれている、という名目だが、実際のところどこまで日本語が通じるかは分からないし、僕は英語も中国語も全くできない。いとこの大和君はできるが、現在彼は目的地であるコテージの方に残り、すでに到着済みの他の神父たちの応対をしている。聖遺物争奪ゲームの参加者は全部で五人だけ。ＶＩＰ待遇は必要なく（そもそも全員、清貧を是とするキリスト教の聖職者である）、食事の用意をはじめとしたあれこれを最低限提供すればよいという話だからそれ以上のスタッフは必要ないということで、弁護士の山川先生を除けばスタッフは僕と大和君の二人しかいない。当然、大部分の行動は別々になるわけだ。大和君にくっついていればなんとか、などと考えていたのは甘かった。

さっき頭上に標識が見えた。北海道上川《かみかわ》郡筆尻《ふでしり》村。ようやくもう少しのところまで戻ってきた。だがここからが悪路の隘路《あいろ》の凍結路面で大変であることは、行きで思い知っている。右側の雪壁から判断するに現在積雪１５０㎝強。左側も数十㎝ほど雪が盛り上がっているが、こちらは崖《がけ》である。ガードワイヤーが雪の下に埋没しているため転落防止設備は実質存在せず、ハンドルを左に四十五度切った瞬間、僕とシスター・リンは谷底に転落して春まで発見されないだろう。ハリアーの車内は広くゆったりとして快適だが、それゆえに道幅はぎりぎりで、対向車どころかイタチ一匹すれ違う余裕もない。こんな仕事とは聞いていなかった。雪溜《だ》まりを乗り越えようとしたらごごり、と車体底部から振動が響く。スタッドレススタッドレス。それにしてもシスター・リンは平然としている。今どれだけ命が脅かされているか分かっていないのか、神の加護を信じているのか、それとも今死んでも信仰のための殉教ということになるから別に怖くないのか。

そう。信仰のためであることは間違いない。「聖遺物争奪ゲーム」（祖父はそう呼称していたが、本職の神父やシスターたちの前でゲームなどと言っていいのだろうか？）ではあるが、無事に終われば無神論者の変人富豪から神の家へ、貴重な聖遺物が引き渡されることになる。

祖父・救仁《くに》郷進《さとすすむ》が生前どんな仕事をしていたのかは断片的にしか知らない。というより、断片的にしか仕事をしていなかったと言った方がいい人物のようだ。母から聞いた話では、祖母も「何をしていたのか分からないが、時折まとまったお金が銀行口座にぽんと振り込まれていた」と言っていたようで、要するに定職に就かずにふらふらしていたのだろう。それでもひと通りの収入があったのと、曾祖父《そうそふ》から継いだ財産がそれなりにあったこともあり、生活には困っていなかったようだ。遺産の額もそれなりらしいが、処分の面倒な田舎の不動産が多く、その清算費用で金融資産などはかなり目減りするだろうとのことである。

僕自身は祖父がどんな人か、ほとんど知らない。母とは疎遠であったようで、ほとんど情報がないのだ。重度のミステリマニアでかの江戸川乱歩とも「親交」があったというが、母曰《いわ》く「聞いた話ではどうも一方的に近付いていただけで、しかも後年、何かで乱歩先生を大激怒させて出禁になっていたらしい」とのことなので、要するにたいした人物ではなかったのだろう。だが昭和の時代に今で言うリアル脱出ゲーム的なイベントを開催したり、子供向けのパズル本を共同制作したりしていたらしく、いくつかは仕事の痕跡も残っている。

つまるところ悠々自適の趣味人でありキリスト教とは全く無縁だったわけだが、たまたま手に入れたこのあたりの古民家に古い蔵があり、そこから聖遺物（正確にはそう認定されることが確実視されている聖遺物候補）が出てきてしまったらしいのである。祖父も「何か出てくるかも」と期待して蔵の中身ごと民家を買ったらしいのだが、まさかこんなものが出てくるとは予想外だっただろう。

ハリアーがぐわん、と横揺れし、僕はゴールド免許舐めんな、と念じつつハンドルにつかまるようにして耐える。ルームミラーの中のシスター・リンは口の形からすると「WOW」みたいな感じで楽しんでいるが、こちらは気が気ではない。今は雪こそ止《や》んでいるものの、旭川を出た直後はまだ降っていたし、予報では今夜もまた降るらしい。吹雪《ふぶき》の中ここを走る事態になったら、と思うとぞっとする。

それにしても、と思う。祖父の聖遺物争奪ゲームだが、参加する聖職者たちは、あるいはそこに要請を出した世界各国のカトリックや正教会組織は、どういう顔で受けたのだろう。自分の蔵で発見されたものがどうやら聖遺物らしいと判明するや、それを賞品にして「知恵比べゲームに参加してくれ」ときた。祖父の本棚には『ブラウン神父』シリーズも『バチカン奇跡調査官』シリーズも全巻揃っていたから、祖父が神父なる存在を誤解していた可能性は充分にある。シスター・リンにしても謎解きなどが得意なようには見えず、祖父が本気で問題を作ったとして、誰も解けなかったらどうするんだろうとも思う。まあ、その時は我が名探偵・弘瀬《ひろせ》大和が大活躍をする展開になるかもしれないので、それもそれで楽しみなのだが。

とはいえ、すでに会場に集まっている三人はどれも曲者《くせもの》の雰囲気がある。このシスター・リンが勝てそうな感じはあまりなかった。

真っ白な雪壁と葉の落ちたシラカバと青空しかない景色に一点の変化が現れた。ぎりぎりの幅だけ除雪された横道と、木でできた「レラカムイ筆尻」の看板である。祖父所有のコテージで、スキー客・クロスカントリー客だけでなく野生動物の愛好家も時折泊まるということで、冬場にも最低限の収入はあるというが、処分するとなると大変です、と山川先生は唸っていた。僕も大和君も実際に来るのは初めてな上、敷地内に入ると、最低限の幅だけ除雪された「道」以外は高さ150cmの雪壁がそびえたつ「白い迷路」とでも言うべき景観の内部に入り込む形になるため、レラカムイ筆尻の全貌《ぜんぼう》はよく分からない。敷地の真ん中が谷川で隔《へだ》てられており、今入ったこちら側《がわ》に本館、渡った向こう側にいくつかのコテージと物置がある。そして敷地内にはキタキツネ、テン、エゾシカ、エゾリスから時にはシマフクロウ《コタンコロカムイ》まで見られることがあるといい、カムイの名は伊達ではない。もっともヒグマ《キムンカムイ》の方も時折いらっしゃるので、冬場でもコテージから離れる時は鈴をつけてくれと言われている。

駐車場にハリアーを入れるとシスター・リンはエスコートするまでもなくドアから飛び出し、手を広げてくるりと回って偉大《ウエイダ》とか太牛了《タイニィラ》とか呟いている。僕が荷物を持って降りた時には驚くほどの声量で〈LET IT GO〉を歌っていたので『天使にラブ・ソングを…』という映画があったことを思い出した。

「おー、廻《めぐる》お疲れ。道大丈夫だった？」

荷物を運ぶことを固辞したシスター・リンを本館のロビーに案内すると、アメリカ代表のシスターと話していた大和君がこちらに来て、明らかに中国人向けに聴き取りやすく配慮した英語でシスター・リンに自己紹介と挨拶をする。二人ともにこやかな調子でありコミュニケーションに問題はないようだったが、だとするとここまでほとんどシスター・リンが黙《だま》り通しだったのは僕の英語力のせいなのではないかと思え、忸怩《じくじ》たるものがあった。

フクロウがデザインされたドアベルを鳴らしつつ食堂に入ると、暖かい空気がふっと顔に当たる。丸太の暖かみを感じられる室内の空気は暖炉のおかげで適度に乾いて柔らかく、床に敷かれたベルギーカーペットの感触が心地良い。一見普通のゆったりしたレジャー施設なのだが、窓辺に十字架が飾られているのと、壁際のサイドボードに置かれたスマートスピーカーが控えめな音量で流す〈フランス組曲〉のハープシコードのせいで、何か荘厳な聖域にでも入り込んだかのような錯覚がある。何しろ、いるのは司祭平服の神父さんと修道服のシスターさんなのである。

参加者は全員集合していた。暖炉の前にロッキングチェアを移動させ、おばあちゃんのごとき風情で編み物をしているウクライナ代表の中年男性。テーブルでニンテンドースイッチをやっている、ブラジル代表の少年。後ほど顔合わせをするのだから各自のコテージにいてもよかったのだが、アメリカ代表のシスターが椅子に座るついでにシスター・リンをちらりと見た眼光の鋭さから、ああお互いを観察するため残っていたのか、と納得する。おそらく見習いだからなのか簡易的な司祭平服を着たブラジル代表の少年はにこやかに手を振ってくれたが（片手を振りつつこちらを見ているのに、ゲームを操作する指は動いていた。どうやっているんだろう?）、きちんと挨拶するのは後回しにしたようだ。ようこそいらっしゃいました、と英語で挨拶をしつつ山川先生がキッチンから出てきて、規定通り持ち物検査をさせていただきます、と宣言する。シスター・リンも頷いてバッグを開けた。

そう。これは極東の景勝地でゆったり過ごす休暇でもなければ、和気《わき》藹々《あいあい》と盛り上がるゲームパーティーでもない。教会、ひいてはその国のカトリック社会全体の地位に影響する、貴重な聖遺物を懸けた争奪戦なのである。だからおかしなものを持ち込めないように持ち物のチェックはするし、集合場所である旭川駅が各国の参戦者に告知されたのはほんの一週間前だった。事前にここに忍び込んで調査をしておくなどの不正行為を防止するためだそうで、今朝早く、山川先生が会場周辺を走り回って仕込みがないかの確認までしている、という徹底ぶりである。

外に車が停まった音がしたと思ったら、どたどたと足音が近付いてきた。出迎える暇もなくドアが開く。

「遅れましたすいません！　日本代表ですー」

日本語、それも関西のアクセントであり、僕は反射的にほっとする。そういえば日本カトリック連盟からの参加者もいたのだ。

入ってきた小柄な女性は声質こそ細くて上品だが喋り方は大阪のおばちゃんのようで、よく見るとシスター・リンとは違い、修道服も頭部はヴェールではなく、黒のバンダナキャップのような簡単なものだった。しかもなぜか黒の柴犬を連れている。本当に参加者かと思ったが彼女は笑顔でシスター・リンに話しかける。「おっ、そちらも今着いたとこやないですか？　あーよかったうちだけ大遅刻したら恥やねんけど、でもしゃあないと言えなくもないですよね？　待ち合わせあるあるやろ？　一番家近い奴が一番遅刻すんねん油断するから。うち実家が根室やからなあ。２００㎞しか離れてへんからつい油断して」

女性はこちらをちらりと見る。何か物欲しげだったので言った。

「……近くないですよね」北海道の距離感覚を舐めてはいけない。*1東京から飛んできた僕の方が時間がかからなかったのではないか。

「遅《おそ》。まあええわ。褒めて伸ばさんとな」女性はなぜか一人で納得するとシスター・リンにも話しかける。「しっかし山奥やな会場。道、怖なかった？　これ吹雪《ふぶ》いてたら完全ホワイトアウトやん？　着く前からサスペンスか！　ってちょっとドキドキせんかった？」

「遠路お疲れ様でした」女性の喋りが止まった一瞬の隙を突き、山川先生が割り込む。「早速で恐縮ですが、お伝えした規定通りまず持ち物検査をさせていただいてもよろしいでしょうか。それと、お車の中のチェックも」

「えええですよー。バッグチラ見せ５０００円。車の中は１万８０００円と言いたいとこですけど今セール中やねん。ハチの背中撫でるのつけて３万９８００円」女性は山川先生に、何やらえらくたくさんのキーホルダーがついた鍵束をじゃらりと渡した。

また視線が来る。仕方がないのでつっこむ。「ハチが高くないですか？」

「おっ、さっきより早なった。きみ、褒めて伸びるタイプやな」

「規定といえば」

別の方向から声がした。綺麗な発音の日本語だが、言ったのはロッキングチェアにいたウクライナ代表である。編み棒は持ったまま、首だけこちらに向けていた。

「……聖職者以外を出場させていい、っていう規定はあったのか？」

食堂を出ようとしていた山川先生が振り返り、賑やかになっていた食堂の空気がぴたりと静まる。アメリカ代表とブラジル代表の視線もこちらに集まった。日本代表の足下で柴犬が「ワフ」と中途半端《ちゆうとはんぱ》な鳴き方をした。

ウクライナ代表の神父はあまり気のない様子ながら、日本代表を見て言った。

「……あんたは聖職者じゃない。見習いどころか初誓願すら立てていない、教会とは無関係の人間だろう」

「……違《ちや》いますけど？」

「隣人に関して偽証をしてはならない」ウクライナ代表は言った。「そのドアから入っ

＊1　北海道のジョークに「天気予報などで見る日本地図は北海道の部分だけ縮尺が違う」というものがある。

てきたなら、窓辺の十字架が見えないはずがない。本職のシスターなら必ず頭《こうべ》を垂れて十字を切る。……どうやら、あまり演技を仕込まれてはこなかったようだな」

日本代表は首をかしげた。「正教会ではそうなんですか？　カトリックやったらそんなん、聞いたことないですけど」

ウクライナ代表は無精髭のある顎を搔いた。「……信者ではあるようだな」

このやりとりはどういうことだ、と思ったが、大和君は「ああ、なるほど」という顔で苦笑していた。「……規定上は問題なかったかな」

ウクライナ代表が立ち上がり、黒い司祭平服をばさり、と鳴らしてこちらを向く。

「あんたはそちらのシスターに日本語の、それも早口の関西弁で話しかけた。日本語のできる人間が派遣されているだろうことは予想できても、準備期間が極端に短かったんだ。そこまで流暢《りゅうちょう》な聖職者が見つかるとは普通、考えない。加えて二重否定やカタカナ英語といった、ネイティヴ以外には意味の取りにくい言葉をわざと使っている」ウクライナ代表は極めて流暢な日本語で話した。「試したんだろ？　そこのシスターが日本語をどの程度話せるのか。そしてそのことを隠そうとするか。つまりあんたは最初から、他の参加者が身分を偽っている可能性を疑っていた。あんたが真っ正直に参加したシスターなら、そんなことは考えない。他人の不正を一番先に疑うのは、自分も不正をしているやつだ」

「十字架云々《うんぬん》はかまをかけただけだよ」大和君がこちらに一歩寄って囁く。「聖職者かどうかじゃなく、信者であるかどうか——つまり、そもそもカトリック教会が連れてきた人間かどうか、というところから確かめるのが目的だったっぽい」

日本代表の女性は大和君の囁きが聞こえたらしく、ちらりと彼の方を見た。

それから眉根を寄せてひとしきり唸ると、足下の柴犬に尋ねる。「……いきなりバレたでハチ。どないする？」

柴犬は主の困り顔があまり気にならないらしく、そちらを見上げて「ワフ」と鳴く。

「でも山川先生。規定には聖職者限定、いうのはなかったですよね？　むしろ主催者の意思からすれば、聖職者より謎解き好きな者が集まった方がええんちゃいます？」

山川先生は面食らった様子ながら、すぐに頷いた。「……まあ、そうです。それで失格ということは、特に」

「なら日本国代表、選手交代です」日本代表はバンダナキャップをぱっと外し、黒髪をばさりとおろした。「愛和ドッグトレーニングセンター所属、高崎満里愛です。よろしゅうお願いします」

本名は高崎というらしい女性はにやりと笑い、それから、アメリカ代表のシスターの方を見た。「あんたもシスター違いますよね？　本名、名乗った方が楽やないですか？」

「何のこと？」アメリカ代表のシスターは眼鏡を押し上げる。

「それやそれ。その眼鏡」高崎さんは彼女を指さす。欧米では失礼になるのではなかっただろうかとひやひやしたが、二人とも気にしていないようだ。「ここからでもよう見えますよ。眼鏡の鼻当てが、跡がついてる位置より下に当たってますやん。今日に限って普段よりだいぶ重い眼鏡してきてるでしょ？　その眼鏡何ついてるんです？　カメラ？」

「……驚いた。随分目がいいのね。耳もいいようだし」

アメリカ代表の女性は眼鏡を外すと、椅子に置いてあったバッグからもっと派手な赤いフレームの眼鏡を出してかけた。それで急に印象が変わった。顔の表面だけぱくりと外して付け替えたようだ。「カメラ付きの方はしまっておく。お互いにいい気分じゃないだろうし」

「珍発明ですね」高崎さんは苦笑いしているが、目ではアメリカ代表の女性をしっかり観察している。「……お名前は？」

「シャーロット・パウラ・ティンバーレイク。エンジニアよ」彼女はヴェールを外し、豊かに膨らんだ髪をばさりと解放した。そしてバッグからタブレットを出す。「でも本当の参加者はこっち。……犯罪捜査用AI『ユダ』。私は助手《オペレーター》よ」

「おいおいベイビー、オレッちを忘れてるんじゃないかい？」タブレットが微妙に機械的な音声で突然喋りだした。「ユダの奴は暗ーいネクラ野郎だからな。喋らないのは許してやってくれ。ＨＡＨＡ、でも、今日のオレッチはとってもラッキー。こんなド田舎であんたみたいな美人とお近づきになれるなんてな。どう？　この後」

「アンデレ。黙って」

「こいつは失礼。まだ夜は長いよな」アンデレなるＡＩは不必要に喋った。「ところでそっちのボーヤ。ブラジル代表だっけ？　あんたも聖職者じゃないよな？」

黙って座っていた巻き毛の少年が目を見開く。

「ブラジルのサーバでサイトを見つけたぜ。ボーヤ。君、サンパウロ周辺で『奇跡の子』って呼ばれてるだろ？」

「……そういえば、教団のサイトに顔写真を載せてましたね。だいぶ加工してあったはずですけど」

「加工痕がくっきりだったぜ」アンデレはなぜかチチチ、と舌を鳴らす音まで発した。いらない機能である。「元の画像を復元したら、君と一致率99％だった。なかなかのスウィート・ボーイじゃないか」

「ありがとうございます。変な喋り方ですね」少年は苦笑して目を伏せると、カラーのボタンを外した。「『超越教会』代表、マテウス・リベイロです。教会と名乗ってはいますが、キリスト教とは無関係のカルトです」

まだ中学生くらいの少年に見えるが、マテウス君は流暢な日本語で言い、ウクライナ代表の男性を見た。「では、あなたはどうなんですか？　あなたは本物の神父ですか？」

「……そうだが」

マテウス君の視線が変化した。具体的にどう変化したのかと訊かれれば答えようがないのだが、それまで表面で反射していた光をすべて内部に閉じ込めるような、吸い込まれそうな光が瞳に宿る。すぐに分かった。彼も普通じゃない。

「……嘘ですね。ウクライナ人ではあるようですが、あなたは聖職者ではありませんね？」

「……なぜ、そう言い切れる？」

「分かるんです。僕には。かすかな表情の変化や視線の動きで」

「……なるほど。『奇跡の子』ね」シャーロットさんがタブレットを操作している。「嘘を１００％見抜ける化け物がブラジルにいるって話は聞いてる」

ウクライナ代表の男性はシャーロットさんをちらりと見ると、やれやれ、といった顔でカラーのボタンを外した。「まあ、その通りだ。ボグダン・ユーリエヴィチ・コルニエンコ。職業はゲームクリエイターだが、ちょっとばかり頭の回転を速くすることができる。瞬間的にこういうことができるくらいにな」

ボグダンさんは傍らの聖書を摑むと、マテウス君に向かって放った。ばさりと開いて聖書が飛ぶ。マテウス君が慌ててキャッチしようとし、お手玉状態になって手の中で聖書が躍る。

ボグダンさんはマテウス君が摑んで開いている聖書を一瞥し、指さした。「184ページ。ルカによる福音書第八章十六節から。『ともし火をともして、それを器で覆い隠したり、寝台の下に置いたりする人はいない。入ってくる人に光が見えるように、燭台《しょくだい》の上に置く』」

「『隠れているもので、あらわにならないものはなく、秘められたもので、人に知られず、公にならないものはない』」マテウス君も本を見ないまま続きを言った。「驚きましたね。動体視力ですか？」

「クロックアップだ。疲れるからあまり、やりたくないが」

「正直ですね。自分からばらすなんて」

「どうせそこのAIに録画されて、分析されればバレるだろうからな」

ボグダンさんが頭を掻きつつ言う。シャーロットさんを見ると、彼女は「あ、気付いてた？」と言ってタブレットを揺らした。タブレットの方でも録画していたらしい。

「ま、助かったわ。シスター装うのゆるないし[*2]」高崎さんは関西弁で北海道弁を言うという奇妙なことをし、着ている修道服の裾《すそ》をつまむ。「この服可愛いけど、なまら動きに

＊2　「ゆるくない」＝きつい。大変だ。

くいねん。もう脱がせてーて思いません？」

高崎さんの視線がこちらに向く。僕ではなく隣のシスター・リンを見ているのだ。足下のハチ君が「ワフ」と息を吐き、ぺろりと鼻を舐めて彼女を見据える。

「あ……。え……？」

そもそもここまでの会話についていけていないように見えるシスター・リンは困惑した様子で視線を揺らし、この場の全員が自分を見ていることに気付いてますます狼狽《ろうばい》した様子を見せた。高崎さんも、ボグダンさんもマテウス君も彼女をじっと観察し、シャーロットさんがカメラを向けている。胃の内容物まで透過されそうな状況で、シスター・リンは助けを求めるように山川先生を見る。

「あ、ええと……ですね。ひとまず」山川先生は眼鏡を直し、演奏者に着席を促す指揮者の手つきをした。「到着されたばかりの方もいますし、ひとまず、荷物を置いてひと息つかれてからに」

先生に促され、まだ狼狽を残しつつ食堂を出ていくシスター・リンに、大和君が英語で声をかけてついていく。四人は彼女を観察している。彼女の能力が分からないことで警戒しているのか、そんなものはなさそうだ、と確信したのか、それともすでに何なのか推測していて、それを隠しているのか。

いずれにしろ、とんでもない人たちだった。祖父が生きていればさぞかし喜んだだろう。

……いや、あるいは「ゲーム」もすぐに決着がついてしまって、むしろ祖父が恥をかく結果になるかもしれない。

2

ぎゅ、ぎゅ、と一歩一歩、白い雪を踏みしめながら歩く。人間は何も意識していない時は靴底で地面を掃くように歩いてしまうが、雪上でそれでは転ぶので、真上から一歩一歩、足裏全体で地面にスタンプするように歩く。それに雪溜まりになって盛り上がっている所より、除雪されて硬くなっているところの方が滑《すべ》るから注意が必要だ。特に車のタイヤが通る左右の轍《わだち》は走行時に雪が踏み固められた上、そこだけ少し解け、それがこの気温で再凍結してアイスバーンになるので踏まない方がいい。雪道で転ぶ人は例外なく後ろに倒れるので、重心は少し前へ。最初はすぐ転んだりふらついていたりしたマテウス君とシスター・リンもようやくそうしたコツが分かってきたようで、二人ともおっかなびっくり、しかし少しはしゃいだ様子で前を歩いている。そのすぐ後ろを行く僕は一応スタッフなので参加者の安全は守らなくてはならないのだが、すでに転びかけたマテウス君に二回、シスター・リンに三回しがみつかれて倒れそうになり、一回シスター・リンを支えきれずに一緒に倒れている。たぶんもうすぐ僕が怪我をして動けなくなる。

「まあ資産言うてもこんなとこやったら経営者雇うしかないですもんね。今時クロカン（クロスカントリー）できる言うてもそんなに客来《け》えへんでしょうし、大変やないですか？」高崎さんが言う。彼女はすでに修道服ではなく、持参していた私服のダッフルコートとデニムである。「まあ、だからここ貸し切りにしたんか」

「相続するのは母ですが、たぶん売ると思います。祖父が亡くなったのはまだ先週なので、何も決まってないんですけど」

「廻君から見てお祖父《じい》ちゃんってどんな人でした？　不躾で悪いですけど、ご病気やったん？」

「いえ、健康そのもので。要するに『老衰』だったみたいです」

「おかんは？」

「頭はいいし、息子の僕から見てもそこそこ美人だとも思いますけど……」記憶にある母の姿から言語化しやすい特徴を探す。「なんか、とっつきにくい人です。子供の頃も、わりとちょくちょく無視されたりしたし」

「えらいえらい。おかんを美人て言える感性は大事ですよ？　マザコンは困るけど」

「そういうものですか」

またふらつくマテウス君の背中に手を添える。マテウス君はオレンジのダウンジャケットになぜかキャップをかぶっていたが、日本人ではなかなか難しいそのコーディネートがよく似合っていた。ちなみに足下は雪靴[*3]でなく普通のスニーカーなので、彼はすでに一度、背中から派手に転んでいる。背中にその時の雪がついているので、それもついでに払う。

「最初は母が来る予定だったんですけど、僕が行けって言われたんです。祖父は山川先生に、このイベントだけは絶対やり通してくれ、って頼んでたみたいで、誰かは行かなきゃいけなくて」

「ほうほう。他に何か聞いてません？　聖遺物の隠し場所とか、クイズの答えとか。そんくらいなら話してええんちゃいます？」

「全部じゃないですか」

「しゃあないな。１５００円でどう？」

「安くないですか」前を見ると、マテウス君とシスター・リンは歩きながら軽く雪合戦を始めている。「ていうか山川先生も僕も、聖遺物の場所は知りませんからね？　何か

＊3　雪国特有の言い回し。正確にはスノーブーツのことを指すが、底に滑り止めがついていて「雪に備えた靴」であればみんなこう呼ぶ。

『受託者』がいるとかで」

「残念。知ってたんやったらハチけしかけて脅したろ思うたのに」

「懐いて終わりじゃないですか？」

ハチ君は自分の名前が出たのを聞きつけたか、僕の横に来てハッハッと息をしつつこちらを見上げる。警察犬だというが、こんなんで務《つと》まるのだろうか。

沈黙ばかりだと気まずかったところだが、今のところ八割方高崎さんが喋ってくれている。これはこの場だけの演技ではなく、もともとこういう性格なのだろうなと思う。彼女はよく喋り、マテウス君とシスター・リンにも話しかけ、力任せに気安い空気を作っていた。そういう社交術が骨の髄まで染み込んでいて、むっつり黙る、ということができないタイプの人間もいるのだ。

顔を上げ、ようやく本館近くまで戻ってきたことを知る。散歩に出たいという高崎さんの求めに応じて三人でついてきたわけだが、いざ歩いてみると周囲の風景は雪壁とそのむこうに葉の落ちたすかすかの林、そのむこうは山の斜面ということで、北海道と聞いて一般にイメージされるような大雪原ではない。南の方には旭岳《あさひだけ》を始めとする大雪山系もあるはずなのだがほぼ見えない。車で移動している途中も何度かいい稜線《りょうせん》が広がるのを見たが、どれが何山なのかは分からないままだった。

「やっぱりここが一番、眺めがいいですね！」

マテウス君の声が思ったより遠くから聞こえた。顔を上げると、彼はコテージの横を抜けて谷川にかかる木橋の方まで走っていっている。が、橋に飛び乗ろうとしたのか加速をつけた彼はその途端にずしゃあ、と仰向けに倒れた。何か声をかけながら駆け寄ったシスター・リンもその横でずしゃあ、と仰向けに倒れた。彼女はただ一人修道服のままで、足下も底の薄そうな黒いブーツである。

「大丈夫ですか」ひとが転んだところで別の人も転ぶのはよくある。滑る場所だから転ぶのであって、一人滑ったからといって以後そこが滑りにくくなるわけではない。

谷川の流れる音が聞こえる。マテウス君は自分も転んだくせに気障《きざ》っぽくシスター・リンの手を取って助け起こし、そのまま二人で手を取りあって木橋に上がる。楽しげな何かを感知したのかハチ君がそちらに駆け出し、伸縮リードを伸ばして二人の横に行き、二人の真似をして立ち上がり、欄干に前脚をかけてハッハッといっている。あれは自分も人間だと思っているタイプのイヌだ。

高崎さんがスンスンと鼻を鳴らし、橋の近くに設置してあったカメラを見つけた様子で近付く。「このカメラ何ですか？」

「野生動物観察用のカメラだそうです。橋のまわり、キタキツネの営巣もあるので」まさかカメラをにおいで見つけたのだろうか。だとしたらキツネよりすごい。「季節的にはまだちょっと早いですけど」

「おおー。……ハチ、そこらのネズミとか食べちゃ駄目やで？」

キツネと聞いて「かわいい」ではなく「エキノコックス」[*4]がまず出るのが北海道の人間だと、母から聞いたことがある。マテウス君たちにも「キツネを見ても触らないように」と説明しておいた方がいいと気付き、橋に上がった。雪壁に遮《さえぎ》られないためひときわ冷たい風が顔をぴしりと叩き、息を吸い込むと口の中が冷えた。

絶景ではあった。高さ何十mなのだろうか、はるか下の川面《かわも》。カーブしながらはるかむこうまで続く、巨大な大地の割れ目。向かいあう巨神のごとき右の崖左の崖。ざわざわと絶え間ない水音。凍結していないのはこの水量と水流の速さのためだろう。落ちれば死ぬな、ということは考えながらも、このはるかな空間に飛び出して両手両足で風を受ければ、けっこうふわりと滑空できるんじゃないかという定番の錯覚。レラカムイ筆尻は南北に走る谷川で東西に分けられており、本館のある東側から西側へ渡るには、さしあたりこの木橋しかない。谷川まではかなり高さがあり、川幅も12～13mはあるが、橋の方はそうしっかりした造りではなく、高所恐怖症気味の人がいたら東側のコテージに変更しないといけないところだった。幸いにも該当者はおらず、到着直後に周囲を案内した時はボグダンさんもシャーロットさんもこの景色を楽しんでいたが。

マテウス君が谷底に向かって叫ぶ。シスター・リンが欄干から身を乗り出し〈Into the Unknown〉のサビを絶唱する。本当にいい声である。途中からマテウス君がハモりだし、ハチ君も遠吠《とおぼ》えを重ねた。

このまま観光ということになれば楽なのに、と、少しだけ思った。

だが実際は違う。今だってそうなのだ。高崎さんは「会場」周囲を把握すると同時に僕から何か有益な情報が得られないかと思って散歩に誘ったのだし、マテウス君はそれに便乗しつつシスター・リンにあれこれ質問するためについてきたのだ。本気で散歩をしていたようにしか見えないのはシスター・リンとハチ君だけだった。本館の方でも山川先生と大和君が、シャーロットさんとボグダンさんにあれこれ探りを入れているところなのかもしれなかった。

広げていたノベルスの紙面がふっと暗くなった。顔を上げると逆光になったボグダンさんがぬっと立っており、一瞬ぎくりとする。だが絶対自分で編んだんだろうな、というフィッシャーマンズセーターの編み目が可愛いので、本人の顔貌《がんぼう》に反して最終的にはあまり威圧感がなくなる。

＊4　寄生虫。北海道及び東北の一部で、野生動物から飼い犬や人間へ感染する。感染しても5～10年ほど無症状期間が続くが、症状が出始めると極めて苦しく、放置するとほぼ確実に死ぬ。

「あ、何か」本をテーブルに伏せて腰を上げる。「コーヒーでも淹《い》れましょうか。あ、寝る前だからカモミールティーとかの方が……」

「井上真偽《いのうえまぎ》のデビュー作か」

「あ……はい」読んでいたノベルスのことを言ったのだと気付く。「書斎の本棚にずらっと並んでたので、つい。祖父の趣味でしょうけど……ご存じで？」

「井上真偽はそれと『その可能性はすでに考えた』だけだ。……悪くなかった」ボグダンさんはどことなく気の抜けた顔で、手に持っていたものを差し出してきた。「さっき完成した。もらってくれるとありがたいんだが」

視線を下げて、差し出されているものを受け取る。ニット帽だが、手に取った瞬間にずいぶん本格的なものだと分かった。抑えた色調で模様が入っているし、何やら違う糸を編み込んである部分もある。

「あの、ありがとうございます……いいんですか？　けっこう手間がかかったんじゃ」

「だからいいんだ。すぐ溜まっちまうし、片付けてくれ。不要ならフリーマーケットか何かで、欲しがるやつに売ってくれ」ボグダンさんは頭を掻き、マフラーを巻いた。

「まあ、詫びもある。随分遅くまで待たせちまった」

「え？」時計を見る。そろそろ十二時で日付が変わりそうだが、待っていたわけではない。「……ああ、いえ。別に本館を出るのは最後にしろとか、そういうことは言われてないです。ただ単にそこにいただけで」

「ならいいんだが」

問題ない、の意思表示の代わりにもらったニット帽を頭に被《かぶ》せてみる。どんな毛糸を使っているのか、見た目よりずっと柔らかくて暖かかった。「いい感じですねこれ。すごい」

曖昧に頷くボグダンさんに続き、今は控えめな音量でジャズのピアノ曲を流していたスマートスピーカーを止め、明かりを消して廊下に出る。書斎でやはり昔のノベルスを読んでいた大和君にも声をかけ、一緒に本館を後にした。すでに他の人は全員、自分のコテージに戻っている。

会場に着く前はどんな人が来るのだろうかと不安だったたし、参加者が揃った当初は「怖そうだ」という印象だったが、今ではだいぶ安心して話せている。やはり、日本語が通じる、ということが大きいのだろう。日本語が通じないと相手の無表情は「機嫌を損ねている」ように見えてしまうし、笑ってくれても「日本人はこんなもんか」と哀まれているように思えてしまう。日本人特有の、外国人全般に対する臆病さと被害妄想である。だがそれも最初だけで、夕食前にはほぼ消えていた。今ならどちらかといえば無口なボグダンさんに対しても、気軽に夕食の感想など訊ける。

玄関から出ると細かい雪がちりちりと顔に当たり、僕はコートのフードをかぶった。

敷地内の照明はぽつぽつとしかないが、一面の雪のおかげでぼんやりと明るい。山のはるか向こうにある旭川の光が届くのか、空もやや赤みがかっていた。白い息がちらりと見える。夕食後に降り始めた雪はしばらく強かったが、そろそろ止むようだ。天気予報の通りだった。さすがウクライナ人というべきか、前を行くボグダンさんは全く寒くなさそうな顔で歩いている。そういえばこの人は夕食後も一時間くらい「散歩」をしていたようだ。育った気候帯が違う。

木橋を渡る。昼間と違って真っ暗であり、谷底は何も見えない。それなのにぞうぞうと流れる川の音だけがすることに漠然とした不安をかきたてられ、早足になって前を行く大和君に追いつく。川の流れが橋のすぐ裏まで忍び寄ってきている。眼下の暗闇に何か未知の怪物が潜んでいる――そういう想像をしてしまう。なんとなく観光気分だった昼間の印象が簡単に更新された。この川は怖い。

ボグダンさんのコテージに向かう分かれ道のところで、ボグダンさんは立ち止まり、ああ、と言った。

「マテウスが手帳をなくしたと言っていただろう」

「ああ、そういえば」僕は心当たりがなかったが、大和君が頷いた。

大事なものなのか、マテウス君はわりと慌てていた。彼は九時過ぎ、一番先にコテージに戻ったが、残った僕たちは「もし見つけたら何時でもいいから電話して」と言われている。

ボグダンさんがコートのポケットを探り、黒革の小さな手帳を出した。「廊下に落ちていた。渡しといてやってくれ」

大和君が礼を言って受け取り、ボグダンさんと別れた。マテウス君に電話をするかどうか悩んだが、今からではさすがに遅すぎるだろう。もう眠っているかもしれない。

が、すぐに大和君があれ、と言った。どうしたのかと思ったが、彼が開いている手帳のページには、この暗がりでも明らかに分かるキリル文字が書かれていた。

「ん？　これウクライナ語だね」

「これ、ボグダンさんのだな。マテウス君が持つには大人っぽすぎるデザインだし」

「あの、ボグダンさん。これ間違えてます」

僕は呼び、ボグダンさんのコテージに向かう小路《こうじ》を覗いたが、すでに姿は見えなかった。明日でいいか、と頷きあってもとの道に戻り、自分たちのコテージに向かう。ウクライナ語で書かれているし、ボグダンさんも僕たちが盗み読みできないことは分かっているだろう。

赤い空とぼんやり明るい雪道を歩きながら、なんとなく空を見上げる。昼間いきなり始まった正体のばらしあいには面食らったが、普段はわりと抜けたところもある人たちなのだな、と思う。少なくとも、思ったよりずっと怖くなかった。ボグダンさんだけでなく、シスター・リンを含む他の四人も。お互いにそれほどぎすぎすする様子はなかったし（高崎さんとシャーロットさんなどは夕食後、二人でワインをカパカパあけながらだいぶ盛り上がっていた）、聖遺物争奪ゲームもけっこう愉快に進行するのではないか。

ゲーム開始は明日の午前十時。終了は明後日《あさって》の午前十時。昼過ぎには解散だから、あの人たちとはそこでお別れだ。それが少し惜しくなっていた。

だが、その認識は甘すぎた。

翌朝、最初にあったのはマテウス君の携帯からのＳＯＳ着信である。朝食の時間になっても本館に来ないから寝坊かと思っていたのだが。

「……は？　閉じ込められた？　どういうことですか？」

――ドアが開かないんです。どうしよう？　出られない！

「ああ。マテウス君、コテージに戻ったの早かったやん？　ドアの外に雪、積もって開かなくなったんちゃう？」高崎さんはだいぶ離れた席にいるのに当然のように電話の会話に入ってくる。どういう聴力をしているのだろう。「サンパウロ出身やったら雪、経験ないやろ。パニクってんと違う？」

マテウス君は焦っているようだが、どうやらそういうことらしい。そのまま待っていてください、と言い置き、キッチンで洗い物をしていた大和君にちょっと出てくる、と声をかける。根室出身の高崎さんとボストン出身のシャーロットさんが「よし出番だ」とばかりについてきてくれるのが頼もしかった。あるいはマテウス君は未曾有《みぞう》の事態に屋内遭難の不安を感じているのかもしれなかったが、えらく似合うファー付きのコートを羽織ったシャーロットさんは「雪かきなんて久しぶり！　実家を思い出すなあ」と楽しげだったし、高崎さんはスノーダンプにハチ君を乗せて「いくでー」などと遊んでいる。

「そういやボグダンはどないしたん？　昨日遅くて寝坊？」

「朝はいつも好きな時間に起きるそうなんで、朝食も残りものでいい、と」

「マリア、あれが気になるの？　たしかにちょっといい男だけど、身なりがだらしない男は地雷率が高いよ。それに最低限の愛想もないし」

「ないない。うち静かなの苦手やねん。最低うちの三倍喋ってくれる男やないと」

「それ常時喋り続けてることになりませんか？」つっこみにも慣れてきた。「そういや山川先生も寝坊なのかな。ついでにノックしてみようかな」

マテウス君のコテージは橋を渡って西側にある。ボグダンさんのコテージと、僕たちのコテージを通り過ぎた三番目だ。山川先生のコテージはさらに奥になる。どうしようかと思ったが、電話をかけても出ないことを伝えると、「こっちは任せて」「廻君そっち行っとき」「ワフン」と頼もしい声がかかる。

……何かおかしい。

そう思った。朝食は七時半からで、僕と大和君は準備のため六時過ぎに起きている。山川先生にはそういった仕事はないが、主催者側なのだ。むしろ少し早めに本館に出てきていておかしくないし、少なくとも朝食前に顔を出さないのは変だ。寝坊するタイプの人でもなさそうなのだが。それに……。

自分が歩いている足下を見て気付き、思わず立ち止まった。レラカムイ筆尻の最奥部、山川先生のコテージと物置小屋へ続く道に、すでに誰かが歩いた跡があるのだ。一筋ではなく、何度も往復したように踏み潰されている。

これはおかしいのではないだろうか。山川先生は夕食後すぐにコテージに戻った。昨夜、雪が降り始めたのは二十一時半頃だから、それより前だ。つまり山川先生がコテージに戻った時の足跡は、昨夜の積雪で消えてしまっている。この足跡は積雪後、新たに誰かがつけたものだ。誰かが先生のコテージに行き、帰ってきている。

雪壁のむこうから、あはは見事に埋まってる！　マテウス息しとるー？　ワン！　と楽しげな声が聞こえてくる。そちらに戻ろうか、と思いかけ、やはり進むことにする。山川先生のコテージが見える。足跡は続いている。だがコテージの玄関から横の小路にも足跡が一つ、続いている。

迷ったが、とりあえず玄関のドアをノックしてみた。少し待ち、もう一度ノックしてみた。反応はない。トイレや風呂を使っている様子もない。小路との分かれ道に戻る。大人の男性の足跡。

「……ひとことぐらい断ってほしかったな」

意識してそう口に出しつつ小路を進む。念のためもう一度電話をしてみたがやはり出ない。僕の携帯はただ発信を続けている。たしかこの小路の先は、物置小屋しかなかったはずだ。除雪された道も片足分の幅しかないので、一本橋を歩く要領になる。足跡は続いている。

別におかしいことはないはずだ。僕は歩きながら考えた。コテージまで続いていた足跡は当然、山川先生自身のものだ。先生は「出題」の準備か何かで、雪が積もった後にコテージを出てうろうろしたのだ。この足跡も先生のものだ。そして小屋に向かう足跡しかなかったということは、先生はまだ小屋にいるのだ。そこで何かに夢中になったかして時間を忘れている。携帯も忘れて出たか、着信に気付いていないかだろう。それほどまでに集中する作業といえばゲームの仕込みのはずで、だとすれば着信にも出ないだろう。おかしいことは、何もない。

僕はそう考えた。おかしい、という胸騒ぎの方を見ないようにするため、不審な状況に必死で理屈をつけた。……ただ一応、中で誤って怪我などをして動けなくなっている可能性もある。早い時間帯にそうなっていた場合、体温低下も怖いわけで。やはり念のため、来たのは正解なわけで。

物置小屋の周囲に足跡があった。だが妙だった。明らかに一人のものではない。行ったり来たり。雪壁が崩れている。誰かが雪原の中に出た痕跡もあるようだ。何かおかしい。息苦しさを感じた。小屋のドアが半開きになっている。

「先生」

鼻につんとにおいが来た。塩素。消毒液のにおいだ。小屋の中は薄暗いが、床に大きなものが置いてあった。

いや、置いてあったのではなく。

こちらに脚を向けていた。寝ているのではないことはすぐに分かった。近付いて覗き込もうとし、開いた口の中に前歯が見えた。

足が止まる。関節に何かがつっかえたように、これ以上近付けない。だがその一方で心臓は激しく動き、視線もその物体の上を何度も何度も、激しく舐めている。

見るな。……もう見るな。

自分で自分にそう言う。だが視線が勝手に動いてしまう。脚を中途半端に曲げた不自然な姿勢が、自分でこの状態に「なった」のではなく、誰かに「させられた」のだということを強く印象づけている。開けられた口と見開かれた目。肘が曲がり、チャコールグレーの手袋をした両手が不自然に空中で止まっている。ばらばらに曲がったまま固まっている十本の指が、悪魔の木の枝のように禍々《まがまが》しく見えた。

嫌な色だ、と反射的に思った。赤黒く汚らしい、古い血の色だ。頭部から血を流している。もう固まっているのだろう。

山川先生が死んでいた。

3

理想を言うなら、僕は真っ先に死体に駆け寄るべきだった。万が一でも、まだ息を吹き返す可能性があるかもしれないからだ。そして119番と110番をし、自分はそっと小屋から出て、現場を保存する。それが最良の行動だっただろうし、おそらく参加者の五人、あるいは大和君が第一発見者だったらそうしていただろう。

だがもちろん現実の僕には無理だった。最初に気付いたのは耳元にかかるハッハッという吐息であり、「ハチ、ストップ！」という声と「待って。私が記録する」という声が上から聞こえた。気がつかないうちに床にへたりこんでいたのだ。腕に何か軽いものが当たり、濡れた温かいものが頰をぞろりと撫でる。ぎくりとして見るとハチ君の顔があり、そのまま顔面を舐められた。

「大丈夫ですか？」

反対側の肩を抱かれる。マテウス君がこちらを見ていた。「メグル君はどこにも怪我はありませんよね？　立てますか？」

立ちくらみが収まっていくような感触とともに、最前目の当たりにした赤黒い血の色が蘇《よみがえ》り、鼻から入った塩素の臭いが喉の奥を刺激する。一瞬、胃液が上がった。大丈夫、と手で示して立ち上がり、小屋を出る。雪に足をついた途端に滑って転びそうになり、マテウス君に支えられた。

「あ……」

ようやく頭が回りだした。救急車を。いや、もう明らかに死んでいる場合はどうすればいいのだろうか。いや、それよりも。

「……皆さんは？　ボグダンさんは」

マテウス君がはっとして後ろを振り返る。それを見て、なんとなく口にしただけだった自分の言葉の意味を遅れて理解した。ボグダンさんも朝食に出てきていないのだ。

「……あの人もまだなんですか？」

マテウス君は小屋の中の二人に訊いた。高崎さんは死体の横にしゃがみ、シャーロットさんがタブレットのカメラで小屋の中を撮影している。

シャーロットさんが振り返って頷くと、マテウス君は素早く動いた。「ボグダンさんを起こしてきます」

「お願い」小屋の中から高崎さんの声が飛んでくる。「ハチ、護衛《ガード》しろ！　マテウス君についていけ」

駆け出してきたハチ君のリードを掴み、マテウス君が早足で道を戻っていく。僕もそれに続いた。マテウス君の背中と、彼の顔を見上げながら付き従うハチ君を見ながら、そういえばあの二人を死体と一緒に残してきてよかったのだろうか、と考える。僕はお客様の世話をしなければならない立場なのに。だが非常事態だ。手も足りない。そもそも殺人事件の対応なんて業務範囲外だ。僕は携帯を出し、大和君に電話をかけた。事情を伝えるべきかどうか悩んだが、間違いなく今の僕よりシャーロットさんたちの方が落ち着いている。説明は二人に任せることにして、大和君には「物置小屋にすぐ来て」とだけ伝えた。ボグダンさんのコテージに入る小路の入り口でマテウス君が立ち止まり、携帯を出して周囲の撮影をし始めた。

「……あの」

マテウス君はこちらを振り返らず、ハチ君のリードを引いて共に駆け出す。「行きましょう」

足を滑らせつつそれを追いながら、彼の変化に気持ちがついていかなかった。中学生ぐらいの少年なのだ。昨日は歳相応にはしゃいでもいた。それが別人のようだ。

「安心してください。僕、刑事事件は何度も関わって慣れていますし、死体を見たこともあります」マテウス君の声は少しも震えていなかった。昂《たか》ぶってもいないし弱々しくもない。むしろ、こちらを安心させるように柔らかい調子になってすらいる。「高崎さんとシャーロットさんも、たぶんボグダンさんもそうです。たぶん数十件から百件以上……僕以上に事件には慣れているはずです」

そういえば昨日、シャーロットさんはすぐにマテウス君の正体を見破った。シャーロットさんだって、ボグダンさんだって、教会が自国代表として送り出したのだ。そうなるためには、関係者に名を知られるような「活躍」があったはずだった。高崎さんだってドッグトレーナーということは、つまり警察犬のハンドラーなのだろう。

「……あとは、僕たちに任せてください」

マテウス君に頷く。僕はまだ混乱していて、実のところその言葉がありがたかった。

大和君に電話したら、すぐに行く、と返事があった。電話のむこうでシスター・リンとやりとりをしている様子もあったので、彼女も来るだろう。僕たちは寝癖をつけ、ガウンの上にコートを羽織ってコテージから出てきたボグダンさんを連れ、現場に戻った。

だが、小屋が見えたとき、何かおかしい、と思った。高崎さんが小屋の外に出て携帯で話をしている。シャーロットさんがドアのところで腕組みをし、それを見ている。なんだか、１１９番や１１０番をしている様子ではないのだ。――本気で言うとる？　知らんで？　真剣な時は関西弁がベタになるらしき高崎さんの声が聞こえる。――まあ、せやけどほんま、うちは責任取れへんぞ？　勝手にやるさかい覚悟せえよ？

マテウス君は高崎さんの様子も気になったようだが、ボグダンさんを小屋の中へ招き入れることを優先したようだった。僕は腕組みをしているシャーロットさんに訊く。彼女も何か、口許に不満げなものをくっつけていた。

「……何かありました？　１１９番とか、してたんですよね？」

「『まだ、するな』って言われたの。マリアもたぶん今、同じことを言われてるんでしょう。依頼人から」シャーロットさんは腕組みをしたまま、通話を終えて「ええええ」と天を仰ぐ高崎さんに声をかける。「どうだった？」

「シャーロットんとこと同じ。事件がゲームと無関係やっちゅうことが分かるまで１１０番待っとき、言われた」実際には関西弁で言われたわけではないだろうが、高崎さんは腰に手を当てて首をかしげる。「ほんまにええの？」

「うちのボスも同じ回答」シャーロットさんは両手を広げて肩をすくめる。

「どういうことですか？」

「そのままの意味よ」シャーロットさんが答え、親指で小屋の中を指した。「つまり、もしかしたらこの事件自体が聖遺物争奪ゲームの『出題』なのかもしれない、ということと。『山川さんを殺した犯人は誰か』？」

始め僕は、彼女らの電話の相手――つまり依頼主である各国のカトリック教会が、状況をちゃんと理解していないのではないか、と思った。

「いや、だって本物の殺人事件ですよ？　どう考えても」

そこで考える。今、ゲームの賞品になっているのも「本物の聖遺物（候補）」である。

貴重な聖遺物は今後、半永久的に崇拝の対象になるし、世界の人の流れを変える。殺人事件の一件や二件など問題にならないほどの重大案件である――現場から遠くにいる人間なら、そう考えてもおかしくない。それにもともと、祖父の提案自体が常軌を逸《いっ》していたのだ。世界規模の聖遺物が発見されたのに、素直にカトリック教会か正教会に委《ゆだ》ねず、自分の土地の中で見つかったのをいいことに、ゲームの賞品として使おうとした。

「……僕も今、同じことを言われました」マテウス君が携帯をしまいながら言った。

「下手に現地の警察を呼ぶと、聖遺物争奪ゲーム自体が成立しなくなるおそれがある、と」

現地の警察、という言い方で、彼らが電話した相手の考え方が分かる気がした。たぶん彼らは日本の警察を、シャーロック・ホームズに張りあおうとするレストレード警部程度にしか見ていない。いや、もっと露骨に「邪魔者」と思っているか。

「俺の依頼主も同じ意見だ」携帯で通話をしながら小屋の中を歩き回っていたボグダン

さんが、床を鳴らしながらこちらに来た。「……だがな。本当にこの殺人事件が『問題』なのか？」

「そこはまあ」高崎さんが口を開いた。「確かに、妙な点がありますよ。この現場」

視線が彼女に集まる。高崎さんはぎしり、と音をたてて小屋に上がり、何度か鼻をひくつかせた。においを嗅いでいるらしい。

「まず床。これはまあ誰でも分かるでしょうけど、みっちり掃除して消毒した跡がありますよね」高崎さんは入り口付近の床板を指さす。「あと、この部分だけ……だいたいここを中心に80㎝四方ですね。床のこの部分だけ念入りに、何度も何度も消毒されてます。さすがにこれだと塩素のにおいがきつすぎて、この部分に何があったのかは分からんですけど」

シャーロットさんもボグダンさんも腕組みをし、先を促す顔で高崎さんを見ている。

「それと、この床の状態。見れば分かりますよね？」

「……何がですか？」

マテウス君が訊く。僕にも分からない。小屋の床に特に不審な痕跡はなく、単に綺麗な板張りだ。

「埃の状態です。少し前に綺麗に掃除されてますよ。ごく新しい埃が微量に落ちているだけです」高崎さんは床にしゃがみ、死体の頭のあたりから小さなものをつまみ上げた。「……なのに、こんなところにこんなもんがある」

彼女が見せたのは大きめの綿埃《わたぼこり》だった。

「まるで犯人がわざと置いていったかのようね」シャーロットさんが言う。「床を綺麗に掃除した人間が、そんな大きな綿埃を、しかも小屋の真ん中に残すのは確かに変」

「ついでに言うと、綿埃の成分も床の埃と違いますよ」高崎さんは綿埃を嗅いだ。「こっちは繊維、それもウール多め。床のはほぼ砂埃です」

シャーロットさんは死体を避けて壁際に行き、積まれている段ボールをあらため始めた。「……あった。奥のこの箱だけ埃が積もってる」

突っ立っていられず、僕も小屋に上がる。シャーロットさんは左手に持ち替えたタブレットで自分の手元を撮影しながら、壁際に積まれた段ボールに手をかけている。手伝おうかと思ったが、彼女はさっさと箱をずらし、その裏に手を突っ込んだ。

「つまりこの綿埃は、『小屋が掃除された後、掃除したのとは別の人間が、この箱を動かした』ことを示している」シャーロットさんが立ち上がり、こちらを向く。「……というより、メッセージね。それに気付けた人間だけが、これを発見できる」

彼女が指でつまんでいるのは、手帳か何かから破り取った紙だった。緑色のペンで短く二行、書かれている。

OYDSHS, R
JRSHTRRF

メモ。走り書き。何かのパスワードだろうか。僕が一見して受けた印象をマテウス君が否定する。「暗号ですね。大文字と小文字が分かりやすい書体を選んで、読み違いがないようにしている。他人に見せることを想定しています。……文字数が少なすぎるし子音が多い。一行目にはＳが二回出ていて、二行目にはＲが多い。単純換字式暗号かな？　二行目におけるＲはＥの書き換えである可能性が大きい」

「ＱＷＥＲＴＹ配列だ」ボグダンさんが言った。「頭の中にＱＷＥＲＴＹ配列のキーボードを思い浮かべて、その文字列を『左に一つずらして』入力してみろ。答えが出る」

「『ＩＴＳＡＧＡＭＥ』」シャーロットさんが応じる。

「二行目はどうなる」

「『ＨＥＡＧＲＥＥＤ』……どうやら、警察に通報するのはもう少し待つべきのようね」

やりとりが早すぎてついていけない。だが彼女が言った解答の意味ぐらいは、僕にも分かった。「It's a game.」――それはゲームである。「He agreed.」――彼は同意した。

つまり、山川先生は「ゲーム」の一部として、同意の上で殺害された。

本当だろうか。単純にそう思う。本当にそんなことがあるのだろうか。確かに祖父はおかしな人物だったようだし、自分の死期も悟っていたようなふしがあった。だが。暗号の読み違いはないのか。ついそう思ってしまう。

「……ゲームとか言うてんの？　悪趣味やな。同意した言うても同意殺人罪やで」

高崎さんが顔をしかめて死体を見る。「殺人」よりも「死への冒瀆」を嫌悪しているようで、そういえば、カトリックでは自殺は罪とされているはずだった。それをこんなふうに、見せつけるように。カトリックや正教会の人間が参加するということをろくに考えていなかったのか、あるいは知っていてわざとやったのか。祖父が江戸川乱歩を激怒させた、という理由に想像がつく気がした。

「……しっかしあんた、早いな」高崎さんはボグダンさんを見る。「なんでその解き方やって一発で分かったんですか？　もしかして最初から答え、知ってたんと違います？」

「最初から知っていたわけじゃない。ちゃんと頭の中で、ありそうな変換方法は全パターン試した」それで疲れたのか、ボグダンさんは首をぐるりと回した。「意味があり、なおかつこの状況に合致する文字列になるのはこの変換方法だけだった」

「びっくり人間やん」

自分もびっくり人間であるはずの高崎さんは、そう言いながらもマテウス君を見る。

マテウス君が小さく頷く。つまり、彼の「霊視」で嘘のチェックをさせていたのだろう。

「ま、こうなったらうちらもシャーロットに『同意』ですね。警察呼ぶより、うちらでやった方が早い」

とんでもない言い草だが、確かにこの人たちを見る限り、その通りとしか言いようがない。

「現場のデータはすべて記録しているしね」シャーロットさんも頷いた。「証拠散逸の心配はないし、そもそもこれが『問題』なら、警察の証拠収集能力がなければ証明できないような『解答』は用意されていないでしょう。その一方で、私たちにしか分からないヒントが設定されているかもしれない。警察に任せたら逆に行き詰まる可能性もある」

「それほど解決困難とも思えません。いち個人が設定した『問題』なら」マテウス君が言い、後ろを親指で指した。「これで全員揃いました。……『It's a game.』なら、犯人はここにいる七人のうちの誰かのはずですしね」

いつの間にか、大和君とシスター・リンが来ていた。

「犯人だけ分かっても『解答』にはならんねんけどな」高崎さんが言い、マテウス君からハチ君のリードを受け取って踵《きびす》を返す。「本館に戻りませんか？　話、長《なご》うなりますし」

よ。たぶん」

4

そういえば、真冬の朝の上川《かみかわ》で屋外に突っ立っている時間が長かったのだ。気付かないうちに体が冷えていたようである。本館の暖房の中に戻ると、指先がしもやけになったか、というレベルでじんじんと響いた。

食堂テーブルは大和君が片付けてくれたようで、僕が出た時に置きっぱなしだった食器類はなくなっていた。こんな時でも僕より働く大和君は、遅れて出てきたマテウス君とボグダンさんのためにフレンチトーストを作っている。僕は朝食用の残ったスープをコンロで温め、二人と、やっぱりもう一杯ほしい、という高崎さんのためにトレーに載せて出した。食器が一つ余っている、と思ったが、それがつまり山川先生の分なのだった。

直接会ったのは一度か二度。ほとんど話はしていない。よく知らない人だ。仕事熱心な人だという印象があった。だがそれ以上の内面は知らない。何を考えていたかなど、もちろん。

あるいは、全身に水を垂らされたようなこの感覚は、山川さんより祖父によるものかもしれない、と思う。母が胡散臭《うさんくさ》がっていたため口に出したことはないが、僕はほとんど会ったこともなかったなりに、変わり者だが本を出したりしている祖父を面白く、あるいは自慢に思っていた部分があった。それなのに、これだ。自分の死期が近かったとか、あるいは山川さんも同様だったかもしれないとか、そういった言い訳をいくら積み重ねても大本の事実は倒れない。これは異常者のやることだ。祖父はこういう人間だったのだ。

深呼吸をして思考を現在に戻し、トレーを持って食堂に入る。シスター・リンが皆にコーヒーを淹れてくれている。大丈夫だ、と自分に言い聞かせた。ここにいるのは名探偵ばかりだ。すぐに事件は解決する。犯人も捕まる。

タブレットを操作していたシャーロットさんは、僕が傍らにコーヒーを置くと、サンクス、と言うだけでなく、ちらりとこちらを見上げた。

「……あなたと祖父は別々の人間。祖父のしたことであなたが気に病むのは不合理よ」

自覚はなかったが、蹌踉《そうろう》とした顔になっていたのかもしれない。彼女に礼を言うと、アンデレが「オレッちが見るに、キミはなかなかのクールガイだぜ。それに、まともだ」と言った。気を遣ってくれるAIだった。ありがとうございます、と返す。

参加者たちは一日目同様、思い思いの姿で食堂にいた。シャーロットさんは持参した人工的な色のキャンディバーを囓りつつ、タブレットに外付けキーボードを接続して画面をじっと見ている。高崎さんはテーブルの下でハチ君に朝御飯をやっているし、ボグダンさんはなんと新たな編み物を始めて、もうミトンらしき物の手首の方ができている。マテウス君だけが何もせず、とん、とん、と一定のリズムでテーブルを叩きながら全員の顔を窺っていた。スマートスピーカーが〈マタイ受難曲〉を流している。ひどい選曲だったが誰かの手によるものではなく、バッハを流しているうちにその曲の番になってしまっただけだろう。

朝食とコーヒーが全員分揃い、大和君がシスター・リンに声をかけながら並んで席に着く。死体を見て一番ショックを受けた様子の彼女に気を遣ってくれているらしく、僕は自分がヘビに咬まれた時のことを思い出した。大和君はやはりすごい。

シャーロットさんがスマートスピーカーに声をかけて曲を止めた。タブレットをスタンドから外して皆を見回す。「とりあえず検視結果を話す。食べながら聞いて」

「そこ、つっこんだ方がいい？　医者と食事デートした時のあるあるやん」高崎さんが呆れ顔でコーヒーをすする。「あとそのグミ何味なん？　輪ゴム色してない？」

「Well said!　グレース・ラバーバンド味よ」

「どんな輪ゴムやねん。ていうか輪ゴム性は否定しないんかい」高崎さんは「うちがツッコミに回る日が来るとは……」と頭を抱えたが、すぐに顔を上げた。「まあええわ。死因、頭部挫傷《ざしょう》でいいん？」

「どうやら間違いなさそうだぜ、ハニー」アンデレが代わりに答えた。変な口調に目をつむれば流暢な日本語である。「オレの分析によると凶器は硬い棒状のもの。バールか釘抜きといった工具を妄想してくれ」

思わず訊いてしまう。「なんか日本語、変じゃないですか？」

「アジアの言語は今ひとつ苦手、という設定にしてるの。特に意味はないんだけど」シャーロットさんはラバーバンド味を嚙っている。

「その設定、意味あります？」

「おっと、『硬い棒状のもの』って言い方は別のものを想像させちまうかな？　HAHAHA、確かにオレッちのアレなら一発昇天だが、今回はそういう意味じゃない」

「下ネタ入ってません？」

「標準的な日本語を学習させたのだけど」

「嘘だ」

「誤解です」

「偏見やん」日本人三人から抗議の声があがり、高崎さんは「標準言うたら泉州《せんしゅう》弁やろ普通。偏ってるで」と付け加えた。つっこみながらボケるのでついていけない。

「死因はハニーの言う通り頭部挫傷だ。解剖してみないと詳しいことはパンティの下だが、十中八九、頭蓋《ずがい》損傷により生じた硬膜外血腫《けっしゅ》か硬膜下血腫、を原因とする脳挫傷だな。側頭部に一撃で他に外傷はない」

「嫌な口調やな」

「口調と喋る内容が一致してませんね」

「死体にはわずかに動かされた跡があった。倒れたのは小屋の戸の外だが、引きずって中に入れやがったんだな。知っての通り、××も縮こまっちまう fuckin' な寒さだ。死亡前後の温度変化が正確には予測できないから、死亡推定時刻はかなり幅がある」

「この変な下ネタなんとかなりませんか」

「だが超絶 Smart なオレッちの見立てじゃ、昨夜の二十二時頃から今朝未明の三時頃までだ。こいつは信用してくれていい」

「どの口で言うねん」

「オレッちのことが信じられないかい？　今夜ベッドに来てくれりゃ、一発で信じるようになるぜ」

「うーん……ほんとムカつくね。こいつの口調」

「じゃあなんでそうしたんですか？」

「まあ、いいだろう。俺の見立てもそんなところだ」ボグダンさんがやれやれという顔で、無精鬚のある顎を撫でた。「だがどうも、そうなってくると妙だぞ」

発言をしたボグダンさんに視線が集まる。

ボグダンさんの方は落ち着いた様子でコーヒーを飲み、カップを置く。

「犯行可能な人間がいないんだ」ボグダンさんは全員を見回した。「まず高崎さんとシスター・リン。それにそこのDr.Candy Punch」

「いい呼び方」シャーロットさんはコシのありそうなラバーバンド味をムッチィィイィ、と嚙みちぎった。「今度からそう名乗ろうかな」

「あんたらのコテージは東側だ。現場に行って帰ってくるためには、谷川にかかる木橋を渡らなきゃいけない。だが木橋には……」

「カメラがあった。キタキツネなんて素敵だけど」シャーロットさんはタブレットをとん、と素早く叩いて操作し、画面をこちらに向けた。「映像はもうアンデレがチェックした。昨夜、日が落ちてから後は、私達三人は一度もここを渡っていない。見落としもない。アンデレのチェックだから、たとえ光学迷彩《クローキング・デバイス》を使ってもごまかせない」

マテウス君が身を乗り出してタブレットを覗く。「この画角だと、ほぼ橋全体が映っていますね。カメラに映らずに橋を渡るのは不可能だ」

ボグダンさんも頷いた。「そうだな。川沿いに北上して上流に向かえば吊《つ》り橋《ばし》があるが、20kmは離れている。徒歩で向かえば四時間はかかるだろう。仮に吊り橋まで車で行ったとしても、吊り橋は車で渡れない。そこで降り、川の西側を南下して犯行後に戻るとなると、やはり十時間近くかかる」

「……私とマリア、それにシスター・リンは昨夜二十一時半過ぎに、一緒にコテージに戻った」シャーロットさんが言う。「大急ぎで車を盗み、急いで犯行を済ませれば、死亡推定時刻にはぎりぎり間に合うかもしれない。でもその後、自分のコテージまで急いで戻っても七時過ぎにはなってしまう。メグルとヤマトはもう本館で働いている時間に、気付かれないように車を走らせて大急ぎでコテージに戻る、なんて計画は無理よ」

大和君と頷きあう。今朝は六時過ぎから二人とも本館にいた。車が走っていればさすがに気付いただろう。

「つまり、容疑者はいきなり三人減る」ボグダンさんはこちらを見た。「で、次は君だが」

「あ」自分が喋るべきだと気付く。「僕と大和君は昨夜、ずっと本館にいましたから。……僕は五時頃、散歩から戻りましたよね？　その後はずっと本館にいたし、二十四時頃、ボグダンさんと三人で橋を渡って、コテージに戻りました。戻るまでも戻ってからも、ずっと一緒でした」

どちらが先に眠ったのかは覚えていないが、消灯して、ぽつぽつと交《か》わしていた話がいつの間にか途切れて眠ったのはせいぜい二十四時三十分頃だったはずだ。「並んだツインベッドでしたし、どちらかが抜け出せば分かると思います」

「となると」

シャーロットさんの視線がボグダンさんに向く。ボグダンさんは肩をすくめた。「俺のアリビが証明できるのも二十四時過ぎまでだ。顔合わせの後、ずっと本館にいたのは見ているだろうが、そっちの二人と一緒にコテージに戻った後は一人だった」

「死亡推定時間帯より前だけど、昨夜二十時三十二分から二十一時三十三分までの間も一人になっているよね」

シャーロットさんは言う。確かにボグダンさんはそのあたりの時間帯、一人で散歩に出ていた。よくそんな正確に覚えているものだ、と思うが、誰も何も言わないということは、他の参加者も同レベルで覚えているのかもしれない。

ボグダンさんに視線が集まり、彼を中心に空気が収束していくような感覚がある。さすがにシスター・リンも話の流れを摑んだらしく、心配そうにボグダンさんを見ている。

だが、マテウス君が言った。「いいえ、ボグダンさんも犯行は不可能です。僕とメグル君が証人です」

シャーロットさんが目顔で話を促す。マテウス君が僕を示した。「死体発見直後、僕はメグル君と一緒に、ボグダンさんのコテージに向かいました。そこではっきり見ています。彼のコテージに続く小路には、コテージに向かう足跡一筋しかなかった」（次頁「現場周辺」図参照）

現場周辺

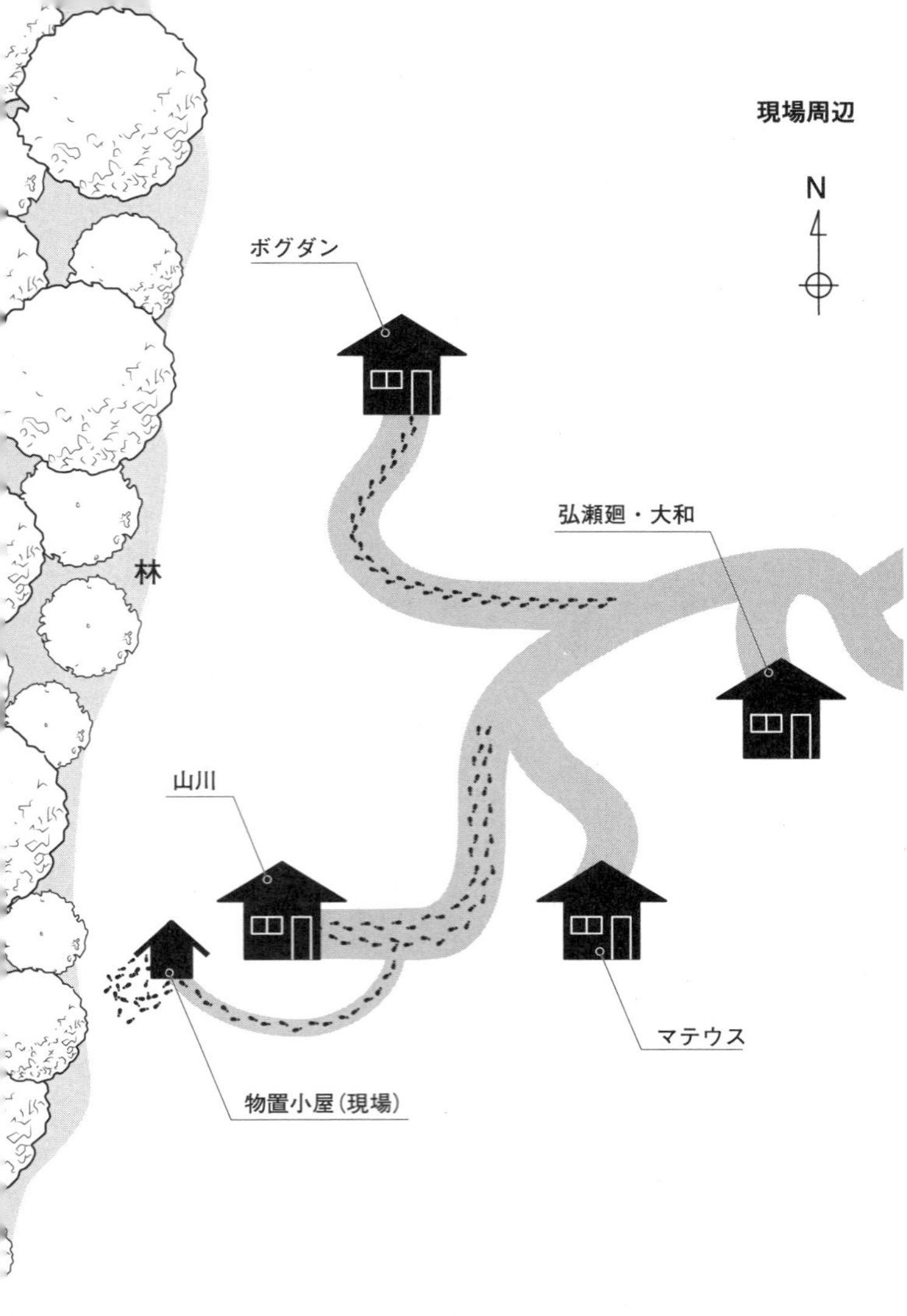

確かにそうだ。僕は思い出して頷く。マテウス君があの時、携帯でそれを撮影していたのは、この状況を想定してのものらしい。

「それならとりあえず、犯行はできなそうね。除雪された道以外の雪原に足跡は残っていなかった。窓から出て雪原を移動したという可能性もないし」シャーロットさんは頷くが、困ったような顔をしている。「でも、それでいいの？　そうなると、残ったのはあなただけ、ということになってしまうけど」

「あの、でも。……マテウス君のコテージは雪で開かなくなってたんじゃないんですか？」

僕が言うと、シャーロットさんは難しい顔で唸る。

「朝の時点では、確かにそうだった。だけど、それは雪が降り始めた二十一時三十分頃から一度も彼のコテージが開かなかったという証明にはならない」シャーロットさんはタブレットの画面をこちらに見せる。コテージの玄関が映っているが、それに合成する形で、雪を表すらしい白いドットがちらちらと表示されている。

「これは昨夜の雪の降り方から、コテージ周辺にどのくらいの速度で積もるかをシミュレーションしたものよ。さっき作ったシミュレーターだから、画像が粗《あら》いのは許してね」さっきというがいつの間に作ったのだろう。「こうして計算してみても、二十二時三十分頃までに犯行を終えてコテージを閉めきれば、今朝のような状態になる。……それにもっと単純に、窓から出入りすることもできるしね」

画面の中では白いドットが降り続け、コテージのドア前に積もっていく。マテウス君は目を細めて画面を見ているだけで、困っているのかどうかは分からない。

だが、高崎さんが口を開いた。「まあでも、その計算結果なら、マテウス君は犯人ちゃうやろ」

声のした方向を見ると、高崎さんの頭がテーブルの陰《かげ》からぬっと現れた。いつの間にかしゃがんでハチ君の相手をしていたらしい。

「マテウス君、きみ昨夜、わりと騒いでたよね？　手帳があらへん言うて」

「はい」関西弁で騒いではいなかったが、マテウス君は頷く。

「で、ほな、もし見つけたら何時でもええから電話して！　てみんなに頼んでたよね？」

「はい」

「……犯人やったら、わざわざそんな言い方で頼みごとすると思います？　おー、よしよし」高崎さんはまたテーブルの陰に沈み込んだ。「ああいう言い方したらいつ何時『見つけたで！』て電話かかってくるか分からなくなりますよね。これからこっそり人殺そ、思てる人間がそんなことします？　現場に移動する途中に電話鳴ったらどうします？　山川先生の背後に忍び寄ってる時に鳴ったら？　あれだけ言っといて、電話すぐに出んかったら不審に思われますよ？」

「……確かに、そうね」シャーロットさんも頷いた。「これから犯行に及ぶ人間が、わざわざあんな言い方はしない。もちろん、たとえば二十四時以降になればさすがに電話はかかってこないだろうと予想できるけど、その時にはもう雪が止みかけている」

シャーロットさんが頷いたことでシスター・リンもほっとしたようで、食堂の空気が少しほころんだ。だがそれと同時に、別の疑問がぬっと顔を出す。

犯人はここにいる七人のうちの誰か。だが。

木橋を渡った者がいないから高崎さんとシャーロットさん、それにシスター・リンは犯行不可能。

僕と大和君はコテージでも一緒にいたから犯行不可能。

ボグダンさんはコテージに入っていく足跡しかなかったから犯行不可能。

マテウス君は犯人だとすれば不利になる行動をとっていた。しかも雪でコテージが閉ざされていたから犯行不可能。

七人全員が犯行不可能になってしまった。つまりこれは、不可能犯罪だ。

5

食堂の空気が再び停止した。空調の音だけが低く唸り、どこかで雪が落ちたのか、とささ、という乾いた音が窓越しに聞こえた。不可能犯罪。

だがもちろん、ここに集められているのはその専門家たちだった。沈黙はほんの十数秒だけで、ボグダンさんはフォークを動かしてフレンチトーストを囓り、シャーロットさんは画面を自分の方に向けてキーボードを叩きつつ、ポケットから原色で毒々しい色のパッケージを出し、プラスチック的に真っ青なCandy Punchを抜いて囓り始めた。

それを見て大和君が立ち上がる。「何か軽食を作りましょうか」

シャーロットさんは手を振った。「ありがとう。でも結構。普段通りの方が集中できるから」

普段からそれなのだろうか、そのわりに健康的に見えるがこの人自身もアンドロイドなのだろうか、などと思ったりするが、動くきっかけはできた。とにかく仕事である。そう考える。予想外の異常な状況だが、祖父が考えていた「問題」がこれだというなら、しっかり謎が出現し、参加者がとりくんでいるということになる。イベント進行としては祖父の想定通りなのだ。

「ええと、コーヒーのおかわりを」

「いえ、失礼。メグル君も座っていてくれますか？」

　声をあげたのはマテウス君だった。

　口調がこれまでと少し違う。最初に思ったのはそれだった。だがそれどころではなかった。マテウス君の表情や視線、だけでなくそれ以外の、顔周辺の空気まで含めてすべてのトーンが変わっている。可愛らしいキャラ声で子供と遊んでいた着ぐるみが突然早口のビジネス敬語で喋りだしたらこんな感じだろうか。この変化は見たことがあった。昨日の、顔合わせの時に。

「……僕は今、危なかったですよね」マテウス君は口許に笑みを浮かべている。「僕のアリバイだけ偶然だ。雪が積もっていなかったら成立していなかった。つまり犯人は、僕を犯人に仕立て上げるつもりだった」

　マテウス君は微笑んでいるが、その表情は牙《きば》を剝《む》き出《だ》して毛を逆立《さかだ》てるネコを思わせた。楽しい時の微笑みとは一見似ていても別物の、戦闘開始を伝える微笑である。

「せっかく全員揃っているんだし、まず犯人から特定させてもらいますよ」マテウス君の声からは遠慮や容赦といったものもあっさり消えている。その視線は一番驚いた顔でそちらを見ているシスター・リンに向けられている。「山川さんを殺したのはあなたですか？」

シスター・リンは突然冷風を浴びたように体を固めた。それからマテウス君の視線がどうあっても外れないことに気付き、無言で小刻みに首を振った。

マテウス君は彼女から視線を外し、隣のシャーロットさんを見た。「では、山川さんを殺したのはあなたですか？」

シャーロットさんの方はさすがである。逆にマテウス君を観察するように泰然として首を振り、抑制されたトーンで返答した。「いいえ」

そこで僕はようやく思い出していた。昨日、マテウス君が言っていた。嘘が分かる能力だ。それを今、使っている。全員に対して。

マテウス君は続いてボグダンさんを見る。「では、山川さんを殺したのはあなたですか？」

ボグダンさんも当然、少し面倒臭そうに首を振る。「いいや」

マテウス君は高崎さんにも同じ質問をした。横から見ていると、瞳の光り方まで違うように見える。それに対して高崎さんは「ちゃうわ」と呆れ顔で答える。

そうなのだ。本当に１００％嘘が分かるなら、こうすればいい。「殺したのはあなたですか？」――最もシンプルで効果的な質問だ。それだけでもう犯人が分かってしまう。どんな事件も、容疑者全員にこの質問ができさえすれば解決してしまう。あまりに簡単すぎるし、あまりに強力すぎる力だ。そのせいでいま一つ、信じられない。本当にそんなことがあるのか。だが実は「簡単すぎるからありえない」という理屈は根拠がない。これはゲームではなく現実なのだから、主人公の家の物置に伝説の剣が転がっていることだってありうるのだ。

ただの「観戦者」のつもりでいた僕は、突然マテウス君の黒い瞳に捉えられ、思わずのけぞってしまった。

「山川さんを殺したのはあなたですか？」

質問が来る。まっすぐに見られている。目の奥を貫き、視神経をつたって脳の中を覗かれている。嘘をついても全部ばれるし、顔を隠せば怪しまれて質問が続く。無敵の魔眼だった。僕は首を振る。狭まった気道から、唾液《だえき》が絡んでがらがらした「いいえ」がやっと出た。

まともに体験してみると分かった。この瞳をごまかすのは不可能だ。

賢明なのか、それとも皆も単に圧倒されたのか、マテウス君を止めようとする人はいなかった。マテウス君は大和君にも同じ質問をし、いいえ、と首を振る彼を視線で縫いつけるかのように見つめ続け、やがて背もたれに体重をあずけて息を吐いた。集中していたのだろう。

「……で、どう？　犯人は分かった？」

シャーロットさんの質問に、マテウス君は曖昧に微笑んだ。口許にあどけなさの残る表情は歳相応のものだが、何も答えない、という態度は油断のない「参戦者」のそれだった。

「……いいな、君のそれ。最初から犯人が分かりゃ、楽だ」ボグダンさんも、特に圧倒されたような様子はない。普通に羨《うらや》ましがっている。「君はもう、あとは犯行方法の特定と裏付けだけってわけだ。一歩リードだな」

ボグダンさんの言葉で気付く。そう。彼らは「ゲーム」をしているのだった。全員が協力するなどということはなく、誰が一番に真相を言い当てられるかを競う。

そして確かに、犯人が分かっただけでは解決にならないのだった。マテウス君の能力に科学のお墨付きがない以上、現時点ではただ「そう主張している」のと変わらない扱いしか受けられない。何しろ不可能犯罪なのだ。少なくとも犯行方法の仮説と、その仮説が正しいという証拠を一つは見つけなければならない。

だがマテウス君もそこは分かっているようだ。落ち着いて立ち上がり、この場の主役の顔で皆を見回した。

それからなぜか僕を見た。「質問ですけど、メグル君は何か、隠していることはありませんか？」

「え？　いえ……」

魔眼で見られていることに気付いたが、それはすぐに終わった。マテウス君は微笑んで大和君に言う。

「じゃ、メグル君を借りますね」

雪国には「晴れの方が寒い」という常識がある。「放射冷却で冷える」[*5]などと言われるが、実際に晴れの日の空気は冷たい。そして雪が日差しを反射して眩しい。前を行くマテウス君はそのことに驚き楽しんでいるようで、蛍光オレンジに輝くダウンジャケットの背中が快活に跳ねている。同意殺人とはいえ、刑事事件に関わっているという気負いや緊張感はどこにも感じられなかった。

だが、こちらは気が気ではなかった。僕たち七人の中に犯人がいるらしいという状況なのだ。二人目を殺害するようなことはまずなさそうではあったが、それは理屈であ

＊5　この言い方は科学的にはおかしい。「放射冷却」とは要するに「温かい物を置いておくと冷める」現象のことで、天候にかかわらず常時起こり続けている。ただし、気温が下がり放射冷却が強くなる夜間に雲がないと、雲に反射して地上に戻る赤外線がなく熱が奪われやすい。また北海道などでは、冬場の晴れた日は風がないことが多いため、これが放射冷却を強める。その結果「晴れた日は寒い」という認識になるのである。

り、同意殺人を犯すような人間は何を考えているか分からない。そう考えると怖かった。

僕は足を速め、マテウス君が足を滑らせて斜めにスライドしたのを好機に横に並んだ。「あの」

「はい？」マテウス君は明るい顔をしている。

「さっき、質問をしてたけど」僕は周囲を見回した。誰もいない。「……犯人、誰か分かったの？」

それを聞いたマテウス君はなぜか、ぱっと明かりが灯《とも》ったような満面の笑顔になった。だが僕が不審げにしていることにすぐ気付いたのだろう。ぴょん、と小さく飛び、足下の雪溜まりを踏んで崩すと、言った。

「ごめんなさい。嬉しくて、つい」

反応のしようがない。本当に犯人が分かったのなら確かに嬉しいだろうが、この突き抜けた笑顔とどうも嚙み合わない。

「まさかこんな体験ができるなんて！　日本には前から行きたいと思っていたけど、まさか初めての日本で、こんな事件が起こるなんて」

マテウス君は一人で悦《よろこ》んでいる。もう訊くしかなかった。「……犯人は誰なの？」

「不明！」マテウス君はそう言い、人差し指を立てた。「いいですか？　もう一度言いますよ。不明、なんです。僕が『霊視』を使って、容疑者全員に質問したのに！　すごい！」

意外な答えに、僕は「え？」と訊き返すことしかできない。

「こんなことが現実にあるなんて！　僕は嘘が１００％見抜ける。これまで数え切れないほどのリーディングをしてきたし、刑事事件にも何十件も関わってきたけど、外したことも分からなかったことも一度もなかったんです。なのに今回は『不明』なんです！『殺したのはあなたですか？』と質問した。全員が『いいえ』と答えた。誰か一人が嘘をついているはずですよね？　なのに、僕はその嘘つきが誰か、分からなかった。嘘をついている人が一人もいないように見えたんです」

「……え？　そんな」

それは理屈に合わない。だとすれば、と考える僕の思考を先取りして、マテウス君が喋る。

「僕の『霊視』は、ごまかそうとしても無駄です。人間は嘘をつく時、必ず特有の反応を示すんです。顔や首周りの筋肉の動きとか、もっと大きく微表情などで。これは反射的なもので、意識してコントロールすることなんてできない」マテウス君はスキップを始めんばかりの軽やかさで雪道を歩く。「なぜなら、頭を使わずに嘘を言うなんてことは人間には不可能だからです。まず①質問を受ける。それから②質問を理解する。次に

③返答を考えて、最後に④言葉に出す。嘘をつく場合、②で『嘘をつく必要のある質問だ』ということを理解してから、③で嘘の返答を考えるまでの間に『嘘をつこうと決意する』というプロセスが入り、そこで緊張が起こるし時間もかかる。それに加えて時間がかかった分、③を急ごうとする。②と③の時に脳にかかる負荷が、嘘をついていない時と違うんです。それが顔周辺の筋肉の動きになって現れる。僕はそこを見る。人間は②と③を飛ばして質問に答えることなんてできないから、ごまかすことは不可能なはずなんです」

木橋まで来た。マテウス君は昨日と同様、ぴょんと飛んで橋に着地する。そしてこちらを振り返る。「それなのに、どうしてこんなことになったと思いますか？」

「それは……」

考えながら橋に足をかける。川の音は昨日より少し強く感じた。昨日、散歩をした時とは反対側から日が差していて、谷川の印象も違って見える。ダイヤモンドダストが起こるほどの気温ではないが、低い位置からの日差しで川面から舞い上がった水滴が光るのか、時々空気がちらちらときらめいている。

欄干から谷川を眺めているマテウス君に答える。「……質問の仕方、とか？　たとえば、そう。犯人が実は殺すつもりがなかった、とかならどうなの？　あるいは共犯がいて、二人とも『主犯は自分じゃない』と思ってたとしたら」

「ゲームの性質上、共犯はありえないでしょうね。昨日、書斎を見て、主催者がそんな『解答』にするはずがない、ということも確認できました」

祖父が集めていた本はほとんどが本格ミステリだった。本格ミステリでは通常、共犯は歓迎されない。ましてとっておきの聖遺物を賞品に、マニアが仕掛けた一世一代のゲームだ。

「そして質問の仕方次第、ということもありません。嘘特有の反応というのは言葉のあや、で左右されるほど曖昧なものじゃなくて、答える人間が内心で『後ろめたさ』を感じるかどうかで決まってしまうんです。もちろん殺人ではなく過失致死だったりした場合、嘘をついた犯人は心の中で言い訳をするでしょう。でもそれは、タイミングで言うなら⑤の段階なんです。僕はその前を見て判断しています」

「それじゃあ……」

無理ではないのか。そう思った。するとマテウス君は僕の頭の中を読んだように、ニカッと白い歯を見せた。「でもね。可能性のある人が一人だけいるんです。今回は」

木橋を通り、西側のエリアに入る。そこで気付いた。こちら側にあるのは僕と大和君のコテージを除けば、被害者の山川先生と、マテウス君自身のコテージと。

「……まさか、ボグダンさんが？」

「そうです。彼しか考えられない。彼なら考えられる」マテウス君は高揚《こうよう》した口調のままだ。「嘘をつく時の顔の筋肉や微表情をコントロールするなんて、普通の人間には不可能です。一瞬のことですから。でも普通の人間でなかったら？　……ボグダンさんはクロックアップ能力がある。暗号を解いた時の、彼の思考スピードを見ましたよね？　普通の人間の一瞬が、彼にとっては何秒にもなりうる。自分の反応を自覚しつつコントロールできる可能性もある」

驚きと同時に、何か落胆のような感覚を自覚した。一瞬後に、ボグダンさんが犯人だったという事実に対する落胆だと理解した。無愛想《ぶあいそう》で一見怖いが、悪い人には見えなかった。それに今はかぶっていないが、僕はあの人からもらったニット帽を気に入っていた。

僕たちのコテージに向かう小路を通り過ぎ、ボグダンさんと昨晩、別れた場所に辿り着く。コテージに向かう小路には、今は複数の足跡が入り乱れていた。どれがいつで誰のものか、もう判断はできないだろうが。

「……足跡はどうするの？　まわりの雪原に足跡はない。ボグダンさんが犯人なら、雪が積もった後にこの小路を、最低でも三回は通らないといけない」地面にしゃがんで足跡をじっと見る。「……でも、今朝の時点で確かに足跡は一つだけだった」

「そう。それを見たのが僕とあなたです。だからあなたを連れてきたんです」マテウス君も僕の隣にしゃがんだ。「東側にいた三人や、二人一緒だったメグル君たちと比較すると、ボグダンさんが犯人でないという根拠は弱い。この足跡だけなんです。崩すとしたら、ここのはずです」

つまり、足跡をつけずにコテージと表の道を往復する方法があればいい、ということになる。だが。

僕は立ち上がり、小路に数歩入って先を見た。コテージの玄関まではわりと距離がある。20m近くあるだろうか。しかもカーブしている。少し進まないと奥まで見えない。

「持ち物検査はされるし、事前にここに来て準備をすることはできない。特別な道具を持ち込んで使うことはできない」

マテウス君が言う。つまり何かを使って空を飛んだり、橋をかけたりといった方法は困難なわけだ。この距離となると、自分の足跡を踏んで戻る、といった原始的な方法も難しいだろう。

「……でも、可能ですね。今朝見た足跡なら」

「えっ？」

マテウス君はなぜか横の雪壁を見ていた。「これ」

一瞬、彼が何を指さしたのか分からなかったが、よく見ると、雪壁の一部がそこだけ崩れている。僕の顔くらいの高さだ。

「……これが？」

「この雪の壁って、思ったよりずっと硬いんですよね。軽く触れた程度では崩れない」マテウス君は崩れた部分の周囲を指先で撫でる。「それなら、なぜそこは崩れているんでしょうか。誰かがぶつかったんですよね。肩か腕をぶつけた」

確かにそんな跡のようだ。だがこの高さからすると。「……ボグダンさんが？」

「昨夜、僕がコテージに戻った二十一時過ぎはまだ崩れていませんでした。でも今朝、死体を見つけて駆けつけた時には崩れていた」

「……そういえば」わりと目立つ崩れ方だ。だが記憶にない。「僕が昨夜、ボグダンさんと別れた時にも崩れていなかった気がする」

マテウス君が頷く。彼が何を言おうとしているかが分かった。犯行の時に崩れた。

マテウス君は携帯を操作し、この場所の映像を表示させた。今朝、死体発見直後に彼が撮影していたものだ。確かにこの時は崩れている。そして。

「……やっぱりそうだ。この足跡なら、可能です」

マテウス君はすぐに背中を向け、来た道を引き返した。「トリックが分かりました。本館に戻りましょう」

「えっ」慌てて早足で追う。

「たぶん、一番乗りでしょう」マテウス君は言った。「……僕の勝ちです」

6

マテウス君と外に出ていた時間は三十分もないくらいであり、本館に戻ると、大和君はシスター・リンと一緒にまだ洗い物をしていた。死体発見のショックはある程度和らいでいるようで、誰かが気を利かせたのかスマートスピーカーが流しているのもゆったりとしたボサノヴァの〈イパネマの娘〉である。

参加者たちもリラックスしているようだった。いなくなっているのは高崎さんとハチ君だけで、ボグダンさんは同じ席で編み物を続けていたし、シャーロットさんも端末を操作し続けていた。変化といえば、その傍らに置かれたCandy Punchの大袋が空になり、開封された次の大袋が隣に出現していることと、彼女が今度は明らかにレモン味ではなさそうな蛍光イエローを囓っていることぐらいである。謎が立ちはだかり捜査をしているはずなのだが、二人とも座ったままで特に不都合はないらしい。

「お、早かったな」大和君が台所から出てくる。「シスター・リンがめっちゃ手伝ってくれる」

どうやら特に名探偵でないらしき彼女はすることがなく、せめて働こうとしてくれているらしい。台所からは水音が聞こえる。

「高崎さんがいませんね」マテウス君がダウンジャケットを脱ぎながら見回す。「ま、いいでしょう。真相をお話しします」

えっ、と驚いたのは大和君一人で、ボグダンさんとシャーロットさんは顔を上げただけだった。それだけで充分ということなのだろう。マテウス君は頷いてスマートスピーカーを止めると携帯を出し、テーブルに置きながら宣言した。

「犯人はボグダンさんです」

あまりにあっさりとした言葉だった。周囲を見回すでもなく、もったいぶって溜めるでもなく。だが決定的な一言だ。名探偵マテウス・リベイロは、こんなにも早く事件を解決してしまった。だが当然かもしれない。なにしろ「始めから犯人が分かっている」のだから。

マテウス君は外で僕にしたのと同じ説明をした。自分の能力と、それをかいくぐる可能性。シャーロットさんは興味深げに聞いていたが、当のボグダンさんは、「なるほど」とでも言いたげである。その表情が嘘なのかどうかは、僕には分からない。

「……分かった。確かに俺なら可能かもしれない」ボグダンさんはあっさり頷いた。「だが、足跡はどうなる？　君が言ったんだ。俺のコテージに向かう小路には、行きの足跡一つしかなかった」

「その足跡を撮影したのがそれです。どうぞ」マテウス君はテーブルの上に置いた携帯を二人の方に押しやった。テーブルが広いので、ボグダンさんがのしかかるように体を伸ばしてそれを取る。

マテウス君は二人が映像を観たのを確認して口を開いた。シスター・リンと大和君も台所から出てきていたが、そちらは特に気にしていないようだ。「その足跡、何か気付きませんか？」

「間隔が短い。かなり慎重に歩いたようだけど」

シャーロットさんの言葉にマテウス君は頷く。「ですが一方で、その周囲の雪壁が一部、崩れていました。おそらくボグダンさんの手か肩が当たったんだと思います。……画像は、その動画の次です」

シャーロットさんが携帯を操作するのを今度は待たず、マテウス君は肩を寄せあって携帯を覗く大人二人に言う。「何か気付きませんか？」

「なるほど」シャーロットさんが頷き、アンデレがかわりに喋った。「カチカチカチカチ……計算結果が出たぜボス。足跡は平均30cm間隔。雪の崩れている部分の高さは1m50cm付近。かなり強く何かがこすれた跡だ。たとえば。隣の無精鬚くんの肩とかな」

ＡＩに「隣の」などと言われるとぎょっとする。アンデレはカメラとマイクを常に作動させ、人間並みにタブレットの周囲の状況を把握しているらしい。同じことに気付いた様子のシスター・リンがささっと修道服の裾を直した。

「……雪壁の崩れた部分は、ボグダンがよろけるか何かした痕跡？」

シャーロットさんが言うとボグダンさんは何か言いたげに口を開きかけたが、結局黙った。

「だとすると、矛盾しませんか？」マテウス君が言う。「ボグダンさんのコテージに向かう足跡はかなり間隔が短く、慎重に歩いたものと思われる。なのにボグダンさんはよろけて雪壁が崩れている」

そういうことだったらしい。さっき歩いている時には話してくれなかったが、確かに変だ。

そして、シャーロットさんが「まさか」と呟いた。

マテウス君は彼女の言葉を待たずに言った。

「簡単なトリックですよ。足跡は確かに一筋だけでした。ですがそれが『一回でつけられた』という証拠はありません。この足跡が実は『三回歩いてつけられた、一筋の足跡』だったとしたら？」マテウス君は両手を広げてジェスチャーをした。「たとえば、よろけるほど体を倒しながら、飛ぶように一歩一歩進めば、歩幅は1m近く開くでしょう。対してこの足跡は約30㎝間隔。つまり、飛ぶように進んだ時の三倍以上の数の足跡がついている」

ボグダンさんが腕を組む。

マテウス君は手の動きを加えながら説明した。「まず飛ぶように一歩一歩進み、コテージに辿り着く。次は靴を前後逆に履き、最初の足跡の間を縫うように飛び、コテージから出る。そして犯行を終え、二つの足跡の間を縫うように飛びながらコテージに戻る。コテージに向かう小路は三回通ったのに、足跡は一筋だけしか残りません。僕やシスター・リンだと難しいですが、雪に慣れたボグダンさんなら転ばずにできたはずです。もっとも、少しよろけて雪壁を崩してしまったようですが」

シャーロットさんは画面を見ている。「地面は硬いから、足跡の深さで重心のかかり方が判断できない。ゆっくり歩いた足跡なのか、飛んだ足跡なのかは判別不能のようね」

そして隣のボグダンさんを見る。怖がって離れるとか、そういった様子はなかった。決着だ。勝者は「霊視探偵」マテウス・リベイロ。あまりにも早かったが、このレベルの名探偵ならそんなものかもしれない。達人同士の仕合ほど、ひと太刀で決着がつく。

だが、シャーロットさんがマテウス君に向き直った。

「確かに矛盾のない推理ね。でも悪いけど、今回は違う」

マテウス君はそこで初めて、警戒するように目を細めた。「……どういうことです？」

「あなたの責任じゃない。ただの情報不足」

あ、という声が別の方から聞こえた。大和君である。「そうか。……さっき話したんだ。マテウス君の手帳のこと」

自分の名前の方が出てくるとは思っていなかったのだろう。マテウス君はシャーロットさんと大和君の間で視線を往復させる。

「昨夜遅く、あなたの手帳をボグダンが見つけたらしいの。そしてあなたに渡してくれるよう、ヤマトに頼んだ」シャーロットさんは隣をちらりと見る。「ところが彼はその時、間違って自分の手帳の方をヤマトに渡してしまった」

そのことは僕も覚えている。そのことがマテウス君の推理に関係あるとは思えなかったが、マテウス君の方は目を見開いている。「本当ですか……？」

「分かったでしょう」シャーロットさんは眼鏡を押し上げてマテウス君を見る。「もしあなたの推理通りなら、ボグダンはそんなことを絶対にしない。たまたま昨夜はそうならなかったけど、手帳が違っていることに気付いたヤマトがボグダンを追いかけて小路に入ってきてしまうかもしれない。そうなれば、あなたの推理した足跡のトリックは台無し。もしボグダンが犯人なら、そういったことが起こらないように慎重に確認してから手帳を渡したでしょうし、そもそもコテージの近くでそんな話をしないでしょう？

……つまり、彼は犯人ではないの」

「Caramba《マジかよ》」マテウス君が顔を覆って天を仰いだ。

その仕草は完全に、歳相応の少年のものだった。自分の推理が間違っていたと理解し、緊張が解けたのだろう。隣にいて申し訳ない気もした。手帳の話を先にしておけばよかった。

……外れた。名探偵の推理が。ボグダンさんは犯人ではない。

意気消沈し、ついにはしゃがみこんでしまったマテウス君の背中を叩きつつ、どうフォローすればいいのだろうかと悩む。彼には何一つ落ち度はないし、特に誰にも迷惑はかかっていないのだが。

だがそれを考えるより前に、窓の外の異音に気付いた。テーブル正面の掃き出し窓がカリカリ鳴っている。というより、外にいるのは。

「あれ？　ハチロー？」

大和君が僕より先に動いてテーブルを回り込み、掃き出し窓を開けた。ハチ君が白い息を吐きながらするりと中に入ってくる。

だが、その後ろにいるべき高崎さんの姿は見えなかった。窓に寄り、表の道、駐車場、と左右を見渡す。高崎さんの姿はない。

「ねえ、マリアはどこ？」

さすがに不審に思ったのか、シャーロットさんが立ち上がって隣に来る。

「キタキツネもいる場所なのに、屋外でイヌを放しておくなんてありえない。そこらのネズミなんかを勝手に襲ってエキノコックスに感染する危険もあるのに、根室出身の彼女がそれを知らないはずはないと思うけど」

カリフォルニアに住んでいるのになぜか知っているシャーロットさんは不審げに、綺麗な形の眉をひそめる。

「電話にも出てくれないぜ。ＯＨ，Mr.テレフォンマン！　なんとかしてくれよ！」

アンデレはもう高崎さんに電話をかけたらしい。まさか勝手にかけたのだろうか。ＡＩを甘やかしすぎな気もする。

「捜しにいった方がいいかもね。場所が場所だし」シャーロットさんは髪をふわりと膨らませて踵を返し、テーブルのタブレットを取った。「アンデレ。シモンを使ってマリア・タカサキのスマートフォンのＧＰＳデータを取ってきて。電話発信は継続」

ヒュー！　久々に大仕事だ、ちょいとばかし時間がかかるぜボス、とはしゃぐアンデレの声の隙間に、不気味な機械的低音の「Yes,sir.」という声が交じった。

「あの、シャーロットさん」訊かずにはいられない。「ＧＰＳデータって……シモンっていうのは」

「スパイウェア兼防壁」シャーロットさんはキーボードを外してタブレットを持つ。「心配しなくても、害は一つも与えない。むしろセキュリティホールのメモを残しておくから、普段は無料《フリー》で侵入なんてしてあげないんだけど」

シャーロットさんは食堂を見回した。

「メグル、あなたはハチローを連れて、マテウスと一緒にマリアの臭気追跡。私とボグダンも最初は一緒に行くけど、GPSデータが来たら、ボグダンは私と一緒にマリアのスマートフォン追跡を優先。入れ違いになるかもしれないから、リンとヤマトはここに待機」

普段AIに命令し慣れているせいか、シャーロットさんはてきぱきと僕たち全員に役割を割り振り、携帯と防寒を忘れないように、と言い足して食堂を出ていく。てきぱきしているがゆえにかえって緊張させられたが、それが顔に出たのだろうか。落ち着け、というようにボグダンさんに肩を叩かれた。偉いことに、ハチ君も「持って」と言わんばかりに、自分のリードの端を咥えてこちらに持ってきた。

となると僕が先頭にならないといけない。後ろに複数の名探偵を従えるというすごい構図で、背中越しに感じる空気に圧があるが、とにかくハチ君に「飼い主は？　高崎さんはどこ？」と訊くと、ハチ君は床を嗅ぎながら歩き出してくれた。

上着を取って外に出る。何もないといいが。

7

相対性理論で有名なアインシュタインも言っていることだが、時間の感覚というのは人によって違う。子供の頃、母の言う「ちょっと待って」「じきに来るから」はずいぶん長かった。一方でどうも、ＡＩの時間感覚はずいぶん速いらしい。一千、一万分の一秒単位で仕事をしている人たちだから当然かもしれない。

時間がかかる、と言ったアンデレは、僕たちが本館から出てとりあえず高崎さんのコテージで彼女の原臭をハチ君に提示したところでもう「ＹＡ－ＨＡＡＡ！　マリアちゃんのＧＰＳデータが取れたぜ！」と叫んだ。通知音もなしにいきなり肉声で喋るのでぎょっとする。マテウス君は「うわ」と飛《と》び退《の》いたしボグダンさんも地味に足を滑らせたが、シャーロットさんは平然としていた。「音声誘導。メートル法で」

「Yes, ma'am!　愛《いと》しのマリアのスマートフォンはここから西へ20ｍ。木橋を渡ったむこうだ」

ベースがボンボボンと昭和的ノリのよさで響くロックが流れ始め、シャーロットさんがアンデレを「著作権[*6]」と一言窘《たしな》めて黙らせる。オーダーもしていないのに勝手に音楽を流し始める（しかも著作権法違反をする）ＡＩなど困りもの以外の何ものでもないだろうに、彼女は普段からこういう暮らしをしているのだろうか。

ただ、彼女に続いて歩いていくと困ったことがもう一つ発生した。シャーロットさんは木橋に向かって直進するのに、ハチ君が道を外れたがっている。

「あれ？　ハチ君、ご主人様はそっち？」リードがぐん、と引っぱられる。

前を行っていたシャーロットさんが振り返った。「メグル、マテウス。そちらはお願い」

はいと答えるが、このハチ君、本当に当てになるのだろうか。彼自身というより僕のハンドリングの方が素人なのだ。しゃがんで訊く。「……こっちでいいの？」

「ワフ」

「なんか笑ってない？」口角が上がっている。イヌってどういう時に笑うんだっけ、まさかこっちを嘲笑《あざわら》うなんてことはないと思うけど、と疑心暗鬼ではあったが、道を外れて雪壁に上りたがるハチ君を尊重するしかない。倉庫から出してきていたスノーシュー[*7]をつけ、マテウス君が着けるのも手伝う。彼は足を上げたり下ろしたりして「おお

＊6　SALLY『愛しのマリア』（1985年）。秋元康作詞／鈴木キサブロー作曲。

＊7　現代版カンジキとでもいうようなもの。接地面積を増やして雪に沈み込まないようにする道具で、裏側にギザギザのついた短いスキー板のようなものを片足ずつつける。

ー！」と喜んでいるが、高崎さんが雪原の方向にいて、しかも携帯が別の位置にあるというのだから、状況は切迫しているかもしれないのだ。高さ1・5mの雪壁を前にすると「どうしよう」という気になるが、ぐずぐずしてはいられなかった。うおりゃあ、と上半身で突撃して雪を掻き、傾斜を作ると、スノーシューのギザギザを信じて大股《おおまた》でよじ登る。真似しようとしてずるずる落ちていくマテウス君を助け上げ、その間にさっさと横を駆け上がって上から見下ろしてくるハチ君に向かって体を持ち上げると、視界が急に広がった。雪壁の上。人の手で除雪されていない、この場所本来の風景であるまっさらな雪原だ。隣でマテウス君が「incrível!《インキユリーヴエウ》」と叫ぶ。「こういうのです！　こういうの！」

言わんとすることは分かる。だが今はハチ君が駆け出そうとしている。体重が軽いためそれほど埋まらず、飛び跳ねるようにすれば自力で走れるらしい。僕も引っぱられるままに続き、スノーシューで歩くことに慣れておらずさっそく前のめりに転ぶマテウス君を助け起こす。

「……ハチロー、笑ってますね？」

「だよね？」

とはいえ必死な感じがせず、むしろ楽しげということは、高崎さんも元気なのかもしれない。引っぱられつつスノーシューで雪を跳ね上げつつざくざくと雪原を進む。こんな雪原をスノーシューで縦断するなど久しぶりだ。雪に反射した日差しが下から差して眩しく、帰る頃には真っ黒に雪焼けしているかもしれないと思う。シャーロットさんのコテージの裏を回り、谷川に向かう。今気付いたことだが、ハチ君は全く足跡のないところを進んでいる。つまり、においを追っているのではなく場所自体を覚えていて、そこに案内しようとしているらしい。

単に好きにお散歩をしているだけ、という可能性もあったが、それはすぐに否定された。谷川沿いに雪を漕《こ》いだ跡[*8]が出現し、そのむこうに高崎さんのダッフルコートが動いているのが確認できた。白だから保護色なのである。

「高崎さん」

「お？」川に落ちるぎりぎりまで前に出ていたらしき高崎さんが振り返る。「あ、ハチどこ行ってたん？　あかんで」

こっちが言いたい。「どうしたんですか？　あなたの携帯、木橋のむこうあたりにあるらしいですけど」

「マジで？」高崎さんはぱたぱたとコートの各部を叩く。「あかん落とした。誰か拾い

＊8　雪を掻きわけて前進することを指す、雪国特有の言い回し。膝や腰まで雪がある場合、脚でざくざくと掻きわける様子がまるで「漕いでいる」ように見えることから。

にいってくれてるんですか？　やー、すいません」

単に落としただけらしい。ほっとした。「何してるんですか？」

「え？　捜査ですよ」高崎さんはハチ君の背中をひと通り撫でると、後ろに広がる谷川の空間を示した。「このポイントが一番、向こう岸まで近いんです。10mくらい」

スノーシューを履いていても膝まで沈むので、彼女の横まで苦労して雪を漕いでいく。眼下に谷川の流れが現れたところで立ち止まる。向こう岸の方が2mほど高いらしく、崖の岩肌と積もる雪が壁のように立ちはだかっている。そのせいで距離感が摑みにくいが、確かに10m程度のようだ。

「で、ですね。そこの足下見てください。なんか出てません？」

ガードレールなどはすべて雪の下であり、誤って滑れば谷底まで落下する。怖かったが、及び腰のままなんとか下を覗き、指さされた場所を見た。確かに重みで崩れたのであろう雪壁から、ガードレールの支柱らしきものが半分ほど露出している。

「ありますよね？　それから、向かいのあそこ」高崎さんが向こう岸を指さす。

確かにあちらの岸にも、ホイップクリームにしか見えない滑らかさで積もった雪の中から、すぽん、と突き出ているものがある。文字盤がむこう側を向いているため判読はできないが、何かの標識のようだ。

「知らなかった」マテウス君の声が変わった。「あんなものがあったんですね」

「ちょうどよくああいうもんがあったん、ここだけですけどね」

二人がやりとりを続けず、ただむこう岸を見ているだけになったので気付いた。考えているのだ。ここを渡る方法が何かないか。

川の流れる音が聞こえてくる。足下ではハチ君がハッハッと息をしている。よく考えれば僕が推理に参加する必要はなかったし、どちらかというと早くシャーロットさんたちに連絡するのが正しい仕事の仕方だったのだろうが、つい考えてしまっていた。むこう岸まで10m。ロープなどは倉庫か小屋にありそうだ。なんとかしてそれを、むこう側のあの標識に引っかければ川が渡れる。

雪原を振り返る。シャーロットさんのコテージはすぐ近くで、屋根の傾斜が上部だけ見える。たとえばあそこからここまで来て、なんとかしてロープをかけてむこう岸に渡れば、犯行には一時間もかからないだろう。

「疑いたくはないんやけど。シャーロットが来なくて助かりました」高崎さんはむこう岸を見たまま言う。「ロープかけて渡る言うても、正味の話、できるのは彼女だけっぽいですしね」

確かにそうだった。さすがにシャーロットさんのコテージに近すぎるのだ。高崎さんやシスター・リンがここを渡ろうとしても、物音や光で気付かれる可能性が大きい。しかも相手はシャーロットさんだ。センサーを仕掛けたり録画している可能性もある。だが。

「……どうやって渡ります？　むこうの方が高いし、10ｍもロープ投げるなんて無理ですよ」

「ボウガン、鉄砲《てつぽう》、カタパルト」高崎さんはずらずらと挙げたが、自分の言葉に自分で首を振った。「どれも持ち込めんし、倉庫にも小屋にも置いてなかったですしねえ。その場で作れるような材料も道具もありません」

倉庫や小屋に何があったかは僕も覚えていない。「なかったんですか？」

「昨日の散歩の後、チェックしてます。何が何の役に立つか分からんかったから」抜け目のないことである。「凧《たこ》もいけるな」

「凧でロープを？」

「いや、細くて軽い糸があればええねん。ただし二本。二本飛ばして標識に引っかけて、大きな輪っかにすんねん。うまいこと引っかかったら片方の端にロープ結んでたぐり寄せれば、ロープがむこう岸に向かって出てくやん？　そのままたぐっていけば、輪っか状にロープが二本、川を渡る形になります」

指でジェスチャーをしてくれたこともあって、言わんとすることは理解できた。だがその横でマテウス君が言う。「凧は無理です。昨日は夜間も含めて、風がほぼありませんでしたから」

「せやったなあ」高崎さんは唸る。

「でも、昼間のうちに糸を張っておけば可能です。木橋を通って往復し、ここの下のガードレールとむこう側の標識に糸をかけておけば」マテウス君が言う。「細い糸であれば、注意して見ない限り見つからないのでは？」

北側を見る。川が曲がっているため雪の陰になっているが、遠くに木橋がちらりと見えた。たいした距離ではないようだ。

「せやけどな。うち注意して見てんねん。夕方」今度は高崎さんが返した。「こういう場所やからなあ。まさに誰かズルして糸でも張ってへんかー、思て。……そんなん、なかったからなあ」

「……そうか。僕たちが集まっている理由を考えれば、リスクが大きすぎますね」

確かに参加者たちは集められてから半日、自由時間が与えられているのだ。ただのクイズなら当日すぐに発表してもよさそうなのに時間をあけたのは、その間に現場を調べておけ、という含意がある。

とすれば、少なくとも夜になるまで、このあたりに派手な仕掛けはできない。むこう岸の崖を見る。近いようで遠い。ロープを渡す手段はない。もちろん自分が空を飛ぶような道具は持ち込めないし、グライダーや気球を到着後に作るのも無理だろう。一度谷底まで降りて川を渡るのはもっと困難だ。

　ポケットの中で携帯が震えていることに気付いた。着信はシャーロットさんからだった。そういえば、あちらの二人に高崎さんの無事を報告するのを忘れていた。電話を取りつつ、高崎さんに状況を説明する。

「あ、そうか。探しにきてくれたんやったっけ」高崎さんはんー、と唸る。「じゃ、先に戻っててくれててええですよ？　ハチだけ置いてってくれれば」

「携帯は」

「あー」高崎さんは首を三十度倒すと、僕の手ごと携帯を引き寄せ、電話口に怒鳴った。「あーシャーロット？　携帯ありがとう。もうちょい調べ物したら帰るから、そのまま持っててくれへん？　うん。おおきにー」

　高崎さんは勝手に通話終了のボタンまで押した。「あの」

「もうちょいで何かまとまりそうなんです。昼ご飯までには戻ります」

　参加者にそう言われれば了解するしかない。だが場所が場所である。僕は何かあった時用にと自分の携帯を高崎さんに預け、「くれぐれも気をつけて」と言い置いてマテウス君を促した。マテウス君も納得したようだ。競っている以上、推理は一人でやりたいだろう。

　だが帰り際、高崎さんは僕に囁いた。

「犯人、シャーロットや。……危険はないはずやけど、一応気ぃつけてな？」

自分たちが漕いできた跡を逆にたどり、一歩一歩、雪原を戻る。前を行くマテウス君はまっさらなところを歩きたいらしくコースを外れているが、どこまでも白く滑らかなこの風景を見れば、気持ちは理解できた。本館に戻る頃にはビショビショになっているだろうが、それを暖炉で乾かすのもまたいいだろう。何が埋まっているか分からないから飛び込んだりしないように、という注意はもう伝えてある。

僕の方は、はしゃぐ気にはなれなかった。シャーロットさんが犯人。同意があったとしても、殺人事件の。祖父の異常な計画に賛同して異常なゲームを始めた人。とてもそうは思えない。彼女はそういったものの対極にいる人間のような気がする。だが一見、全員が犯行不可能な状況で、マテウス君の推理も外れた今、現実的に考えれば、高崎さんの言う通りだという可能性が一番大きいのだ。そして確かにシャーロットさんは昨夜、二十一時半過ぎから単独行動をしていた。雪はまだ降り続いていたから、スノーシューを使って移動すれば、雪原についた足跡は後から降った雪で消えてしまう。ガードレールの支柱は半分雪に埋まっていたが、あれも新しく降った雪が覆い隠してしまっただけで、一度あのあたりが掘り返されている可能性もある。シャーロットさんのシミュレーターで分析してもらえば支柱が一度掘り返されたかどうかは分かるだろうが、この推理によればまさにそのシャーロットさんが容疑者なのだ。その点もできすぎている気がする。

マテウス君が立ち止まり、下を覗いて何かやりとりをしている。シャーロットさんたちがここまで来てくれていたらしい。マテウス君が歓声をあげて、来る時に僕たちが作った斜面を滑り降りた。確かにあああするしか下りる方法がないので、僕もその後に続いた。転がったりはしなかったが、立ち上がろうとしたらスノーシューが引っかかって転んだ。

「大丈夫？」シャーロットさんがタブレットをポケットにねじこみ、両手を差し出してくれる。

だが一瞬躊躇った。この人が犯人かもしれないのだ。

もちろん、それは顔に出す必要はないことだし、高崎さんも「危険はないはず」と言っていた。僕はすぐに手を差し出し、摑んでもらって立ち上がる。自然な様子で背中や尻までポンポンと叩いてくれるが、それも緊張した。

「要するに、足で調べてたわけね？」シャーロットさんは雪壁の方を見る。「まあ、彼女らしいか。どんなに優れた五感があっても、暖炉の前に座ったままじゃ意味がない。……でも、携帯電話一つ持たずにどうして平気なのかは理解できない」

彼女からすればそういう感覚になるのだろう。つい表情を窺ってしまうが、高崎さんの動きを警戒しているような雰囲気はなかった。

まあ無事ならいい、と言ってさっさと歩き出したボグダンさんに続き、僕たちは本館に向かった。さすがに足下が湿っている。少し暖まりたかった。

本館に戻ると大和君とシスター・リンがすぐに出てきた。食堂に行ったが、食器が片付けられているだけで、テレビも点《つ》いていなければ本一つ出ていない。電話を入れるまで二人ともまんじりともせずに待っていたのかもしれない。お騒がせなことだが、半分は一人で勝手に戻ってきたハチ君のせいかもしれない。

午前中はそのまま静かに過ぎた。シスター・リンは書斎に行くと言って出ていき、マテウス君も一度「現場を見てきます」と言って出ていき、一時間弱で戻ってきたが、もともと現場に行くタイプではないシャーロットさんはずっとテーブルについたまま記録したデータをひたすら編集し、アンデレたちを動かしていた。ボグダンさんに至っては「眠れそうだからしばらく眠る」と言い、錠剤を服用して暖炉前のロッキングチェアに移り、ブランケットを膝にかけて寝てしまった。三十分ほどして起きた後、かえって疲れたような顔をしていたのが不思議ではあったが。

だが十一時頃、ばたばたと賑やかに足音をたてながら、高崎さんが食堂に出現した。寒い屋外にいたためか紅潮している顔。裾に雪のついたダッフルコート。足下で彼女を見上げているハチ君。だがまず目を引いたのはそれらではなく、彼女が肩にかけて持ってきたロープの束だった。

「おかえりなさい、と、いうか……」迎えてコートを受け取ろうとした大和君も面食らった様子である。「……そのロープは？」

「証拠や、証拠！　まあもう持ってくる意味なくなってるけどな！」

じゃあなんでわざわざ持ってきたんだろうと思うが、高崎さんは笑顔だった。

「やー、やっと分かりました。ほんま、ゆるないわ。こんなロープまで持ってこなあかんし」

「いやなんで持ってきたんですか」やはりつっこんでほしかったらしいので、つっこむことにした。

「調べてるうちに愛着湧《わ》いてな？　この子名前何にしよか。ロープやから吾郎《ごろう》」

「なんでですか？」

「それともベタに三吉《さんきち》？」

「ベタとは？」

「ええで。スピード上がってきた」なぜか褒められた。「ついでにコーヒーかなんか頼める？　めっちゃ体、冷えてん」

「あ、了解です」

預けていた携帯を受け取って台所に向かおうとすると、高崎さんは肩にかけていたロープをばしゃん、とテーブルの真ん中に置いた。白の綿ロープ。長さは30mあるだろうか。普通のロープだ。他には何の道具も登場していない。だが高崎さんにはそれで充分であるらしい。インターネットラジオでニッポン放送を流していたスマートスピーカーを止めようとし、まあええわ喋らせとこ、と呟き、うし、と肩を回す。

「お、戻ってきたな」

高崎さんが入り口を振り返る。書斎の方で考える、と言って出ていったシスター・リンが入ってきていた。

「ちょうど揃いましたやん」シャーロットさんから携帯を受け取り、高崎さんが微笑む。「じゃ、コーヒー来たら説明します。この事件の真相について」

8

高崎さんがそう発言しても、食堂内の空気はほとんど変わらなかったように感じる。すでにマテウス君が一度、推理を披露しているということもあるのだろうが、基本的に参加者は動じない人ばかりで、動じそうなシスター・リンはそもそも状況についていこうと思っていないらしい。それでもなんとなく皆がテーブルに揃い、マグカップを両手で包んでコーヒーを堪能する高崎さんが喋りだすのを待つ雰囲気になったが、見かけによらずドジであるらしいマテウス君がカップを倒したりしてなかなか「さて」と言いだす空気にならない。「すみません。かかりませんでした？」「大丈夫です。あなたも平気？」「めっちゃ重いですよねこのカップ」「ピエニコタのスケベニンゲンよ」「はい？」「ピエニコタはメーカー名。スケベニンゲンはブランド名。北欧風の雑貨を製造しているスリランカの会社」シャーロットさんは右手でカップを傾けつつ左手でブラインドタッチをする、という器用なことをしつつ、視線は高崎さんに向けた。「そろそろ推理を聞かせてくれない？」

「ごめん。シャーロットが真顔で『スケベニンゲン』言う絵面が面白すぎて」

「ＨＡＨＡＨＡ！　お前のことじゃないかって？　チチチ、オレッちは誰にでもスケベニンゲンなわけじゃないぜ。イカした女にだけさ」

「高性能やなお前」

「現地語での発音は『Scheveningen《シュケーベニゲン》』で、『斜面の村』くらいの意味。笑ってるのは日本人だけよ」シャーロットさんはキーボードを叩いてアンデレを黙らせつつ溜め息をつく。「面白がってもいいけど、たとえば『エロマンガ島』だって、その歴史を知れば地名で笑ってばかりもいられなくなる」

「せやな。ていうか誰やねん話そらしたの」

あんたでしょ、と言おうとして言えなかった。高崎さんの表情が変わっていた。最初に正体を暴きあった時と、死体を見た時のそれである。

「まあええわ。さて」高崎さんの声が低くなる。「シャーロット・パウラ・ティンバーレイク。犯人はあんたやな」

突然別の人が喋りだしたかのような印象である。だが、ぎょっとしたのはシスター・リンただ一人のようだ。

高崎さんは携帯を出し、皆に画像を見せた。例の、谷川が狭くなっているポイントが表示されている。

「……なるほどね。確かにこれなら犯人は私、ということになりそうだけど」シャーロットさんが前に傾けていた上半身を背もたれに戻す。

「だがどんな方法がある」ボグダンさんは一瞬で複数の可能性を検討したらしく、テーブルの真ん中に置かれたロープを一瞥する。「あれをむこう岸まで送るのは難しいぞ。発射機もない。あらかじめ糸を張っておくこともできない。昨夜は風もなかった」

「そう。ロープをむこう岸まで『飛ばす』ちゅう発想をしていては、どうやっても10mの谷川を越えられません。しかも谷川は西側の方が2mほど高いし」高崎さんは手を伸ばし、テーブルの上の白いロープを摑んで端を持ち上げた。「ロープは柔らかいもんや、ちゅう固定観念が邪魔をするんです。このロープは水を含みやすい綿ロープです。そして昨夜の気温は氷点下二十度に近かった」

ボグダンさんは顔を上げたが、この寒いのに一人だけ頼んでいたアイスコーヒーのグラスをカラン、と揺らしただけで黙っていた。

口を開いたのは大和君だった。「……凍らせたんですか。ロープを」

高崎さんは、そちらに頷きかけてからロープの端を持ち上げた。

「分かりましたよね？　柔らかいままのロープでは、一端をむこう岸まで送るのは無理です。でも事件時の気温を考えてください。水をかけるだけであらゆる物が凍る。ロープだって凍ったら、まっすぐな硬い棒になります。硬い棒なら、ただ空中に向かって押し出すだけで谷川の上を進み、むこう岸に到達させることができる」高崎さんはロープの端を指で曲げてみせる。「もちろんただ水をかけて凍らせただけでは、ロープは自重に耐えられず、途中で折れてしまうでしょう。せやから犯人はロープを水につけて、板状の氷の中に閉じ込めました。ちょうどあれや、あれ。アイスキャンディと同じ構造ですね。中のロープが棒の部分やな。周囲を囲む氷はいくらでも幅広く、太くできます」

シャーロットさんが端末に視線を落としたのを見逃さず、高崎さんは続けた。

「詳細な強度計算はＡＩにやってもらいましょう。今は概算で言いますけど、自重での折れ曲がりに対して強いＨ形鋼の形に断面を整えれば、強度は断面長辺の長さに比例して増します。長辺を25㎝ほどとれば、長さ10ｍと考えても自重の50～60㎏程度は耐えるでしょう。まあ重くてきっついけどな。こちら側で雪を盛り上げて上向きの斜面を作り、谷川に向かって押し出す程度のことはできます。シャーロットがよっぽど虚弱やない限りな」

あらかじめシミュレーションが必要なトリックではある。だがシャーロットさんには最強の相棒が何人もついているのだ。

話を聞きながら高速でキーボードを叩いていたシャーロットさんは、そこで手を止めた。「……長辺は25cmも要らない。20cm程度で可能なようね。でも証拠は？」

「ロープそのものが残ってました」高崎さんはロープの端を持ち上げる。「もう乾いていると思いますが、本館の倉庫にあったこのロープは、先端から21mの部分までが湿ってました。そして11m付近からはかすかに鉄錆《てつさび》のにおいがしました。標識に引っかけた部分ですね。もちろんこれはうちが個人的に検知しただけに過ぎませんが……」

続きを言ったのはシャーロットさんだった。「断面を分析すれば鑑定可能ね。見たところ新品のようだし、一度凍結した部分とそうでない部分では、繊維の状態が違うはず」

高崎さんの目が細められる。「……認めますか？」

「反論を考えているところよ。なぜなら私は犯人ではないから」

高崎さんがロープの端を放す。ロープは妙に生き物らしくぱたんと落ち、テーブルの上で少し跳ね、先端をくねらせた形で動きを止めた。

スマートスピーカーもいつの間にか止まっている。時計の秒針がこつこつと鳴るのが初めて聞こえた。シャーロットさんは沈黙し、時折高速でキーボードを打っては止まる、ということを繰り返している。暖炉の中でオレンジ色の光が揺れている。もっとも本物の暖炉でなく電気式なので、あの光はただの演出だ。

大和君に視線を向けるが、彼もまた、口許に手をやったまま動かなかった。おそらく皆が沈黙しているのは、高崎さんの推理を検証しているのだろう。検証をやめればそこで勝利が決定する。

だが、次に口を開いたのはマテウス君だった。

「忘れていたことがあります。シャーロットさんの利き手です。これまでの行動を見ていたので、この点は間違いないと思うんですが」マテウス君はシャーロットさんの目を見る。例の目であり、霊視をしていることは分かった。「あなたは左利きですよね？」

「ええ」シャーロットさんははっきりと声に出して頷いた。

「僕はさっき、コーヒーをこぼしてしまいました。原因の一つはカップが重かったことです」

「スケベニンゲンな」もとの声色に戻った高崎さんが言った。「このブランド、全部でかいねん。これもコーヒーカップの癖してたっぷりコーヒー入れると片手で持つのしんどいねんな。重いスケベや」

「そうです。そのカップをさっき、シャーロットさんは片手で持っていました。右手で」マテウス君はシャーロットさんを見る。「なぜ右手だったんですか？　これだけ重ければ、利き手でない方で持つのはかなり疲れるし、危ないと思いますが」

シャーロットさんは答えず、黙って右手を開いたり閉じたりしている。だがアンデレが喋った。「教えてやろう美少年。実はオレッちのボスは」

「黙って」

「失礼。でも怒った顔も素敵だぜ」

「アンデレ酷《ひど》ない？　持ち主の性癖バラすAIとか聞いたことないわ」

「別に性癖ではないだけ？」

「左手の握力がないだけど」

マテウス君が聞き、シャーロットさんはぴくりと眉を動かした。霊視能力がなくても分かった。その通りなのだ。

「僕はあなたのことも昨日から見ていました。あなたは重いものを持ったり、ものを強く握る必要がある時、なぜか利き手である左手を使わない」マテウス君は言う。「昨日の死体発見時もそうでした。あなたはタブレットをわざわざ左手に持ち替えて、利き手でない方で段ボール箱を動かしていた。少し前、マリアさんを捜しに出た後もそうです。転んだメグル君に対して手を貸そうとした時、あなたは左手が空いていたのに、わざわざ持っていたタブレットをポケットにしまい、両手を差し出していた。普通はそのまま左手を差し出すものです」

「……確かに左手は握力がない。子供の頃、母親のせいで怪我をしたのよ」シャーロットさんはマテウス君を見据える。「だけど、あまり話したくない思い出なの。この件に関してこれ以上、探らないでくれる？」

「分かりました」マテウス君は紳士的に頷いた。「……ですが、彼女に犯行は無理なようですね」

……片手の握力がない人間にこんなトリックは無理だろう。高崎さんの推理は外れだ。

高崎さんが視線を斜め下に下ろす。そして自分のカップを取ると、残りのコーヒーを一気にあおり、どか、と椅子に座った。「……あー、やってもうた。シャーロット、堪忍な」

シャーロットさんは黙って頷く。左手のことを自ら言わなかった理由はいくつか想像ができたが、この状況では少なくとも、犯人だと指摘されても全く焦っていなかっただろう。

9

頭冷やしてきます、ついでにロープ返してきます、と言いつつ、高崎さんが食堂を出ていく。続いてシスター・リンが出ていき、そろそろ昼食の準備を始めるべきということか、大和君が台所に行った。今日の昼食はピザの予定なのでそれほど手間も時間もからない。せっかくだからコーヒーはゆっくりいただいてから、と思ったが、そこで気付いた。

緊張が解けた、という様子で、椅子の上でぐにゃりと背伸びをしたマテウス君が薄目を開けている。体を捻って唸りながら、見ている先は食堂の入り口のドアだ。

どうしたの、と尋ねようとした瞬間、隣のボグダンさんに、テーブルの下で足を踏まれた。痛いような踏み方ではなく、ぎゅっと押さえつけるような踏み方だ。何かおかしいと思い、尋ねるのをやめた。よく見るとボグダンさんはまっすぐにマテウス君の方を見ている。だがただ見ているのではなく、何か妙だった。おそらく能力を使っている。

視線の先には向かいに座るマテウス君がいる。彼の様子も変だった。普通にコーヒーを飲んでいるようで、目の動きがおかしい。右へ左へ、視線がちらちらと異常な動き方をしている。まばたきも多い。

最初僕は、マテウス君が吐きそうなのか、と思った。嘔吐《おうと》の発作に襲われた人は目つきが急に変になり、虚空を見つめたりする。だがそれとも違うようだった。ボグダンさんが立ち上がると、マテウス君の目の動きは止まった。

ボグダンさんは首を左右に倒しながら歩いてシャーロットさんに声をかける。「……やれやれ、どうも難解だ。何かいい情報はないか？」

「話しても意味がないと思うけど？　話す前にユダに入力しているし」

「ま、それもそうだな」

ボグダンさんはユダが入っている端末のキーボードをぽんと指で叩き、ブラブラと歩いて窓際に行く。窓の外は明るいが、空はよく晴れて青一色、地面は雪の白一色と、さして変化のない風景である。

シャーロットさんが「ああ」と苛立《いらだ》たしげな声をあげた。「解析率52。データが足りないようね」

それから立ち上がって壁際のサイドボードを指さす。「ついでにバッテリーも足りない。充電させてもらっても？」

「ええ、もちろん」

僕が頷くとシャーロットさんは端末を持って壁際のサイドボードの方に行き、端末からUSBケーブルを伸ばしてスマートスピーカーの隣につないだ。タブレットがチチ、とインジケーターを点滅させる。

それを見てシャーロットさんは、低い声で言った。「シモン、データ逆送。マルウェアの情報を取得できたら無害化ツールを転送」

サイドボードに置かれたタブレットが「Certainly.」と合成音声で呟く。それを聞いたボグダンさんとマテウス君が同時にああ、と息を吐き、それぞれに伸びをした。「うまくいきましたね」「やれやれだ」

急に空気が変わった。何だそれは、と思う。シャーロットさんが何かをしたらしい。そしてどうも、僕以外の全員が状況を把握している。

僕はただ見回すしかない。それを見たマテウス君が、微笑んで教えてくれた。

「この部屋、盗聴器とカメラが仕掛けられていました」

「……えっ？」

「あれですよ。あれ」マテウス君が壁際のサイドボードに置かれたスマートスピーカーを指す。「気付いたのはついさっきです。気付いたことがバレないように、ボグダンさんに『録画されている』って伝えたんです」

「……どうやって？」

「『R』『E』『C』と、眼球の動きとまばたきのモールス信号で。大変でした。気付いてくれるまで同じ動作を繰り返し続けるんですから」

ボグダンさんを見ると、彼もこちらを見て頷いた。「それをシャーロットに伝えた」

それもどうやってだ、と思ったが、シャーロットさんは察してくれた様子で僕を壁際に手招きした。USBポートに接続されているシャーロットさんのタブレットを見ると、『R』『E』『C』のキーに一つずつ、『S』のキーに二つ、小さな水滴がついていた。この水滴は何だと思ったが、ボグダンさんはさっきアイスコーヒーを飲んでいて、その濡れたグラスを触った手でキーボードに触れていた。『R』『E』『C』《録画されている》。『S』『S』《スマートスピーカー》。たったの一瞬で、と思ったが、ボグダンさんのクロックアップなら可能なのだろう。

「今は喋っても大丈夫。怪しまれないようにデータの転送は継続させているけど、盗聴・盗撮はブロックした。むこうに流れているのはダミーの映像と、録音したみんなの声で作ったダミーの会話。もっともシモンが自動作成する会話だから、注意して確認していればバレるけど」

盗聴。盗撮。スマートスピーカーを見る。あれが。

冬眠中の珪素《けいそ》生物です、という顔をして壁際に鎮座《ちんざ》しているスマートスピーカーから毒の電波が発せられているように感じ、僕はサイドボードから離れる。もともと公共の場であるし、恥ずかしいことはしていなかったと思うが。それよりも。

「どうやって盗聴器を持ち込んだんですか？　このスマートスピーカーはもともとからあっ

たもののはずです。ダミーを持ち込んですり替えることはできないし、中に仕込むような道具も、持ち物検査をしたのに」

「もちろん、質量ゼロのツールよ。つまりソフトウェア」シャーロットさんはスマートスピーカーが挿してあるUSBポート付きの電源タップを指でつつく。「それをここに挿して感染させ、スマートスピーカーのカメラとマイクを盗聴器と盗撮カメラに変えた。テロリストや産業スパイというより、変態がやりがちな手口ね」

そういえば、駅や空港などの公共USBポートにマルウェアを仕込んでおく手口があった。

「今はシモンが盗聴と盗撮をブロックして、かわりにダミーの映像と音声を送信してる。それと同時に送信先を特定してマルウェアを送り、相手の情報を根こそぎ取ってる」シャーロットさんは僕の胸のあたりを指さす。胸ポケットに入れていた携帯である。「それと、最初にIDを交換したでしょ？　あなたたちのスマートフォンにも間違いなくマルウェアが入れられていて、やりとりはすべて見られている。そっちにもシモンの一部をコピーして送ってあげたから、メッセージのリンクをタップしておいてね。〝Agree〟をタップすれば『防犯リフォーム』も始まる。サービスよ」

あちこちで携帯のバイブレーションが作動し、僕の携帯もメッセージの受信を告げた。要するに、ホワイトハッカーの仕事をただでしてくれたらしい。ありがとうございます、と頭を下げる。確かにスマートフォンのセキュリティはそれほど考えていなかった。だが、問題はそれよりも。

「……これを仕掛けたのって、つまり」

「シスター・リンですね」マテウス君が答え、彼女が出ていったドアの方を見る。「最初から疑ってはいましたけど、彼女もシスターではありませんよ。実際は中国代表かどうかも怪しい」

つまり、そういうやり方の「名探偵」ということらしい。すっかり油断して、一人だけ普通の人が交じってしまって大変だろうな、などと気を遣っていた自分の間抜けさが恥ずかしい。

「メグル君も気をつけて。彼女は……」

マテウス君が言いかけたところでドアが開き、シスター・リンが入ってきた。そして彼女は僕を見て、それまでと全く印象の変わらない善良そうな微笑みを見せた。

「メグルさん、ちょっと……いいですか？」

用件は「コテージの給湯器の使い方が分からない」というものだったが、あんなことがあった直後である。僕はつい助けを求める顔で食堂の皆を見回したが、ゲーム開催中に危害を加えられるようなことはないという意味なのか、皆、こちらを観察するように見ただけで何も言わなかった。

シスター・リンのコテージは本館からすぐである。彼女に続いてドアから入る時は緊張したが、もちろん毒ガスが充満していたり吊り天井が落ちてきたりということはなく、僕たちのコテージと同じ構造をした、ただの宿泊施設だった。荷物も少ないようできちんと片付いており、テーブルの上の聖書以外に人のいた気配がないほどである。

給湯器が、と言っていたシスター・リンはなぜか部屋中央のソファにすぐ座り、向かいの席を示して僕に座るよう促した。おかしい、と思ったが、向かいならすぐに危害を加えられるわけでもなければ、突然色仕掛けにでられるというわけでもなさそうである。

「あの……」

「その顔からすると、他の参加者から私の素性をある程度聞いているようね」

シスター・リンは微笑んでこちらをまっすぐ見る。観察されている、と思った。これまで若干ぎこちなかった日本語も滑らかになっている。

だが次の瞬間、異常なことが起こった。

「それなら話は早い。あなたにも頼みたいことがあるの」

ぎょっとした。最初に思ったのは、彼女自身ではなくどこかに仕込んだスピーカーが喋っているのではないか、ということだ。それほどまでに声が変わっていた。しかも一種類ではない。たった一文の間にくるくると声色が変わった。女性だけでなく男性の声も。幼い子供の声にもなった。

「お察しの通り、私も他の参加者同様、ある能力があるの」

怖い、と思った。一音節の間に声色が全く別のものになり、老若男女の声が入り交じる。人間にできる発声ではない。機械で作った気味の悪い実験音声だ。

「他の参加者だって能力を使っているのだから、私も使う。これはフェアよね？」

最後の一文を言われた瞬間、脳を直接握られたような拘束感を覚えた。彼女の声は中年女性のもので落ち着いた。だが、この声は。

「……どうやら、この声のようね。あなたが怖いのは」

僕の体は動かない。目をそらすこともできない。シスター・リンはじっとこちらを見ている。摑んだ獲物を目の前に持ってきて観察している。

「説明くらいはしてあげてもいい。あなたが今、そんなに怖がっているのは、私のこの声色のせい。幼少時の記憶。自分でも忘れている心的ダメージ。どんな人の心にも、普段、自覚できない傷跡がたくさんある。そしてそれに結びついた『怖い声』『怖い話し方』というものが存在する。多くは母親の声だけど、この場合は単にその人間の声紋を真似すればいいというだけの話ではないの。人間の声は常に変化するものだし、客観的な声色とその人間が記憶している声色は違う。あくまで『対象の記憶の中にある声』を再現しなければならない。私はその声を探すため、高速でトーンを変えながらあなたの反応をサーチした」

「……はい」つい返事をしてしまう。怒らせたくない、という気持ちがある。

「再現が成功すると、今のあなたのように、私に対し強い恐怖感を抱く。催眠術ほど強力ではないから、通常強い抵抗感を抱くような行為をさせることはできない。そのかわり催眠術のように、かかりやすい相手を選ぶ必要がない。誰にでも効く。……『強制服従音声』よ」

「……はい」

「加えて、後催眠では不可能な、複雑な指示を継続させることができる。『約束』という形でね。いい？　約束よ？」

「……はい」

心にがちりと錠がかけられたのが分かる。いや、全身を拘束する鎖だろうか。思考以前の心の入り口に命令が貼りつけられている。破ったらおしまいだ、という気持ちが頭の中を支配し、僕は早くも「あまりひどい約束をしないでください」と希《こいねが》う気持ちになっていた。

「ではまず、あなたが今回のゲームに関して知っていて、これまで私に話していないことをすべて話して」

「……はい」

　だが、話せることはそんなにない。本当に何も知らないのだ。せいぜい祖父と山川先生に関する断片的な記憶くらいである。たいした協力ができなくて怒られるのではないかと怖かったが、彼女は怒らないでいてくれた。

「……ふうん。本当に何も知らないようね」修道服の裾が動き、膝のあたりが形を変えた。足を組み替えたようだ。「それならもう一つ約束ね？　今後……そうね。一時間に一回、あなたは私に報告をしてね。他の参加者を観察して、彼らが何か情報をつかんだら必ず言うの。そうね」

　彼女が壁の時計を見る。僕もそれに従った。

「最初は十三時五十分。次は十四時五十分。今日の最後は二十二時五十分。私のところに来て、報告してね？　約束よ」

　約束、の言葉が重しとなって胃のあたりにぶら下がった。一時間ごとに報告。「できるだけ」と言ってくれてもいるから、たぶん守れるだろう。

　シスター・リンは微笑んだ。「私の名前は胡笙鈴《フーシヨウリン》。よろしくね。廻君」

　コテージから解放された僕は、安堵感と疲労感でぐったり重い体を引きずって本館に向かった。その安堵感ですら「守れそうな約束でよかった」というものだ。おかしいことは分かっている。だがあの声には逆らえない。

毎時五十分に、という「約束」の内容が気になった。なぜ「五十分」なのか。結論はすぐに出た。他の参加者もすでに別の時刻で「約束」をさせられているのだ。シスター・リンの強制服従音声によって。もちろん全員、そのことは隠していた。彼女が怖いだけではない。言えば不利になる。シスター・リンは以後、ここにいる全員が見つけた情報を、ただ座っているだけですべて得ることができる。自分では一切、捜査も推理もする必要がない。他人の捜査を、推理を強奪することで、彼女は常にトップに立てる。盗聴や盗撮はおまけでしかなかったのだ。

やはり名探偵はもう一人いたのだ。

他の探偵の得た情報すべてを強制的に共有できる。

「強奪探偵」胡笙鈴。聖遺物争奪ゲームに、すでに参戦していた。

一〇

本館の前にボグダンさんが立っていた。ポケットに手をつっこみ、何をするでもなく空を見ている。

「……やられたか」

事情はすでに察しているらしい。マフラーに顎を埋めるようにして頷く。「……あなたも？」

「どうやら、すでに全員だ」ボグダンさんはこちらに背を向け、歩き出した。「まあ『報告義務』は一時間に一度だ。それなら出し抜けないこともない。『報告』の時刻より早く必要な情報をすべて得て、推理を終えればいい」

一時間未満でそれをやるというのだろうか。あるいはこの人ならではの時間感覚なのかもしれなかった。「どちらへ？」

「駐車場だ。調べたいことがある。来てくれ」

駐車場は本館脇にある。融雪装置がないので再凍結したアイスバーンでツルツルになり、屋根もないのでワイパーを立てておかないと壊れる、ただの空き地である。だがすぐに気付いた。夜間に雪が降ったのに、車の上に積もっていない。今回イベント用に借りたハリアーと、その隣に「子分」のような風情でちょこんと鎮座する高崎さんのダイハツ・ミラジーノは、どちらも綺麗に雪が払われ、ボディを陽光にきらめかせている。よく見ると、車の周囲だけ雪が盛り上がっている。

ボグダンさんがその前で振り返る。「朝からこうだった。誰が雪を払ったか、聞いたか？」

「いえ……いつの間にか、という感じですね」

大和君とは朝、ほぼ一緒だった。シスター・リンあたりが労働奉仕的にやってくれたという可能性も考えられるが、こちらのハリアーはともかく高崎さんのミラジーノまでやるだろうか。普通、運転しない人というのは他人の車にむやみに触らない。どう触れば壊れて、それがどのくらい深刻なのか。運転する人はマイカーにどのくらい触られるのを嫌がるのか。何も分からず怖いからだ。

「考えられるのは高崎さんですね。自分の車の雪を払ったついでに、ハリアーもやってくれた」

「だろうな。そう説明したところで不審にもならない」

ボグダンさんは言った。つまり。

「……高崎さんが犯人だってことですか？　トリックに車を使って、それで雪が落ちたのをごまかそうとして、とか」

「それを確かめたい。……俺は運転をしない。とりあえず乗ってみて、何か異状がないか確かめてくれないか」

でも高崎さんの車ですから、と言いかけたところで、じゃらりと音をさせてボグダンさんがポケットから鍵束を出した。鍵よりキーホルダーの方が多くついており、イクラの軍艦巻き、マグロ（赤身）、かっぱ巻き、ウニ、玉子、煮穴子、ガリ、マグロ（大トロ）、と実に豪華で重そうだった。

「あの、それ……」

「彼女は隙が多い。シャーロットはもちろんマテウスが相手でも、こんな簡単にはいかなかっただろうな」

要するに掏《す》ったらしい。確かに携帯を落としたまま捜査をしていた人だから、これだけ重くじゃらじゃらした鍵束を盗られても気付かないままかもしれない。それにしても掏るなんて、と思ったが、ボグダンさんはどうにも逆らいにくい空気を持っている。僕は黙って鍵を受け取り、すいません、と架空の高崎さんに手を合わせつつドアを開け、運転席に滑り込む。車内は綺麗にしてあるようで、ラベンダーの香りがするダッシュボード周辺にもじゃらじゃらと飾りがついているが、甘エビ、コハダ、シラウオ軍艦、サヨリ、ホッキ貝、ヒラメ、シャコというラインナップであり、キーホルダーより渋かった。

「しかし小さい車だな」ボグダンさんが身をかがめて車内を覗く。「改造の跡……なんていうのは、なさそうだな」

「小回りが売りの車ですから。都市部で乗るんですよ」むしろこの車でこんな場所まで来るのがすごい。「見たところ普通です。いじった跡なんかは、特に」

勝手に運転席に座っただけでも悪いんですからダッシュボードは絶対開けませんよ、と念じていたが、ボグダンさんは横から手を伸ばしてさっさと開け、中身をあらためた。「そのようだな。とするとと気になるのはここだけか」

ボグダンさんは横から手を伸ばしてサイドウインドウのスイッチを押した。ん、と言って何度か押し直す。

「……エンジンかかってないと動きませんよ？」

「かけてくれ」

「バレそうです」

「逃げればいい」

どこにですか、と思いつつ、仕方なくキーを受け取って挿し、大量の寿司《すし》がぶら下がっているせいかこころもち重さを感じつつ回す。きゅるるる、と軽い音がしてエンジンが動くと同時にボグダンさんがウインドウを下げ、上げる。「……やはりな」

「何ですか？」エンジン音をさせ続けているので気が気ではなく、早く切って逃げたい。

「見ろ。まだ少し解け残っている」

ウインドウ収納部を指さされ、覗き込む、確かに水滴がある。周囲も少し濡れている。そういえば、サイドウインドウの周囲に積もった雪は綺麗に落ちていた。つまり。

「……ウインドウを下げた痕跡ですか？」

「妙だと思わないか」ボグダンさんも頷く。「この寒さでなぜそうする必要がある？しかもここだけじゃない。サイドウインドウはすべて下げている」

確かに妙だ。そもそも、高崎さんが黙って車を動かしたというなら、それ自体が変だ。どこに行く必要もないだろうに。

ボグダンさんは上体を外に出すと、前をぐるりと回り、助手席に乗り込んできた。

「とりあえず確かめたいところがある。上流の吊り橋まで頼む」

「えっ」タクシーではない。「いえ、人の車ですし。あっちのハリアーで」

「いや、この車で頼む」ボグダンさんは助手席でさっさとシートベルトをしている。

「心配するな。相手は高崎だ。シートに残ったにおいで必ずバレる」

そういえばそうだ、と頭を抱える。だが参加者の指示だ。僕はすいません、と心の中で再び詫びつつ、ミラジーノの細いステアリングを握った。

「……最初は別の可能性も考えていた。たとえば高崎の乗ってきたこの車だ。こいつが実は四輪車ではなかったのかもしれない、とかな」

エンジンと雪道が作るゴツゴツした振動の中、助手席のボグダンさんが言う。「つまり、この車が特殊な改造車両だった、という可能性だ。見たところかなり軽い車だ。それに事前にここの画像を見て、地形ぐらいは調べてくることができる。だとすれば、たとえば吊り橋を渡れるように改造した車で来ることも考えられた」

「……渡れるように？」どう考えても無理という気がする。「それはつまり、空を飛ぶとか」

「その必要はないだろう。まあ改造というか、四輪車の外見をした別の乗り物、というところだな。たとえばこの自動車だが、分解してこのボディそのものを始め、大部分のパーツが取り外せて、二輪車になるとしたらどうだ。小型の二輪車なら吊り橋を渡れる可能性がある。もちろん、そんなものでこの場所まで来るのは苦労するだろうが、彼女がここに来る途中の姿は誰も見ていない。……皆、現場や橋の方は調べても、参加者個人の車はそこまで調べないかもしれないからな。この車内にしても、不審物のチェックはしただろうが、車体そのものの改造の有無まではしていないだろう」ボグダンさんはこつこつとドアを叩いた。「だがこうして乗ってみても、そういった痕跡はないようだ。だとすれば、たとえば吊り橋の方を一時的に拡張して、この車のまま渡れるようにしたのかもしれない」

「……なるほど」

道が狭くなり、僕はスピードを落として雪壁をよける。傷でもつけたら合わせる顔がない。

吊り橋まではやはりかなり距離があり、初めて通ったということを差し引いても三十分以上は確実にかかりそうだった。思ったより風景は変わり、雪壁が低くなって雪原が見渡せたり、谷川ぎりぎりを走って冷や冷やしたりしたが、道が塞がっているような箇所はなかった。まっすぐ行くと集落があるとはいえ、こんな山奥の道なのに除雪されていて車で来られるというのはありがたい。

他に何もない場所なので吊り橋は目立った。車を置いておけるスペースはない。もし他の車が来たらすぐにどけようと決めてミラジーノを降りる。

だが、ここまでの道のりが無駄だったらしいという結論がすぐに見えた。かかっていた吊り橋は予想以上に頼りなかった。一人分の幅しかなく、木製の横板も数枚に一枚の間隔で朽ちているという代物で、どう補強しても車では渡れそうにない。ボグダンさんに続いて歩いてみたが、吊り橋はぎしりと揺れ、正直、二人同時に乗ると危ないのではないか、とすら思った。この様子ではバイクでも無理だろう。

周囲を見回す。「大きな木でもあれば、材料を現地調達して丸木橋がかけられるかもしれませんが」

「いい発想だが無理だ。車が渡れる強度の橋はそう簡単に作れない。少なくともチェーンソーは必要になるが、そんなものもない」ボグダンさんは周囲を見回す。そもそも周囲に大きな木がないのだ。「ロープを渡して板や藁《わら》などを載せ、その上から水をかければ、充分な強度の橋が造れるが……」

ボグダンさんが続きを言わなかった理由は理解できた。そういった作業には相当な時間がかかるし、大量の資材も必要になる。昨夜はどちらもなかった。

やはりどう考えても無理だ。だが車に戻ると、ボグダンさんの様子が変わっていた。隣に座る僕に全く反応せず、その目も何も見ていないようだ。隣にいるように見えて別世界にいるような雰囲気だった。

使っているのだ。今。能力を。

声をかけようにもかけられないまま待った。するとボグダンさんは突如息を吐き、ぐったりとシートに背中を預けた。

「……あの」

「方法が見つかった。これだな」

こんな短時間で、と思ったが、納得せざるを得なかった。これがクロックアップだ。

「ウインドウを開けた痕跡があったからな」ボグダンさんは前を見ている。「急いで戻ってくれ。俺も君も、戻る頃には『報告』時刻が過ぎる。奴に引き寄せられる前に決着をつける」

あ、と思って車内の時計を見る。まず感じたのは、すぐに報告できないのだ、という失敗の感覚と「叱《しか》られる」不安だった。だがボグダンさんが僕の肩を叩く。「操られるな。あの女は君の母親《マーテ》じゃない。怒らせても大丈夫だ」

ミラジーノのハンドルを握りながら、守らなくていいはずの刻限が僕を責め立てる。

あと十一分しかない。このペースでは遅れてしまう。あと四分しかない。もう絶対に間に合わない。時間が来てしまった。まだ言い訳ができるだろうか。三分過ぎた。もう言い訳もできない――ハンドルが汗で滑る。アクセルを踏み込みたいが、曲がりくねった雪道ではそれもできずにもどかしい。今運転しているのが勝手に拝借した他人の車であるということなど完全に忘れていた。加減速が多くなるたびにボグダンさんが肩を叩いて落ち着かせてくれたが、彼の方も肩が大きく上下したりしている。強制服従音声の威力はシスター・リン本人が言っていたより強いようだったが、「事故でも起こしたらそもそも報告ができない」と考えると少し落ち着いた。「約束」に矛盾しない理屈であれば脳も受《う》け容《い》れてくれるようだ。

車が駐車場に入る。とんとん、と肩を叩かれ、ボグダンさんの口が「行くぞ」と動いた。頷いて車を降りる。食堂には何人いるだろうか。一人でもいい。とにかく彼女に見つかる前に突撃し、真相を話す。

だが、そうはいかなかった。本館の玄関前に、黒い修道服のシスター・リンがいた。

シスター・リンは僕たちを見た。どこに行っていたの、と咎《とが》めたようだ。そしてこちらの目を見る。すぐに報告をしなさい、約束を守りなさい、と要求されている。自分の支配は絶対だ、という自信で、強奪探偵の口許には余裕が張りついていた。

ボグダンさんが黙ってその横をすり抜けようとした。シスター・リンが鋭く何かを言う。

だがボグダンさんは、そちらをちらりと見ただけで顔を背けた。

僕たちが何をしているのかに気付いたシスター・リンがボグダンさんに摑みかかり、その顔に手を伸ばす。

瞬間、ボグダンさんがすっと腰を落として彼女の袖を摑み、足を払った。だが払われた彼女は回転して着地し、ボグダンさんに殴りかかる。ボグダンさんがそれをかわす。奇妙な動きだった。本気で格闘しているはずなのに、シスター・リンの攻撃とボグダンさんの回避がぴったりと合いすぎていて、まるで示し合わせて予定調和のダンスをしているようだ。ボグダンさんは上半身の動きだけで突きをかわす。修道服の裾をはためかせてシスター・リンが足を踏みつけようとする。ボグダンさんは滑らかに足を滑らせてそれをかわす。かわしながら袖を取って引き寄せ、一瞬逆に振ってから相手の体を崩し、雪の上にうつ伏せに倒した。

「うわ。……強いですね」

間抜けな感想を言いながら、僕は耳栓を外す。道中でボグダンさんが作ってくれていたものだ。

「まだ喋るぞ。耳栓を外すな」ボグダンさんは鋭く言う。

だが、僕の方に気を取られたのと、クロックアップを解除した反動で、ボグダンさんの反応が遅れた。後ろからシャーロットさんが駆け寄ってきたことに僕が気付いた時、ボグダンさんはまだ、そちらを見てすらいなかった。

シャーロットさんが持っていた端末を突き出し、ボグダンさんの背中に当てる。短く悲鳴があがってボグダンさんが倒れる。端末には黒い外付けバッテリーがついていた。タブレットをスタンガンにするアプリだ。

シャーロットさんが強制服従音声で操られている。おそらく僕とボグダンさんが戻らないことから、シスター・リンが警戒して準備していたのだ。僕は逃げようとしたが足が滑った。背後からあの声が命じてくる。

「逃げるな。約束を守りなさい」

足が竦《すく》む。しまった、と思った。油断して耳栓を外してしまっていた。僕は喉元を鷲《わし》づかみされる感覚を覚えながら振り返る。彼女が怒る時の顔でこちらを見ている。叱られる、という不安で頭が冷たくなった。

「約束よ」彼女は言った。「ボグダンと何をするつもりだったの？　私に言えないことを？」

あ、と声が出る。どういう言い方をすれば一番怒られないだろうか。ボグダンのせいにするには。「僕は」

だが、本館の方から声がした。

「ハチ、殺《remove》せ！」

　黒い影が飛び出してきて、振り返ったシスター・リンに飛びかかった。彼女はよろめきながら振り払うが、ハチ君は着地するとすぐにまた跳び、彼女の腕に咬みつきながら押し倒す。悲鳴があがり、シャーロットさんがはっとしてシスター・リンに駆け寄る。

「ボグダン」シャーロットさんが振り返る。「ごめん！　大丈夫？」

　ボグダンさんが通電された背中をさすりながら起き上がった。「……一瞬だが、いい夢を見た」

　高崎さんがハンカチを出し、呻《うめ》きながらハチ君に威嚇されているシスター・リンにどか、と跨《また》がって猿轡《さるぐつわ》をかませた。

「われは今後、うちが許可するまで喋るな。破りよったら殺《い》てまうぞ」ドスを利かせ、シスター・リンの頭を押さえてねじ伏せる。「……約束やで？」

　それを聞き、頭と背中に覆《おお》い被《かぶ》さっていた何かが飛んでいったように体が軽くなった。シスター・リンの方が約束をさせられた。その事実が僕にかかっていたプレッシャーをかき消す。

「頭を使うのはかまわない。でも体は拘束させてもらう」シャーロットさんがタブレットの電極をシスター・リンの顔の前に突きつける。「これは知恵比べゲームよ。能力で情報を訊き出すまではいいけど、発言という行為そのものを妨害するのは反則のはず」

「ハチ、引っ立ててよか」高崎さんがシスター・リンの腕を摑んで立たせる。「廻君たちが一時間以上戻らんかったんで。それでこいつが動き出したから、何かやるな、思たんです」

「助かった」ボグダンさんはまだ背中をさすっている。右耳のものは落ちたようだが、左耳の耳栓はまだ入っていたようで、指でそれを取り出した。「俺もそうくるだろうと思っていたが。……まさかシャーロットが操られるとはな」

「ごめんなさい」シャーロットさんは溜め息をつく。「命令された。『ボグダンが不正行為をはたらこうとしているからペナルティを科せ』──暴力的な行為を命令するのは難しいはずだったけど、参加者の心理を利用して行動のハードルを下げたみたいね」

「ま、ざっとこんなもんですよ。ハチも一応、警察犬ですし」

「『殺せ《remove》』って命令してませんでした？」

「そう言えば相手がビビるやん？　ハチは『殺せ』で拘束の命令になるねん。叙述トリックや」高崎さんは得意げに口許を緩める。「で？　急いで話、しよう思てたちゅうことは」

「……ああ。解けた。厄介な邪魔が入ったが」ボグダンさんは玄関に向かった。「中で話す。ようやく解決だ」

II

「スマートスピーカー、あれ流してください。〈三つのオレンジの種〉」

「混ざってますよ。〈三つのオレンジへの恋〉です」

「それや。それ流して」

「いや『それ』じゃ無理でしょ」

「かしこまりました」

「通じた？　なんで？」

スマートスピーカーはちゃんとプロコフィエフの曲を流した。

「サスペンスドラマっぽい曲ですね。ちょうどええやん殺人起きそうで」

「これ以上起きたら困りますよ」

聴いたことないんかい、というつっこみも心の中で足す。ボグダンさんは肩をすくめている。

金管がパパパパ、と暴れ、確かにサスペンス映画（モノクロ）のテロップでも合わせたら合いそうな曲が流れる食堂に全員が集合していた。一応義務というか全員に紅茶やコーヒーが出され（今日はもう大分出している）、シスター・リンもハチ君に見張られながらテーブルについているが、ハチ君はどちらかというとかまって欲しそうに見上げており、ふる、ふる、と小さく尻尾も動いている。ちゃんと見張れているのだろうか。

「……本当に猿轡、外していいんですか？」

「まあ、問題はない。こいつの能力は一人ずつにしかかけられない。一人が支配されても残りが対応する。ただし」ボグダンさんが頭を掻きながら座り、隣のシスター・リンを睨んだ。「高崎の言っていた通りだ。今度は『拘束』では済まない」

シスター・リンはさっきから無表情を貫いている。事情を知ったマテウス君と大和君は、怖々という様子で彼女を見ている。

「簡単に言うぞ。助けてもらっておいてなんだが」ボグダンさんは椅子に座り直し、言った。「犯人は高崎、あんただ」

高崎さんの動きが止まる。「……うそぉ？　なして？」

探偵に名指しされた犯人のリアクションとしては初めて見るタイプだった。だがボグダンさんは構わずに続けた。

「簡単な話だ。あんたはコテージに戻ってすぐに本館に引き返し、車で上流に向かった。そのまま車ごと谷川を渡り、現場で山川を殺害。車で戻った。予報通りまだ雪は降り続いていたから、轍も足跡も、犯行の痕跡も消える。それだけだ」

かなりの余白を残したまま言葉がぶつりと切れ、音楽も一瞬切れて沈黙が覗く。再びスマートスピーカーがトランペットの突き抜けるような音を流す。

高崎さんはそちらをちらりと見て「サンダーバード発進しそうやな」と呟いた。

「……確かにうちの虎丸《とらまる》、駐車場におるけど」そういう名前らしい。

「あんたの警戒度合いなら、鍵を盗んで他の人間が車を使うことも可能だ」ボグダンさんは言った。「だが川沿いに上流に向かうとなると、あんた以外は無理だ。あんたのコテージの前を通るからな」

「問題はそこではありませんよね」僕の隣の席からマテウス君が言う。もちろん分かっているんでしょうけど、というニュアンスであることは明らかだ。「あの車でどうやって谷川を二度も渡ったんです？　吊り橋までは片道三十分といったところでしょうけど、吊り橋って車で渡れるようなものですか？」

「そこや、そこ」高崎さんも口を尖らせる。「まさか車を抱えてった、言うんですか？　うちの先祖、畠山《はたけやま》ちゃいますよ？」

「『源平盛衰記』の記述に史料としての信頼性はない。『平家物語』を楽しく加工したフィクションよ」シャーロットさんが横から言う。「黒装束のニンジャと大差ないレベルよ」

なぜかボグダンさんが動揺した様子でシャーロットさんを見る。「ニンジャは黒だろう」

「あれはフィクションよ。実際のニンジャはいわば工作員であって、頭巾《ずきん》なんかかぶらない。手裏剣もまず投げない。蝦蟇に乗らないし影分身の術《art of the shadow doppelganger》も使わない」

ボグダンさんの視線が泳いだ。「……そうか」

「あ、いやいや」なんだか可哀想になったので慌ててフォローする。「そういうのもいます。日光江戸村《にっこうえどむら》とかなら」

「せやで？　おるで？　ハロウィンのユニバ行けば」

「……ボグダンさん、大人なのに知らなかったんですか？」

「マテウス止め。ボグダン泣くで」高崎さんが手を叩く。「ほらボグダン。推理！　すーいり。推理聞かせて。な？」

自分が犯人扱いされているのに高崎さんは必死で慰め、まあ現実とはそういうもんだ、と呟いたボグダンさんがようやく話を戻す。曲がスケルツォになった。

「……とにかくだな。谷川を車で渡る方法はあるんだ。最も単純なやつがな」ボグダンさんは脱力した様子で椅子に浅く座っている。「あんたのミラジーノというのは、車体重量も相当軽いはずだからな」

ざわついていた食堂の空気が停止する。いや、僕が硬直しただけだろうか。ボグダンさんの推理の内容はまだ知らない。

「上流に向かう道は谷川と並行しているが、谷川までの距離は場所によって違う。10m

近く離れている箇所もあれば、すぐ横を走っている箇所もある」ボグダンさんは何か憮然としたような口調になっている。「そして周囲には好きなように成形可能な物体――つまり雪が無限に積もっている。これだけ言えば分かるだろう」

「いや……それって、まさか」

最初に反応したのは大和君だった。やはり彼も、参加者と一緒に推理をしていたのだ。

「まさか、と言うほどのものじゃない。車の最長飛距離は115・64m。WRC《世界ラリー選手権》でも毎年、40mクラスのジャンプはザラだ」ボグダンさんは言った。「谷川の幅はせいぜい15m。ジャンプ台のサイズは前後2m、高さ1mもあれば足りる。成形作業は十分もあればできるだろう。進入速度は60km／h程度。雪上で、軽自動車でも簡単に出る速度だ」

「『飛び越えた』……」

「自動車が地面しか走れないというのはただの思い込みだ」ボグダンさんは言う。「帰りも同じ方法がとれる。ただし、むこう岸に飛んだ後にジャンプ台を片付けなくてはならない。だからロープにつないだラッセル板を、あらかじめジャンプ台の内部に埋め込んでおく。むこう岸に渡った車はそのまま直進する。ロープが張ってラッセル板が動き、ジャンプ台は川に落ちる。雪上の痕跡は新たに降った雪で消える」

高崎さんが口を開けている。驚いたのか、狼狽しているのか。ボグダンさんはポケットから鍵束をごそりと引っぱり出す。

「あんたの車を見せてもらった。すべてのサイドウインドウを全開にした痕跡があった。雪の降るこの時期に、しかも夜の間にわざわざそんなことをした理由も、このトリックで説明がつく」ボグダンさんはじゃらりと鍵束をテーブルに置いた。「着地時、車には大きな衝撃が走る。ジャンプの世界記録を出したドライバーもそれで肩を骨折しているしな。まして専用のサスペンションも装備していない車だ。たかが15mのジャンプでも、着地の衝撃でウインドウにひびが入る可能性があった。だからあんたはサイドウインドウを下げ、ドアの内部に収納することで保護した」

閉まっている窓は開いている窓よりはるかに割れやすい。そういうことだったのだ。橋を渡らなければ谷川を越えられない、などということは全くなかった。車で、しかも飛び越えることができてしまう幅だった。

僕は考えもしないことだった。日本の道はどこもよく整備されているから、公道を走っている車がジャンプするなんていうことはまずない。加えて、ラリーなどのモータースポーツも欧米の方が身近だ。ジャンプするラリーカーの映像など、たとえばシャーロットさんなどならすぐに浮かんだかもしれない。

スケルツォが終わる。それと同時にボグダンさんも目を閉じる。

だが、別の方向から声があがった。

「無理ね」

シャーロットさんだった。彼女は手元のキーボードを叩いている。何かの計算をしているようだ。

「計算結果が出ました」突然、彼女のタブレットがハスキーで滑らかな甘い声を発した。

「今、ユダが計算した」シャーロットさんは顔を上げ、眼鏡を押し上げる。「55㎞／hでシミュレートしてみたけど、『充分に起こりうる』みたいね」

ボグダンさんが眉をひそめる。「……なら、なぜだ」

「エアバッグが開いてしまう」

あ、という声は大和君のものだ。

「車にいじった痕跡はなかったわけでしょう？　エアバッグを取り外すのはかなりの大手術になるから」

シャーロットさんは画面をくるりとこちらに向けたが、英語の上に細かい字であり、画面の示す意味は分からない。

ボグダンさんが言う。「この程度の衝撃では開かないだろう。エアバッグは正面か側面からの衝突に反応して作動するものだ」

「仕様ではそうなっている。でも現実の車がその通りに動くという保証はない」シャーロットさんは画面の縁を長い指で撫でる。ダークレッドのネイルが滑らかに動く。「実際に、20㎞／hで縁石に乗り上げただけで誤作動した、というケースも報告されている。まして通常考えられない下方向からの衝撃よ。確率は確かに低いでしょうけど、無視できるほど低率でもない。というより、個々の車両の状態によって条件が全く違うんだから、正確な確率は推測しようがない。……でも少なくとも、こういう確率よ。作動しないかもしれない。でも作動するかもしれない、い、い、い、い、い、い、い、い――そんな状態では心理的に実行できない」

「……もっともだ」

沈黙があり、やがてボグダンさんが瞑目《めいもく》し、息を吐いた。

あるいは、彼が運転しないせいで、見落としに気付かなかったのかもしれない。シャーロットさんも勝ち誇るでもなく、ただ画面をくるりと自分の方に向けた。そういえばどこのロゴもない、謎のタブレットが僕たちに背を向ける。

チーン、という音が聞こえた。

ボグダンさんが目を開けた。「パンが焼けたぞ」

「ユダの解析が終了したのよ」

シャーロットさんが皆を見回す。

「……ようやく私の番ね。まさか最後の一人になるとは思っていなかったけど」シャーロットさんは画面にちらりと視線を落とし、頷いた。「解析率91。真相を教えてあげる」

I2

その言葉に僕は緊張した。シャーロットさんが……いや、ユダが動いたのだ。

確かに「最後」だった。マテウス君の推理が外れ、高崎さんも外れた。シスター・リンは拘束され、ボグダンさんの推理も今しがた否定された。残るはただ一人。いや「一体」だろうか。

だが僕の緊張と裏腹に、のんびりした声も飛んだ。「スマス、なんかアメリカのー」どういう略し方だ、と思ったがスマートスピーカーはちゃんと反応し、楽しげなピアノ曲を流し始めた。何かと思ったらスコット・ジョプリンのラグタイムだ。日本人の感覚からすると、こういう曲をバックに話し始めるとどうも「昭和から続いている長寿料理番組」の様相になる。ここで酒大さじ二と殺害動機。冷蔵庫で三十分置いた死体がこちらです。何やら不謹慎極まるが、実のところ殺人トリックと料理はわりと似ている。

シャーロットさんは肩をすくめただけで、ぽん、とタブレットを叩いた。途端にタブレットが先刻のシルクのような声で喋り始めた。「入力された事件の分析が分析分析

分析分析分析分析が」

「壊れてません？」

「いつもこうよ」

「分析が終了終了しゅしゅ終了しゅ終了しましたましたましましました」

「ラリってへん？」

「アンデレよりヤバくないですか」

「Don't worry. 悔《くや》しいが、ユダの奴はオレッちより優秀だ。カワイ子ちゃんの口説き方を除いて、だがな」

「はあ」信用できないＡＩというのも珍しい。

「ユダは定型句しか喋れないから、私が代わりに説明するけど」

それなのにあの有り様か、と思うがそこは言わない。ＡＩだからといって無闇に喋る必要は元来ない。どちらかといえばアンデレの方がおかしいのである。

シャーロットさんはコーヒーを一口飲み、タブレットを操作する。「ユダが重要と判断したのは、現場付近の画像のここね。見やすいように拡大しましょうか。アンデレ」

「OK,baby. 熱い視線をくれよ」黙って仕事ができないのだろうか。

シャーロットさんはスマートスピーカーに命じて食堂の明かりを落とさせる。真昼なのでさして暗くはならなかったが、周囲の風景がふっと下に落ちたような感触とともに薄暗くなった。タブレットが光を発する。プロジェクターになって壁に画像を投影しているのだった。シャーロットさんがタブレットの向きを変えて調整する。なぜかハチ君がひと声、ワンと吠《ほ》えた。

壁に投影されているのは屋外の、足下を撮影したらしき画像である。写真ではなく、動画の一部を切り取ったものであるらしい。端の方に映っている建物の支柱らしきもので、誰かのコテージのすぐ裏あたりだと分かった。裏はすぐ雪壁だが、一部、雪が崩れて雪崩の跡のようになっている。

「この映像だと分かりにくいけど、ユダはこれを『地面を一度掘り、その後に雪を落として埋めた跡』だと分析した」

「被害者のコテージだな」ボグダンさんが言う。「確かに周囲に足跡があった」

「そう。もう一つの方は雪でうまく隠されていたようで、見つけられなかったけど」シャーロットさんは言った。「穴を掘った跡よ。人が一人、通れるくらいのね」

「穴だと……？」ボグダンさんの目が一瞬、この世界からずれたように虚空を向く。だがそれは本当に一瞬だった。クロックアップを使えば、結論はすぐに出たのだろう。

「……まさか地中を移動した、とでも言うつもりか？」

「ご名答ですご名答ご名ご名ごごごごご名名答です」ユダが答える。いい声なのにこれだから、聞いているこちらの頭の方がバグってくる。「ですがご名答です。ごご名答ですがですすがすが答ですが違違違いま」

シャーロットさんがキーボードを叩いてユダを沈黙させた。「音声、切りましょうか」

最初からそれをやれ、ということはたぶん、ハチ君以外の全員が思っていただろう。

「犯人がこの『人が一人、通れるぐらいの穴』を通ったことは間違いない」シャーロットさんは壁の画像とタブレットの画面を見比べる。「ただし地中ではない。水中を通った」

言葉の意味が分からず僕の思考が停止する。だがスマートスピーカーは変わらないテンポで〈Maple Leaf Rag〉を流している。その軽やかなメロディが強制的に脳を撫で回し、論理的思考が続かない。

「こんな場所だからね。この『レラカムイ筆尻』周辺の、夏場の詳細な衛星画像はない」

シャーロットさんがキーボードをカタ、と叩くと画像が変わった。壁に映されていることもあって何だか分かりにくかったが、この周辺を真上から見た衛星画像だ。雪はなく、飴色《あめいろ》と苔色《こけいろ》のまだらになった地面が見えている。

「これ以上拡大してもかえって分かりにくくなるからしないけど、被害者のコテージの、裏手あたりを見てほしい」

コテージの屋根とおぼしき四角いものの近くに、赤のラインで囲まれた領域が出現した。山川先生のコテージの裏手が南端で、そこから北に向かって数十メートルの歪《ゆが》んだ楕円形《だえんけい》だ。北の端はちょうど、ボグダンさんのコテージの近くまで来ている。

「画像が粗いことと、周囲の草で見えにくくなっていると思うけど」シャーロットさんはプレゼンをする口調になる。「ユダはこの領域を『池である可能性が大きい』と判断した」

がたりと音がする。マテウス君が椅子から腰を浮かせていた。その勢いで彼のカップが揺れ、白いカップの側面を一筋のコーヒーが這っていく。そのイメージが僕に、真相を直感させた。

「まさか……泳いで移動した、と？」

シャーロットさんは僕を見て頷いた。「それが可能だった。つまり、現場から犯人のコテージまで、足跡は一つも残らない。歩いていないのだから」

壁に衛星画像が表示されている。その光が僕の顔を照らしている感触がある。山川先生のコテージの裏手から、北に向かって数十メートル。あの部分は、本当は池だった。

もちろんこの季節は凍結し、厚い氷が張っている。周囲と同様、その上には雪が積もり、見分けがつかなくなっている。

雪国ではよくあることで、むしろ事故の危険とともに語られる常識だった。一面に同じように雪が積もっていても、その下が同じように地面とは限らない。凍結した池や川が潜んでおり、氷を踏み抜いて落ちてしまうことがある。逆に言えば、そういう場所を掘って、氷に穴を開ければ、その下を泳いで移動することができる。池や川が凍結したからといって、底まですべて凍ることは少ないのだ。通常、凍結するのは水面下数cmから数十cmまでで、その下には4℃程度の水がそのまま存在する。穴を開けてワカサギ釣りができる場所だって日本には無数にある。魚のように、足下の水面下を移動すれば。

「……でも、できますか？」マテウス君も映像を凝視している。「第一に、シュノーケルなどの用意はできなかったはずです。第二に、水中は4℃くらいでも、外はマイナス10℃以下でした。水から上がった途端に、濡れた部分が凍結する」

「司祭平服の中にウェットスーツを着込めば、持ち込むことはできるかもしれない」シャーロットさんはすぐに返した。「でも、むしろ服は防水性の袋に入れて、全裸で泳ぐ方が早いでしょう。人間は短時間であればかなりの低温でも泳げる。流氷の浮く北極海《ほっきょくかい》で泳ぐスイマーだっているのよ。彼らは何もつけていないけど、皮膚にワセリンを塗って体温低下を防ぐ方法はロシア海軍にも伝わっている」

「オープンウォーターでの潜水の世界記録、202mでしたね。デンマーク人が」高崎さんも言った。「余裕ですね。全っ然、やりたないですけど」

「自分のコテージの裏に開けた『入り口』の穴はどうとでもなる。被害者のコテージ周辺は、あらかじめ一度、潜水して、水中から小さな穴を開けておく」シャーロットさんは壁の映像に目をやる。「秘密の抜け道の完成。自分のコテージの裏から水中を通り、現場まで一つも足跡をつけずに往復できる」

そしてこのトリックができる人間は一人しかいない。谷川も道も交差しない位置にコテージがある人間。足跡がないことで犯人性が否定された人間。何より、極寒の水中を泳ぐことに慣れていた可能性の大きな人間。ここに着いてから足下に潜む池に気付き、それでも訓練なしに超低温の潜水を実行できる人間。一人しかいない。

「マテウス君が最初に推理したトリックは使われなかった。かといってそれは、彼が犯人である可能性を否定するものじゃない。別のトリックを使った可能性もあるのだから」

シャーロットさんは彼を見た。

「ボグダン・ユーリエヴィチ・コルニエンコ。……犯人はあなたよ」

13

反射的に「何かおかしいぞ」と思ってしまったが、よくよく考えてみると何もおかしくないのだった。このトリックを使ったなら、犯人はボグダンさんしかいない。そして、彼が犯人であるという推理が一度否定されたからといって、以後永遠に彼が潔白、ということにもならない。名探偵の推理に一事不再理なんてものはないのだ。

本当だろうか、と疑ってみた。だが思い出した。ボグダンさんは昨夜二十時三十二分から二十一時三十三分までの間、散歩に行くと言って一人になっている。あの時に「秘密の通路」を開通させたのではないか。夕方までにも一人になる時間はあったはずだが、皆がばらばらに動いている明るい時間帯では危険だし、到着直後だと再凍結してしまうかもしれない。夜になってから一人にならなくてはならないのだ。そしてそれをしたのは、ボグダンさんただ一人だった。

「……なるほどな。筋は通っている」

皆の視線が集まる中、ボグダンさんは脚を組み、カップに口をつけてゆったりと戻す。見られていることなどまるで気にしていない様子だったが、気付いた。一瞬だがクロックアップを使ったようだ。

それからスマートスピーカーに指示し、流れていたラグタイムを止めた。

「それなら、自分で反論させてもらう」ボグダンさんはカップを置いた姿勢のまま、テーブルの中央あたりに視線を置いて言った。「俺には準備する時間がなかった」

シャーロットさんが目を細める。アンデレが喋りだした。「あんたは一人になった時間がある。昨日、到着したばかりの十三時三十一分から十五時七分まで。次に十六時四分から十七時四十九分まで。最後に二十時三十二分から二十一時三十三分までの間だ」

「前の二つは明るいうちだから無理だとしても、最後に『散歩に出た』一時間程度の間に、水中から穴を開けて戻り、体を拭く程度のことはできたはずだけど」

「その時間も無理だ。確かに時間的には充分だが」ボグダンさんは言った。「死亡推定時刻にかかってしまう可能性がある。俺が犯人なら、そんな時間帯にわざわざ一人にならない。寒中水泳までしてトリックを用意したのが台無しだからな」

「死亡推定時刻は最も早くて二十二時よ。アリバイは……」

言いかけたシャーロットさんが沈黙する。周囲を見ると、マテウス君と高崎さんも小さく頷いていた。ボグダンさんも落ち着いている。

「分かっただろう。……死亡推定時刻が『早くても二十二時』ということになったのはただの偶然だ。氷点下の環境に置かれていた死体だ。もっと広く、『早ければ二十一時』……あるいは『二十時以降』という検視結果が出ても全くおかしくなかった。『早くても二十二時』という結果は、たまたまアンデレが優秀だったというだけだ。通常はそんなに絞れない」

「ボス。残念だがその通りだ。優秀すぎるんだ。オレッちと、オレッちを作り上げたあんたがな」アンデレが通常より真面目な声で喋った。実はこのアンデレこそシャーロットさんの最高傑作なのかもしれないが、何やら優秀すぎて反逆するんじゃないかと不安なAIである。「残念ながら人間てやつは、オレッちほど優秀じゃない」

「普通であれば、もう前後一時間ずつくらいは幅が広かったはずだ。だが一時間広がったと考えると、俺が一人になった時間帯にかかってしまう」ボグダンさんはそこで初めてシャーロットさんに視線を向けた。「普通なら死亡推定時刻になっている時間帯に自ら一人になり、アリバイトリックを準備する犯人がいるか？　わざわざ死体を戸口まで引っぱっていき、死亡推定時刻の幅を広めようとするか？」

ラグタイムの止まった食堂で、ボグダンさんの言葉が空間に塗りつけたように滞留する。反論の余地のない指摘だ。

シャーロットさんは黙ってカップに口をつけると静かに戻し、溜め息をついて眼鏡を外した。

「……その通りね。確かに間違いだった。ユダの推理はアンデレの検視を前提にしている。入力した私のミスよ。アンデレの鑑定結果を固定値として扱ってしまった」シャーロットさんは眼鏡を外していても画面は見えるらしく、キーボードを叩き始めた。「こちらで設定しなくてもそこに疑義を挟めるよう、修正すべきね」

さすがにこの場でその作業は始めないのだろう。シャーロットさんはすぐに手を止め、眼鏡をかけなおす。

「でも、問題はもう一つある」

その内容を口には出さなかった。全員がとっくに分かっていることだからだ。

――「では、誰が犯人なのか。どうやって犯行を可能にしたのか」。

食堂の静けさが、「終わり」の感覚を表現しているように思えてしまう。推理は終わり。打つ手なし。四人の名探偵がそれぞれ推理を披露したにもかかわらず、そのすべてが外れだった。そのほとんどが情報不足によるものだったとはいえ、外れは外れだ。

だが現実に山川先生は死んでいて、ゲームは開始されている。犯人はいるはずなのだ。それが分からない。方法も不明のままだ。

……すごい。

心のどこかでそう思う部分があった。祖父がここまで凄いとは思っていなかった。居並ぶ名探偵たちを寄せ付けず、謎を謎のまま保《たも》っている。天井の照明に向かって思う。あなたの企てはこんなにも成功している。だがすぐに、あの人が「上の方」にいるはずがないと気付く。

だがそこで、意外なところから声がした。

「……私にもまだ、参加権はあるんでしょう？」

シスター・リンだった。背筋を伸ばし、手を膝の上で重ねて、あくまできちんとしたシスターの雰囲気を保っている。

「スマス。ヴェルディのレクイエム」

高崎さんが指示した。つまり「聞く」という意思表示だろう。地の底から湧きあがるような厳《おごそ》かさで演奏が始まる。だが指示をする高崎さんの方もやや投げやりな様子があり、他の三人にも、我々がここまでやって駄目だったのだからどうせ無理だろうが一応推理は聞こう、という疲れた空気がどことなく存在した。

だが、シスター・リンはすっと立ち上がった。立ったと言うより無音で真上に伸長したかのような、無駄のない動作だった。

「あなたがたには共通の弱点がある。一つは自分の発見した手がかりを重視しすぎてしまうこと。もう一つは推理が間違いであると判明すると、そこで動きが止まってしまうこと」

シスター・リンは四人を平等に見回しながら、説教を始めるかのように言った。

「そのせいで、あなたたち四人は全員、かなり前から何度も示されていたはずの露骨なヒントを見落としてしまっている」

シャーロットさんは眉をひそめ、マテウス君はカップに口をつけながら、それぞれシスター・リンの言葉を聞いている。ボグダンさんは目を閉じているが、高崎さんは口をへの字にして唸っているようである。少なくとも全員、今の言葉だけで分かった様子はなかった。

「マテウス・リベイロ。高崎満里愛。ボグダン・ユーリエヴィチ・コルニエンコ。シャーロット・パウラ・ティンバーレイク」シスター・リンは一人一人区切りながら呼名する。「あなたたちは確かに推理をしたし、それを裏付ける手がかりも見つけた。でも、その手がかりだけに固執しすぎた。もっとよく探せば、他の推理の根拠になる他の手がかりも発見できたはずなのに」

言われてみればその通りだった。もちろん倉庫の綿ロープが湿っていたことや、山川先生のコテージの裏が池だったことなどは、高崎さんやシャーロットさんでないと発見できなかっただろう。ボグダンさんにまず目をつけたのもマテウス君の能力ゆえだし、ボグダンさんが車に着目したのも、西側にいる人間が容疑から外れたからだ。だがもし、綿ロープにマテウス君が気付いていたら。雪壁が崩れていることに高崎さんが気付いていたら。かわりに彼らが同じ推理をしたのではないか。

「そしてあなたたちは、推理が外れた時に疑うべきだった」シスター・リンは教師の口調で言う。「なぜ外れたのだろう。では自分が見つけたあの手がかりはなぜ存在したのだろう」

突然パーカッションが響き、コーラスが阿鼻叫喚《あびきょうかん》のごときフォルテで暴れ始める。最初の〈Requiem et Kyrie《レクイエムとキリエ》〉が終わり、〈Dies Irae《怒りの日》〉が始まったのだ。

あるいは世界で最も有名なレクイエムのメロディだろう。まるでそのエネルギーが霧を吹き飛ばしたかのように、四人の参加者の表情が変わっていく。気付いたのだ。彼らも。

「分かったようね。始めからおかしかった」シスター・リンは頷いた。「マテウスの推理が外れだというなら、あの崩れた雪壁は何だったの？　高崎の推理が外れなら、倉庫のロープはなぜ湿っていたの？　車の雪を落とし、ウインドウを下げたのは誰？　被害者のコテージ付近の地面に穴を開けたのは誰？」

言われてみればそうだ。あれらはいずれも「偶然できた」と言うには無理がある「手がかり」だった。なのに、それらはいずれも正解の推理に結びつかず、発見者はことごとく誤った推理に進まされた。

……まるで罠のように。

あまりにも出来すぎている。あれらの「手がかり」が偶然でない――つまり人為的に用意されたものだとするならば。

「……分かったでしょう。あなたたちが見つけた『手がかり』こそが、出題者が用意した罠《わな》だった。ミステリで言うなら『レッドヘリング』よ。推理を誤らせるためだけに追加された偽の手がかり。ミステリのレッドヘリングは神たる作者が書くけど、この出題者はそれを現実世界でやった」

推理小説なら下策とされるが、これは推理小説ではない。祖父には、推理小説のルールに従って「出題」する義務などなかった。小説において作者が行う「手法」を、現実の知恵比べゲームで「主催者」が行う。脱出ゲームの企画もしていた祖父らしい発案だ。

「つまり、この『問題』の最大のトリックは、このレッドヘリングだったのよ。偽の『手がかり』を大量に残すことで、『真相は複雑で、隠されているはずだ』と思い込んだ参加者たちを誤った道に招き入れる。真相はもっと簡単なのよ。あなたたちの推理より、ずっと」

確かに露骨なヒントだった。マテウス君の、高崎さんの推理が否定され、ボグダンさんもユダも推理が否定されたのに、推理の根拠となった手がかりはそのまま残っているという不審点。名探偵であれば少なくとも、最初にマテウス君の推理が否定された時点で疑って然るべきだったかもしれない。だが誰も気付かなかった。一方、能力の性質上、最初から四人全員の動きを俯瞰していたシスター・リンなら気付きやすかっただろう。

「だとすると」大和君が口を開いた。「他にもまだたくさん、偽物の『手かがり』が用意されていた可能性がありますね」

「おそらく、そうでしょうね」シスター・リンは頷いた。「私は途中から違和感を持った。皆、すんなりと推理が進みすぎているし、推理を補強する手がかりがすんなりと見つかりすぎている。そして、一つの事件に対し、まったく違う方向の推理がいくつも成立してしまっている。この事件で、最も不可解なのはここよ」

大和君が頷く。あるいはスタッフとして参加者を外から見ていた彼も、すぐ腑《ふ》に落ちる情況だったのかもしれない。

僕にも分かった。謎解きの出題者は、せっかく用意した謎がすぐに解かれてしまうことを最も恐れる。だから通常はすぐに解けないよう、最初からすべての情報を出さず、都度小さな謎を解かせながら、必要な情報を少しずつ集めていく、という形式をとる。リアル脱出ゲームなどの場合、そもそも最初から最大の謎には挑戦できないようになっている。意地悪ではなく、長時間楽しめるようにという配慮である。

それと同じものがこの「聖遺物争奪ゲーム」にも存在したのだ。シスター・リンのこの推理は、少なくとも二つ目の推理が成立した時点からでないと不可能だ。皆にひと通り推理を出しあってもらい、それらをふまえると初めて正しい推理への扉が開く。そういう仕組みだった。

「だとすれば結論は一つ。普通なら真っ先に疑われるべき可能性。ずっとアリバイがなく、事件当夜、自由に動けて、山川弁護士を死なせることができた人間が、一人だけいる」

シスター・リンは胸を張り、勝利宣言をした。

「犯人は山川弁護士自身。これは自殺よ」

皆、その結論には先に見当がついていたらしい。ボグダンさんは腕を組み、高崎さんはカップを口に運び、特に衝撃を受けた様子を見せずに沈黙している。

「死因は側頭部への打撃だけど、そんなものはどうとでも作れる。なぜなら、山川だけは唯一、この現場に先に入って細工ができたし、荷物の検査もされないから。何でも持ち込める……ドローンで金属塊を撃ち出し、自分が死んだ後、自動操縦でどこかに飛んでいってもらうだけで『側頭部を殴られた死体』が作れるし、たとえば氷で橇《そり》を作ってその上で死に、橇は谷川に、橇を引くためのロープはドローンで処分すれば、『死後、動かされた跡』もできる」

全員が沈黙している。推理の穴を探しているのかもしれなかったが、理屈以前にその場の空気がすでに決定していた。

勝利者はシスター・リン――胡笙鈴だ。

だが、と思う。彼女はどこから来たのだろう。何のために聖遺物を求めているのだろうか。気になるのはそこだった。

シスター・リンは他の参加者全員の「同意」を確認し、頷いた。

「では、聖遺物はヴァチカンが回収する」

その一言で、ある種の虚無感が支配していた食堂の空気が動いた。そう。シスター・リンは中国代表とは限らなかったのだ。だが、ヴァチカンとは。

「……なぜ隠していた？」ボグダンさんが訊く。

「あなたがたならどうせすぐに調べてしまうでしょうから、教えてあげる。ヴァチカンが摑んだ情報では、今回、発見された聖遺物は、ある国の権威ある大聖堂に安置されている聖遺物と『同じもの』である可能性がある」

つまり、どちらかが偽物ということになる。だからヴァチカンは、どこかの国がそれを手に入れてしまう前に、現物を入手して確認しなければならなかった。祖父の聖遺物の方が偽物であったならそれでいい。だがもし違っていたら、その大聖堂の権威が一気に失墜する。ありがたがって訪ねてきた巡礼者を、それ以外の無数の観光客を、裏切り続けていたということになる。当然その失意は、聖遺物認定したヴァチカンにも及ぶ。他の聖遺物にも同様の疑惑がかかり、カトリック教会全体が支持を失う結果になるかもしれなかった。

だからどこよりも早く聖遺物を入手しなければならなかった。偽物なら無視。だが本物なら消す——か、あるいはすり替える。それまで安置されていたものと。

そう考えてみれば、世界で最も聖遺物を必要とし、誰よりも早く入手しなければならなかったのはヴァチカンかもしれない。だから胡笙鈴を選んだ。なりふりかまっていられないというなら、最も適切な人選だ。

マテウス君が溜め息をつき、カップを口に運ぶ。僕は思った。

決着だった。ここまでだ。

14

気がつくと腹が減っていた。食堂には気怠《けだる》さを強調するようにレクイエムが流れ続けているが、シャーロットさんがそれを止めた。もう昼を過ぎている。予想外に展開が早かったためつい後回しになっていたが、昼食の用意も始めなければならないのだ。ギィー、ギィ、ギィ、と、ヒヨドリの声が窓越しに聞こえる。

「待ってください」

その声は、すべてが決着した空気で生温《なまぬる》く緩んでいる食堂に、遠慮がちに発せられた。

声の主は大和君だった。立ち上がったものの、逡巡《しゅんじゅん》する様子で下を向いている。

だがすぐに顔を上げた。

まさか、と思った。推理は出尽くした。ゲームは終わった。そのはずなのに。

……まさか、ここで動くのだろうか。

「シスター・リンの推理には……」大和君は視線を左右に振り、言い直した。「いえ、これまですべての推理に、重大な見落としがある気がするんです」

誰も何も言わなかった。ついさっき、シスター・リンが言ったことだ。それゆえにかえって意味が分からない。もうすべて指摘したはずではないのか。

シスター・リンは椅子に腰掛け、シャーロットさんは眼鏡を押し上げる。ボグダンさんは腕を組んだままで、高崎さんは椅子のそばに控えるハチ君を撫でている。マテウス君は疑わしげに大和君を見上げている。

「あの、でも」大和君は言いにくそうだった。「だって、おかしくないですか？　根本的に」

まだ皆、沈黙している。大和君はその様子に、しびれを切らしたように声を大きくした。

「だってそうじゃないですか。この後、ど、どうすれば、い、いいんで、ですか、か？」

一瞬、全員が動きを止めた。大和君の言葉の意味を取り損ねたのだろう。

「だから、そのままの意味です。シスター・リンが勝ちました。賞品は聖遺物です。それで……どうすればいいんですか？　真相が分かっても、聖遺物のありかが分からない。どうやって優勝セレモニーをすればいいんですか？　僕も廻も何も聞いていないし、山川先生は死んでしまっています。この後どうすればいいか、全く分からない」

「それはつまり、ヤマカワの荷物を調べれば」言いかけたシャーロットさんが口許に手を当てる。「……いや、おかしいか。それがOKならそういう指示が出ているはずね。そうでなければ禁止事項に設定されているはず。そうでないと、彼の荷物を調べた誰かが勝手に先に進んでしまうかもしれない」

マテウス君が僕を見る。「本当に何も聞いていないんですか？　メッセージとか、山川先生からのヒントとか」

「聞いてません」僕は首を振る。大和君も同様だった。

「何なんそれ？　それやったらそもそも、ゲームなんて成り立たんやんか」高崎さんも困惑している。

「ですから」大和君の声が大きくなった。「成り立って、い、いなかっ、た、ん、です。最、初から、最初から」

その瞬間、目の前で何かが破裂した気がした。白い光が弾け、世界が塗り替えられていく。「最初から」。その単語が足下からすべてを裏返す感覚がある。

「いいですか。よく考えてみてください。ゲームだとするとおかしなことばかりでした」大和君は両手を広げる。「たとえばシスター・リンですよ。彼女が能力を使った時、それが反則だということは、他の参加者が自主的に判断した。さっきのシスター・リンの推理だって、それが正解だということを参加者が判断しただけです。おかしいじゃないですか。審判はどこにいるんですか？　ゲームだというなら、最初にルールと勝利条件が明確に設定されていなければおかしい。シャーロットさんがいる以上、どこかに仕掛けられた隠しカメラで外部の審判が見ている、という可能性もない。これではゲームとして進行ができません。謎解きゲームの制作にも携わっていた祖父が、そこをおろそかにするとは思えない。だから、つまり」

つまり。僕も頭の中で考えた。

大和君が言った。

「これはゲームなんかじゃなかったんです。たまたまこのタイミングで起こってしまった、本物の殺人事件だった。それを皆が誤解したまま話が進んでいた」

「ちょっと待って」シスター・リンが立ち上がる。「そんなバカな話はないでしょう。私たちはちゃんとメッセージを受け取っているじゃない。『ITSAGAME』『HEAGREED』」

「……そのメッセージこそが偽物だったとしたら？」

大和君の言葉で、シスター・リンはいきなり眼前に壁が出現したかのようにぎくりと停止した。他の参加者たちは動かない。おそらく、彼らはもう分かっている。最も単純な、しかしろくに検討すらされなかった可能性を。

「そもそも、あのメッセージはおかしかった。内容ではありません。書かれた紙が、ですよ。綿埃の違和感に気付いた参加者だけが辿り着くゲームへの招待状。大事なイベントのオープニングなんですよ？　どう考えてももっと飾り立てるはずです。いい紙を使ってちゃんと印刷して。なのに実際のメッセージは雑な手書きでした。しかも手帳のページを破って書かれていた。明らかに現地調達されたものです。そして」

大和君は声が大きくなりすぎていたことに気付いたのか、はあ、と叩きつけるように一つ、息を吐いた。

「……この事件がゲームである、と判断する根拠は今のところ、あのちゃちな紙切れ一枚です」

今まで頭の中に降り積もってボタ山を作っていた何か。その底が抜けて山が崩壊……いや消滅する感覚。大和君は核心をついたのだ。それが分かる。全員が、これまでずっと何かに縛られていたのだ。歩けないと思わされていた人が実は歩けた。悪魔だと言い聞かされていた人々が実は普通の人間だった。気付きさえすれば、なぜ引っかかっていたのか思い出せなくなるほどのあっさりとした突破だった。

これだけ名探偵が揃っていて、なぜそこに気付かなかったか？　理由は明らかだ。彼らが「雇われていた」から。山川先生の死体を発見した時、彼らはまず本国の「依頼主」たちに連絡していた。ゲーム開始前に事態が急変したのだ。依頼を受けて来ている身としては当然と言える。

だがここに落とし穴があった。依頼主たちは聖遺物争奪ゲームの勝利に前のめりになりすぎたあまり、「それはきっとゲームだ」と判断してしまった。世界的に貴重な聖遺物の帰属がたった一人の代表者の勝敗で決まる、という緊張感がそうさせたとも言えるが、その陰には「極東の島国で見知らぬ人間が一人死ぬくらいどうでもよい」という感覚もあっただろう。遠く本国にいて報告だけ聞いている身には無理からぬことではあるのだが。

派遣された参加者たちも最初、確かに「警察に通報するな」という指示に不満を示していたのだ。だがその指示の後に「ＩＴＳＡＧＡＭＥ」の暗号が見つかったことで納得してしまった。

名探偵たちは見落としていない。依頼主が見落とした。簡単なことだった。現場がいかに優秀でも、指示を出す「上」が間抜けなら失敗する。

「僕から見れば、そもそもあの暗号は難しすぎました。もちろんみなさんからすれば簡単すぎで、ゲームのエントランスに辿り着くための小手調べ、くらいでちょうどよかったのかもしれませんけど」大和君は五人の参加者たちを等分に見る。ここに来て彼が一一番目立っているというのは、見ていて不思議な感覚があった。「でも普通の人からしたららどうでしょうか？　そもそも本来、参加する予定だったのはみなさんみたいな名探偵じゃない。普通の神父さんたちです。彼らがあの暗号を解けますか？　綿埃の不自然さにすら気付かず、『出題』にすら辿り着かなかった可能性が大きい。せっかく開催したゲームで、祖父がそんなことをするとは思えません」

この手のゲームを開催する時に最も難しいのが難易度設定だ。主催者側は、せっかく用意した以上、できれば参加者全員に最終ステージまで進んでほしいと願う。だが簡単すぎも難しすぎもせず、全員が適度に悩んだ後に解け、あるいは解けずに断念する、という難易度は難しい。突出して「強い」プレイヤーが存在したり突出して「弱い」プレイヤーが存在したりする可能性も考慮しなければならない。そのあたりのことを考え合わせれば、今回の出題がゲームらしくないことは最初から明らかだったのかもしれない。

そして、この事件がゲームでないとするならば、「解禁」される推理がある。

「僕の推理はこうです。犯人は『外部犯』だ。たまたまここを訪ねていて……というか、おそらくは忍び込んでいた。何かを盗むのが目的だったのかもしれません。ところが昨夜遅く、たまたま物色していた小屋で山川先生と鉢合わせしてしまう。先生はゲームの準備だったのかもしれないし、不審者の気配に気付いて見にいったのかもしれません。いずれにしろ現行犯です。泥棒は慌てて持っていた何かで先生を殴り、殺害してしまう」

つまり、ただの強盗致死事件だったのだ。計画性も何もない、行きずりの犯人による。

「考えられる」シャーロットさんが言った。「コテージ内に飾られていた調度類はそうでもなかったけど、現場の小屋にはスキー板が置いてあった。スキー板は『zai』などの高級ブランドであれば百万円以上のものがある。小屋に置かれているものの中に高級品があって、以前からそれに目をつけていた人間がいたのかもしれない」

泥棒。およそゲームとは無縁の単語だ。

いや、なるほど……と、高崎さんの声がした。「現場の床にあった『80㎝四方の、念入りに消毒した部分』……あれ、ゲロやな。吐いたのバレたら怪しまれるもんな」

大和君は頷く。

「泥棒はおそらくそのまま逃走しました。ですがその後に、もう一人の犯人が現場に来た。この犯人もたまたまなのか、それとも山川先生と泥棒の、いずれかの気配を追ってきたのかは分かりませんが」大和君の声が響く。もう音楽は何も鳴っていない。「もう一人の犯人は山川先生が何者かに殺害されているのを見て、これではゲームが終了してしまう、と考えた。普通に考えれば警察が呼ばれ、現場検証がされて、僕たちはもうゲームどころではなくなる。それでは困ったんです。どうしても聖遺物を手に入れなければならなかったもう一人の犯人は、少なくとも警察を遠ざけ、自分が聖遺物を見つけるまでの時間を稼がなくてはならなかった。警察が介入すれば僕たちは閉め出されるし、警察が偶然、聖遺物を見つけてしまうかもしれない」

そう。参加者たちが「警察に通報しない」と決めた理由の一つも、確かにそれだったろう。彼らの背後にはそれぞれの依頼者がいて、依頼者たちもそれを望んだ。

「だからもう一人の犯人は考えた。山川先生の殺害自体をゲームの『出題』であるかのように偽装して、それから偽の手がかりをばら撒いて、参加者たちを足止めする。その間に自分は直接聖遺物を探し、回収して逃げる」

「つまりあの暗号も綿埃も、その場でとっさに考えたのか」ボグダンさんが無精鬚のある顎を撫でた。「しかも偽の証拠まで、その場で考えた。俺たちがした推理を、そいつは全員分、一人で……しかもとっさに想定した、と」

大和君は頷く。「そういうことになります。あるいはあなたがた同様、何かの能力者だったのかもしれません」

ボグダンさんは頷く。「考えられるな。たいしたもんだ」

「でも。根本的な問題がそのままですよ」高崎さんが言った。「うちら全員が犯人でないなら、誰なん？　昨夜現場に行って、あちこちに出入りして偽の証拠を用意して――なんて、できたやつおります？」

大和君はそこで一拍置き、それから、深々と頭を下げた。

「……すみません。いるんです」

それからこちらを見ないまま、手だけで僕を指し示した。

「ここにいる弘瀬廻です」

初めて、だと思う。全員の射るような視線が、ざあっ、と僕に集中した。

そんな馬鹿な、と思う。違う。僕じゃない。僕は何もしていない。だがそう叫びたくても、すでに絶体絶命だった。五人の名探偵に疑われているし、大和君が敵に回ってしまった。

ちょっと待ってくれ、と思う。本当に僕は何もしていないのだ。だがこのままでは犯人にされてしまう。

「……そういうことか」ボグダンさんが疲れたような声で言う。まわり道をさせられてきたことに気付いたのだろう。「この事件がゲームでなくなることで、もう一つ可能性が『解禁』される。……つまり『共犯』の可能性だ」

大和君が言った。

「僕は嘘の証言をしました。いや、正確には……廻の嘘を訂正しなかっただけではありますけど」

シャーロットさんが頷く。「『昨夜はツインベッドで寝ていたのだし、メグルが抜け出せば気付いたはずだ』――という、証言ね」

大和君ははい、と頷いた。頭を深く下げて、謝罪も兼ねているような仕草だ。「ですが実際は、かなり深く寝込んでしまって、気付けば朝でした。廻はその間にベッドを抜け出して、何でもできたでしょう」

「ちょっと待って」マテウス君が立ち上がる。「彼は本当に犯人なの？　僕は事件発生直後、全員に『霊視』を試した。彼は自分が犯人であることを否定したし、嘘をついてもいなかった。……確かに僕は『殺したんですか？』という形で訊いたし、彼は殺してはいない。でも僕の『霊視』はそういう言葉のあやでごまかせるようなものじゃないんです。たとえ殺していなくても、殺人に関して自分しか知らない真相があれば、それを隠す罪悪感がある。何か反応が出るはずなんです」

そうだ、と思う。マテウス君が証明してくれる。外見上は小柄な少年一人の頼りない防壁だったが、実際は鉄壁だった。嘘を100%見抜ける彼が、僕は殺していない、と認めたのだから。

だが、高崎さんが腕を組んで頷いた。「なるほどな。つまり、そういうことか」

高崎さんの視線は隣のマテウス君を無視し、いきなり僕に向けられた。

「廻君。君の能力、そういうやつなんやな？　記憶の操作……いや、一瞬ですべての推理を考えたほどやから違うな。多重人格やろ。複数人で相談すれば、短時間で何でも思いつくもんな。実際に偽装工作をしたのは君とは別の、おそらくは主人格。君はそれを隠蔽《いんぺい》するために交替した別の人格やろ？　それやったらマテウスの『霊視』はパスできるな。本気で知らんのやから、『嘘をついている』いう自覚も全くない」

こちらを向いている高崎さんの視線が僕ではなく、僕を貫通してその背後を射貫《いぬ》いていることに気付いてぞっとする。初めて見られた。見つかった。絶対安全なはずのマジックミラーのこちら側にいたはずなのに、なぜか視線がこちらを捉えている。見られている。

僕は後ろの皆に助けを求める。みんなの存在がばれた。律《リツ》君も馳《ハセル》さんも渚《ナギサ》ちゃんも。どうすればいい。だが主人格の黎《レイ》さんも愁《シュウ》さんも動いてくれなかった。お前が切り抜けろ、ということなのだろうか。起きているはずなのに出てきてくれない。

「それなら、主人格に出てきてもらいましょうか。犯人でなくてもいい。誰かが出てきさえすれば、多重人格は証明される」シスター・リンが声を替え、僕に命じた。「廻君。あなたは奥に引っ込んでいてくれる？　あなたのお友達と話したいの」

外部の力で外に引っぱり出される、というのは初めての経験だった。自分の手足のように思い通りになるはずのものが、ならない。なるほどこれは恐怖だ。廻《メグル》は泣きながら暗闇に消え、俺はこいつを隠《かく》れ蓑《みの》に選んだ自分の判断に舌打ちした。こいつも主人格の一つではあるが、度胸も知性もなく、困ったことに他人格の記憶と完全に分離できていないところがある。ぼろを出す可能性は危惧《きぐ》していたが、大和とのつきあいが長いという点を重視してこいつに任せたのが間違いだった。

だが、まさか参加者たちがここまでやるとは思っていなかった。律が後ろから冷めた声で言う。愁さんは他人の能力を低く見過ぎるんですよ。

まあいい、と思う。望んだ方法ではなかったが、すでに勝ちは決定している。

俺は五人の参加者と、廻が勝手に崇拝している名探偵を見回した。

「初めまして。弘瀬愁《シュウ》です」大和が目を見開いている。「大和、君の勝ちだ。犯人は俺だからな」

15

解放感があった。いつもの「外に出る」時のそれよりもさらに強く、異質だ。もう隠れなくていい、という感覚。うまく動かない廻を苛々《いらいら》しながら見ているのは、やはりかなりのストレスだったようだ。

高崎がゆっくりと腰を浮かせた。「……廻君をどうしたん？　寝かしたんか？　消してへんやろな」

「心配要りませんよ。任意に消すのはなかなか難しくて、かなり時間がかかる。大抵はただ消すんじゃなくて、奥に押し込んでまわりの人格と区別できなくする。融合ですね」

ボグダンもこちらを見ている。「それがお前の能力か」

「そう。『人格操作』です。人格を任意に作成し、選び、消し、融合も分解もできる」

やはり自分の声はいい、と思う。自分本来の力感がある。廻の弱々しい声は嫌いで、正直それにも苛々していた。「祖父も母もこの能力を持っていた。祖父の本当の仕事は工作員です。世界でただ一人、ポリグラフ検査を完全にパスできる特製の工作員。……もっとも俺も、子供の頃はここまで自由に人格の操作はできませんでしたが」

「なるほど。……謎が解けました」マテウスが言った。「何かおかしいと思っていたんです。廻君は犯人ではない。でも何かを隠している。彼に『霊視』で質問しました。『何か隠していませんか？』と。答えはノーでしたが、完全なノーではなかった」

シャーロットも頷いた。

「違和感の正体がやっと分かった。夕食の時にいろいろ話していて思ったの。メグルは『ゴールド免許』を持っていて、ヤマトは『就活《シューカツ》の息抜き』でここに来た、ということだったけど」眼鏡を直す。「ずっと不自然だと思っていた。メグルはヤマトに対し、年上の親戚であるかのように接していた。でも日本のゴールド免許というのが取得できるのは通常、二十四歳からよね？　十六歳で原付免許を取得して、その五年後に普通免許を取得すれば最短二十一歳でもいいけれど、日本の高校は原付免許の取得を禁止していることが多いし、このパターンは少ないはず。つまり、メグルは若くても二十四歳以上のはずだった。対して、ヤマトがしているという『就活』は通常、大学二年生から三年生――十九歳から二十一歳の間に行う。ヤマトが『浪人《ローニン》』や留年をしていれば、一応理屈は合うのだけれど」

「それに、君は雪に慣れすぎていた」ボグダンも言った。「君は東京の埋め立て地で生まれて東京で育った筈《はず》だろ？　現住所も東京だった。だが雪国の常識を知っていたし、雪上の運転にも、スノーシューの扱いにも慣れすぎていた。東京はほとんど雪が降らないはずなのにな」

何かが決壊した、というよりは、詰まっていたものが取れたのだろう。見ているだけの俺にも、参加者たちの思考が急激に流れ始めたことが手に取るように分かる。まるで部屋の時間自体が早回しになったようだ。実際に速くなっているのではないかと思い横目で壁の時計を見る。秒針は最初の1秒だけ妙にもたつき、あとは予想外に遅い間隔で漸進している。あんなに遅かっただろうか？

「確かに、ね。あなたに関しては違和感がずっとあった。なぜなら、素性が全く分からなかったから」リンもその速さについていっているようだ。それまでずっとしていたヴェールをばさりと外し、黒い髪を自由にする。「あなたは何者なの？　学生なの？『社会人』なの？　家はどこで家族はどうしてるの？　それに妙に知識があった。友軍かもしれなかったし、同類のライバルかもしれなかったから、余計な詮索《せんさく》はしなかったけど。……あなたは何者なのか、なぜ話していても全くその情報が出てこないのか、ずっと不思議だった」

「僕が確信したのは、昨夜です」大和は目を伏せている。彼はショックを受けているだろう。「ボグダンさんの手帳を見て『ウクライナ語だね』と言った。もちろんウクライナ人だからウクライナ語だろう、と当てずっぽうだったのかもしれないけど、大抵の日本人はウクライナがロシア語とは異なる『ウクライナ語』を公用語としていることを知らない。キリル文字を見ればロシア語だと思う」

なるほどな、と頷く。やはり人格と記憶が一部融合していたのが失敗の原因だったのだ。他人格の知識が不自然に混ざってしまっている。それにしても廻は、短期間でぼろを出しすぎだろう。「無知の弱者」タイプならすぐに作れる。消してしまおう、と決めた。

「僕はずっと不思議だったんです。廻は小さい頃から、僕を年上だと思っているような時があったり、かと思えば実年齢を正しく認識しているような時もあったり、不安定だった」大和は拳を握っている。「祖父もよく分からない人だった。でもまさか、本当に工作員だったなんて」

そうは言うが、俺の母親もどうやら、アルバイト感覚で仕事をしていたことがあるようなのだ。祖父の紹介で。母親はおそらく俺の仕事に気付いている。代々受け継ぐ伝統というわけだ。

「廻。……いや、『愁』なのか?」大和は困惑しているようだ。だが、その舌が回らなくなりつつあることが分かった。「君は……」

確実に効いている。大和はすぐに脱力し、椅子にしがみつくように膝を折ったが、そのままずるずると床に寝そべり、眠ってしまった。

「おい」ボグダンが立ち上がる。「コーヒーだな。何を入れた？」

答える必要はない。俺だってスタッフであり、何でも持ち込めたのだ。昨夜、大和が起きてこないように飲ませたものだ。分量は把握している。

……それにどうせ、もう勝負は決まっている。本当は参加者たちに同士討ちをさせ、時間稼ぎをしている間に聖遺物を見つけるつもりだったが、彼らは思いのほか早く真相に行きついた。最後の手段だったこれを使わざるを得なかった。

「ハチ！」

高崎が叫び、ハチローが飛びかかってくる。俺はその刹那《せつな》、すぐ後ろに控えていた馳と交替した。馳は思考速度も動体視力も俺たちの中で最も優れていて、格闘技もひと通り習得している。交替と同時に全身の筋肉がぐっと容量を増す感覚があり、愁と交替したオレは飛びかかってくる柴犬に前腕を差し出して咬ませ、そのまま振りかぶって反対側に放り投げた。忠実で俊敏でも所詮《しょせん》は柴犬だ。体重も咬合力《こうごうりょく》もたいしたことはなく、痛みは無視できた。

食堂の状況を確認する。リンは椅子から離れかけているが、あれは距離を取ろうとしているようだ。高崎は犬が飛ばされた窓の方を見ている。シャーロットはタブレットを取って立ち上がりかけているが、電極を射出しないスタンガンなど問題にならない。問題は向かいのボグダンだ。こいつは。

上体をそらし、すでに回転しながら飛んできていたコーヒーカップを躱す。強く投げすぎだし回転も足りない。せっかく入っていた熱い液体もかかることなく素通りしていってしまっている。

隣のマテウスはようやく椅子から立ち上がったところだった。立ち上がってくれてかえって都合がいい。先読みをしてオレから離れようとしていたのは偉いが、動きの方が遅すぎる。腕にしてもちょうど摑みやすい細さで、なんともおあつらえ向きだった。

だが摑まえようと右手を出した瞬間、オレは視界の左端《ひだりはし》で、こちらに向かって飛んでくるもう一つのコーヒーカップを捉えていた。顔面にまっすぐ飛んでくるそれは近すぎて躱せず、オレは頭をよじり、頭頂部の近くでそれを受ける。オレは痛みを信号としてしか受け取らない人格であり、時間差で隣の奴のカップまで投げていたボグダンに対して身構えるだけの余裕はあった。ボグダンがこちらに来る。二つのカップを時間差で、しかも一つ目を避けると二つ目を避けられなくなる絶妙なコースで投げたくせに、同時に駆け出してもいたのだ。能力使用中なら、思考速度はオレより速い。

マテウスの腕は摑めそうだったが、摑んで引き寄せ、喉元にポケットの護身用ボールペンを突きつけるより、ボグダンの攻撃の方が早そうだった。ならば両手を塞ぐより構えた方がいい。両足をカーペットに踏んばって体に制動をかけ、走ってくるボグダンを迎え撃つ。素人じみて振りかぶった右拳は当然囮《おとり》だろう。あれがパンチ以外の動きをするにしても初動を見てからで充分対応ができる。本命は右手に注意を向けておいてさりげなく引かれた左だ。その左が予想より早く振り上げられる。まだ間合いの外だ。ボディブローのような動きをしているが中指と人差し指の間にコインが挟まっていた。なるほどあれを飛ばすのだなと分かり、すぐに視線を上に戻す。やはり何か白いものが飛んできていた。右手でも左手でもなく、口から第三の攻撃。一瞬早く、こちらの目を狙って吐いていたのだろう。しかも唾ではなく角砂糖か何かの欠片《かけら》だ。だが目にさえ当たらなければ問題ない。右以外は無視して前に出る。角砂糖が眉間に当たって弾けながら飛んだ。オレが前に出てきたため左手はコインの指弾からパンチに替えたようだが、もう遅い。右手で叩き落としてそのまま接近し、顔面に頭突きを入れる。ボグダンはのけぞったが、右手で奥襟を取られた。頭突きも額で受けられたようだ。右袖と奥襟が引かれる。だが摑んだのではない。摑ませたのだ。組めば有利なのはこちらだ。筋力にしろ格闘技にしろオレの方が強い。腰を落として崩しに耐え、逆に力任せに相手の体を引き起こす。踏み込んで小内刈《こうちがり》からの背負投《せおいなげ》。接近して組みあえば視界が狭くなり、クロックアップしたところで情報が入らない。何より、いくら先を読めても、腕力で強引に崩せば投げ技は決まる。ボグダンの長身が宙に浮く。試合ではない。そのまま椅子に叩きつけた。振り返る。マテウスは二歩先に逃げ、スタンガンを構えたシャーロットが駆け寄っていた。なら、こいつでもいい。後ろは無視して窓際に走り、ようやく起き上がった柴犬を押さえつけ、眉間に護身用ボールペンの先を押し当てた。

「動くな。普通のボールペンじゃない。こいつの脳味噌を掻き出すぞ」

「おうコラ、ワレ何さらしてんねん。放せボケナス」高崎がうって変わってドスの利いた声で唸る。「ハチ放さんかい。沈めるぞ」

「やってみろ。できるならな」

「無駄よ」テーブルのむこうからシャーロットが叫ぶ。「訓練を受けた犬をいつまでも押さえつけておけると思う？　時間稼ぎに過ぎない」

「それで充分なんだよ」柔らかいカーペットに膝を落とし、押し当てるボールペンに力を乗せる。柴犬は不利を悟ってか動かない。賢くて助かる。「どうせお前らはもう終わりだ。全員な」

全員がカップに口をつけたのを確認している。さっきの大和と同様、すぐに倒れる。数分では無理だが、そろそろ効果が現れるはずだ。起きていられる者はいない、はずだ。眠ったら、全員。殺す。オレがここに。来ていたという。記録は。どこにも。

自分の思考が鈍っていることに気付く。何かがおかしかった。粘膜に包まれたように感覚が鈍く生温《なまぬる》い。視界がぐらりと揺れ、自分の体が傾いていることに気付いた。押さえつけていた毛の塊《かたまり》がざっと手から抜け出し、離れる。オレは。なぜ、あの犬を放したのだろう。

「……なるほど、終わりのようね」シスター・リンが笑う。

オレはなんとか膝をつき、体を起こそうとした。だが体どころか瞼《まぶた》まで落ちてくる。呼吸が内側に籠もってしまう。今襲われたらまずいと思ったが、ボグダンは背中をさすりながら起き上がっただけで何もせず、他の人間もこちらを見下ろしているだけだった。何を、と言ったつもりだったが、今のは声になっただろうか。

「僕の仕事はカルトのインチキ教祖です」マテウスが微笑んだ。「信者に『奇跡』を見せてお金を騙し取る。そのためにはコールド・リーディングやホット・リーディングだけじゃない。ちょっとしたマジックも使うんです。……たとえば視界の外で、隣の人とカップをすり替える――とかいったような」

後ろで愁も驚いているようだ。確かに油断していたが、このガキはそもそもなぜ、すり替えようと考えたのだろう。カップに薬を入れたことは誰にも見られていないはずなのに。

「うちの力、ナメとんのか？」膝をついて柴犬を撫でていた高崎がこちらを睨む。「コーヒーにあんなもん入れといて、バレんとでも思ったたん？　ワレんとっちゃ『無味無臭』なんやろうけどな。そんな物質この世にないで？　そんなんあったらダークマターやアホ。ボケ。カス」

シャーロットもオレを見下ろしている。「マリアから合図をもらったから、バイブレータでモールス信号を送れるよう、全員のスマートフォンを改造したの」

「吐かれたら困るからな。時間稼ぎに殴ってやろうと思ったが」ボグダンが頭を掻く。

「まあ、血行をよくする効果ぐらいはあったかもしれん」

誰も飲んでいないのだ。

そのことに気付くと同時に、オレの意識は急速に薄まっていった。

そして意識が途切れる直前、誰かが言った。

「名探偵をナメるなよ」

16

その後のことについては、たぶん僕――弘瀬大和以外に語る人間はいないだろう。

廻、というか愁を始めとする彼ら全員とはもう会えないのだろうし、名探偵たちは「弘瀬愁」を拘束した時点でもう「後始末」の気分だったらしいので。

おおもとの原因になった強盗犯は、名探偵たち五人があっという間に逮捕した。現場の臭気。足跡。侵入経路と逃走経路。盗まれた被害物の推測と追跡。さらに警察より早く被害者宅を訪ねての尋問。地元の四十代の男が簡単に割り出され、旭川署に突き出されるまでわずか六時間だった。

もちろんその過程で山川さんの荷物は調べられ、出題されるはずだった本当の問題と、聖遺物を保管していた「受託者」の連絡先はすぐに確認された。問題は単純な暗号で、早押しクイズのごとき様相で全員が正解した。聖遺物の正体は聖ペテロの遺骨の一部で、大きなもので長径15cmほどもある大腿骨《だいたいこつ》も含まれていたが、一部をリンさんがヴァチカンに送って鑑定してもらった結果、十六世紀の人間のものだという鑑定結果が出てしまった。参加者たちも各国教会も、偽物の聖遺物に振り回されてしまったわけだが、もともとの出所の信憑性《しんぴょうせい》が高かったらしく、すぐに科学鑑定にかけられたためにたまたま偽物だと判明したものの、そうでなければ本物扱いされてもおかしくなかったという。

結局、あれだけの騒動を引き起こした「聖遺物」は偽物だったのだ。

そしてそれは、実は祖父の土地から発見されたのではなく、祖父がよそから盗んだものだった。生前の祖父は日本のある機関を介して仕事を受けてきたが、「手癖《てくせ》が悪く」、単純に潜入先で物を盗んだり、業務上知り得た情報を「個人的に」使って要人を脅迫したりと、かなり素行の悪い「不良工作員」だったらしい。「聖ペテロの遺骨」もそうして手に入れ、何の偶然か売られず、しかも盗まれたことがばれずに残り、とっくに引退した晩年、もうほとぼりは冷めているだろうと甘く見ていた祖父によって知恵比べゲームの賞品にされた。組織の方は祖父を許してはおらず、だとすれば老衰とされている死も「落とし前」の可能性がある、と愁は言っていた。ほとんど仕事に関わっていない母はともかく、奪還に失敗した自分の身も危ないとのことで、弘瀬愁の身柄はシャーロットさんがFBI経由でアメリカに保護を求め、現在、彼は迎えにきたCIA職員と一緒にワシントンにいる。シャーロットさんは「優れた人材をなぜ殺すのか理解できない」と首をかしげていた。

たぶん僕は、廻にはもう会えないのだろう。だが無事ではあるというし、落ち着いたら連絡する、と言われているし、廻も消されずに済んだようなので、とりあえずは、これでいいのだろう。

以上が「レラカムイ筆尻」での顚末《てんまつ》である。結局、山川先生が不運なことに強盗殺人の被害者になってしまった、という事件であり、そこだけはどうしても取り返しようがなかった。同意殺人と誤解されたままよりはましかもしれないが、それは気休め程度の事実である。

一方で、生き残った名探偵たちは、余った時間で日本観光を堪能している様子である。

リンさんは仕事が詰まっているらしく、大急ぎで秋葉原《あきはばら》と池袋《いけぶくろ》だけ回って帰ったようだ。テレビ通話で話した時は羽田《はねだ》空港で、妙に重そうな荷物を抱えていたので「それ持って帰るんですか？　空港のカウンターからでも送れますけど」と訊いたら「飛行機の中で読みたくなるに決まってるじゃない！」とすごい勢いで言われた。

マテウス君は旭川のスキー場で、高崎さんに教えてもらいながら初めてのスキーを楽しんだらしい。その他ウニ丼《どん》からキリンガラナまで北海道の味覚を味わい尽くし、夢見心地だったとのこと。東根室にある高崎さんの実家（教会）にも泊まっていったとのことで、高崎さんは「なんか弟ができたみたいでちょい嬉しいわ」と笑っていた。マテウス君はよほど帰りがたかったようで、僕も見送りにいった成田《なりた》空港では泣きながら高崎さんと抱きあっていたが、その二日後、日本から持ち帰った駄菓子を広げて地元の友達とパーティーをしている動画が送られてきた。高崎さんの方はいきなり休暇をもらったため、その穴埋めにしばらく忙しいらしい。日本人は楽じゃない。

対照的なのがシャーロットさんで、暖かいところの方が好きらしい彼女は一気に沖縄に飛んでいた。この移動力はさすがである。送られてきた画像で「海人《うみんちゅ》」と書かれたTシャツを着ていたのが気になるが、現在でもまだ八重山《やえやま》でのんびりしている。安全な端末さえあればどこででもできる仕事だから、と言ってプールサイドで手を振る彼女はなかなか恰好良かった。せっかくだからもう一ヵ月ほど沖縄にいるつもり、と言うのを聞き、時間感覚の違いを痛感した。

ボグダンさんは浅草《あさくさ》に行ったらしい。そこで買った江戸切子《きりこ》が「精神を落ち着かせる」と言っており、彼の入眠に役立てば何よりである。それ以外にも行ったような雰囲気なのでどこなのかと訊いたら、ぼそぼそと「日光」と答えた。だがテレビ通話で答える彼の後ろ手に「手裏剣ぐらいの大きさの包み」がちらりと見えたので、東照宮《とうしょうぐう》だけ見て帰ってきたというわけではないらしい。「また日本に来る。次は京都と奈良だ」と言っていたので、そのうち会える機会があるだろう。ちなみに僕は羽田空港で完成済みのミトンをもらった。

僕はといえば、いよいよ就活が本番に入るということで、徐々に、しかし確実に迫ってくる暗雲のようなものと日々闘っている。シャーロットさんからは「アメリカ来ない？」と誘われたし高崎さんからも「営業なら採用あるよ？」と言われているが、やんわり断った。自分の進路は自分で作るつもりである。

それでも、シャーロットさんとは帰国前にまた会う予定である。ボグダンさんもマテウス君も、案外すぐにまた来てくれるかもしれないし、東京には就活で何度も行くので高崎さんにも会える。秋葉原に寄ったらリンさんと出くわした、なんてこともあるかもしれない。それらは少し、楽しみだった。

あとがき

イカスミはおいしいですが、あれをおいしいおいしいと食う人間って、わりと凄まじい生物なのではないでしょうか。「真っ黒」という見た目もさることながら、あれって「攻撃」ですよ。イカの。

小説がお好きな方なら軟体動物に感情移入するくらい造作もないと思いますので是非イカの気持ちになっていただきたいのですが、イカからすればスミというのは「最終手段」なのです。攻撃を受け、追い詰められ、通常の回避手段では絶望的、となった時に発射する。

つまりイカからすれば「緊急事態《アラート》！　緊急事態！　5時方向上方に天敵確認。距離30メートル。接近中」「何っ。近いぞ。左眼何をしていた！　総員警戒態勢。全腕全速運動」「全腕全速運動」「天敵なお接近中。敵影確認しました。アゴヒゲアザラシと判明」「ダウン20。海底砂潜航用意」「ダウン20。潜航用ー意」「アゴヒゲ距離15メートル。まっすぐ突っ込んできます」「潜航急げ！」「距離10！　間に合いません！」「艦長！」「今の動きをフェイントにする。アップ40。急加速回避」「アップ40」「アゴヒゲ軌道変更。本艦に追随します！　距離7！」「取舵一杯。急旋回でかわせ」「取舵一杯」「来た！」「神様！」「かわせえええ！」「舵を切り続けろ。全速前進」「かわした！」「うおおおおお」「艦長」「まだだ。追撃が来るぞ。ダウン40。潜航用意」「アゴヒゲ急旋回。回頭して本艦に追随します」「潜航は間に合わん。潜航やめ！　アップ40。全腕展開。急上昇でかわせ」「アゴヒゲ接近。距離5！　間に合いません」「うわあああ」「もう駄目だ」「諦めるな！　墨塊《デコイ》射出！」「墨塊射出」「頼む、スミに食いついてくれ！」

ぐらいのテンションで出しているものなのです。[*1]まあ釣りをやる人からすればあいつらわりとすぐピュッピュ吐くよ、ということになるかもしれませんが、イカからしてみれば釣り上げられて水中から出されたというのはもう「拿捕《だほ》されてクレーンで釣り上げられている」状態なわけで、たぶん彼ら、あの時点で「俺、死んだ」と思っています。

そのスミを、人間たちはなんと「食べてしまう」のです。逃げるための最終手段として必死に出したのに「これがおいしい」「ハマる」とか言いながらもぐもぐ食われたら、イカとしてはどんな顔をすればいいのでしょうか。「怪獣にミサイル撃ったら食べ

＊1　ちなみにイカの墨はねばねばしていて水中で固まる「囮（デコイ）」、タコの墨はさらさらしていて水中でぱっと拡がる「煙幕」と、用途が違う。

ちゃった」みたいな状況ですから、もう絶望するしかないんじゃないでしょうか。まあイカ類のスミというのはうま味成分を多く含んでおり、そのためイカスミで書道をすると虫に食われて大変、という話もあるくらいなのであれはそもそも食わせるためのものなのかもしれないのですが、人間はたとえばコアリクイの手を広げた威嚇ポーズだの、プクーッとトゲトゲ形態になったハリセンボンだのを「可愛い」と愛でます。ハリセンボンの名誉のためにお断りしておきますが膨らんでトゲトゲ状態になるあれ、彼らの最終戦闘形態《ファイナルバトルフォーム》ですよ。なのに相手のリアクションが「かわいい！」だった時の彼らの絶望たるや相当なものではないかと思うのです。人間、強すぎです。うちの母も柑橘類につくアゲハチョウのイモムシをつついて「つつくといい香りのツノを出すのよ」とか言っていましたが、あれもイモムシ的には「刺激臭を出して」「攻撃している」つもりなのです。お母様やめてあげてください。

人間の強さはどこにあるかといえば、大抵の人は「知能」と答えるでしょう。人間は火を恐れずに利用し、武器を持ち、飛び道具を使って獲物や外敵を仕留める。罠を張り、強固な防壁を築き、コミュニケーションをとって集団戦法を使う。医学薬学を用いて怪我や病気を治療してしまう。衣服や住居を高度に発達させてどこにでも（宇宙空間にまで！）棲みつく。ですがたとえば武器はサル類も使いますし、農耕はアリでもしますし、一部のカラスは火を使って森を焼き、獲物をあぶり出したりします。スイギュウは民主主義的システムで群れの進路を決め、ゾウには他人の子供を専門に育てる「保育士」が存在し、オオニワシドリは求愛に際し、龍安寺石庭《りょうあんじせきてい》のごとく遠近法のトリックを使います。[*2] 動物はわりとみんな文化文明を持っているのです。だとすると、生物として見た時の人間の強さは「知能」というより、むしろ「なんでも食う」ことに尽きるのではないかと思うのです。タマネギやチョコレートをペットにあげてはいけない、という話は有名ですが、人間はおよそどんなものでも食べて栄養にしてしまう、生物界で断トツの悪食《あくじき》です。イカの最終兵器をパスタにかけてうまいうまいと食べ、毒であるはずの苦味や辛味を楽しみ、あまつさえ激辛料理を堪能し、フグですら毒を巧妙によりわけて高級料理にしてしまいます（巧妙によりわけずに毎年、一人ぐらいは死んでいますが）。対して他の動物たちはどうでしょうか。たとえば、動物界では群を抜いた雑食性を持ち、おそらくはその「なんでも食べる」力で繁栄してきたであろうタヌキは、悪食の代名詞とされています。彼らはカキ、ビワ等木の実、甲虫類等昆虫、エビ、カニ等水生生物や各種魚類、ネズミなどの小動物からミミズなどまで食べます。驚きですね。でもお気付きかもしれませんが人間、全部余裕で食べます。フランス料理ではカタツムリ

＊2　オオニワシドリのオスは立派な東屋を作ってメスを呼ぶが、東屋の周辺には「手前に小さな装飾品を、奥に大きな装飾品を」置き、遠近法のトリックを用いる。

を食べますし、中華料理では燕《つばめ》の巣を食べますし、日本人はだいたい何でも佃煮《つくだに》か天麩《てんぷ》羅《ら》にして食べます。本当に何でも食べます。「食べられる野草図鑑」みたいなものを読んでみると分かりますが、そこらへんの雑草はだいたいなんでも天麩羅にすれば食べられます。まあ「消化できる」というだけでとても食べられたものではなかったり、そもそも毒がある植物も多いので挑戦は自己責任でお願いしたいのですがかなり何でも天麩羅にして食べます。もちろんこれは天麩羅や佃煮といった技術のおかげでもあるのですが、「およそ何でも食べる」ということにかけては人間の右に出る生き物はいません。これまで人間にしかないと思われてきた数々のものが実はそうでもなく、動物の世界にも文化があり芸術があり方言がありサボりがあり師弟関係があり同性愛があり人助けがありいじめがあることが分かってきてしまった今、人間に残された唯一のアピールポイントはこの、「タヌキ相手ですら余裕で圧勝」する地球最強の悪食ぶりだと思うのです。どんどんここを推していくのがいいと思います。

あとがきなのに関係ない話が続いてしまいました。もとの話に戻します。

最近、スマートフォンがどんどん大きくなっているのが気になるのです。確かにこれを書いている二〇二一年現在、コロナ禍の外出自粛圧によって世界中で平均体重が増えており、私も空気を読んで5キロほど太ってみたのですが、別にスマートフォンにまで「でかくなれ」とは誰も言っていないと思うのです。片手で扱えないじゃないですか。

ポケットに入らないじゃないですか。いいですか。あなたたちは「携帯」なのです。もともとは「携帯電話」で、本来なら「携電」と略されているはずのところ、「電話」を完全オミットして「携帯」の方向に略されるほど、あなたたちは「携帯」なのです。携帯されなきゃ駄目じゃないですか。重いから仰向けで操作してると顔面に落ちてくるんですよ。そのまま巨大化していったらどうなると思いますか。行きつくところは「小型のタブレット」です。つまり遺伝子汚染による絶滅ですよ。

つい感情的になってしまいました。ですが、スマートフォンがこのまま巨大化を続けて、今後もやっていけるとは思えないのです。これは生物史を見れば明らかなことで、基本的に、巨大化した動物というのは生存に不利で、小型の動物たちに破れて姿を消してゆくものなのです。昔を思い出してください。ペルム紀とかそのあたりにはでっかいやつがたくさんいました。翼長1メートルの巨大トンボに、体長50センチメートルの巨大ゴキブリ。2メートルの巨大エビに6メートルのクマ。そして浪漫《ろまん》溢れる無数の恐竜たち。彼らは皆、滅びました。気候変動に耐えられなかったのです。生き残ったのは狭い場所に隠れることができ、少ないエネルギーで肉体を維持できる小型の動物たちでした。そもそも古代の動物が巨大化したのは植物の急増で大気中の酸素濃度が高かったため、大きくても肉体を維持できた時代があった、というだけに過ぎないようです。世界中のCO_2排出により大気中の酸素濃度がどんどん下がっている今、時代に逆行する大型化を続けていたら、スマートフォンもいずれ絶滅[*3]してしまうでしょう。何よりこれから温暖化してゆくのですから、ベルクマンの法則に逆行して大型化し、体表面から逃げる熱を減らす必要はないのです。そもそもでっかいのって不便ですよ。つり革が顔面にパタパタ当たるし、エコノミークラスの座席にはまっすぐ座れないし、服屋さんではまず「LLがあるのはどれですか」と訊いてその中からしか選べません。[*4]便利なところといえば「待ち合わせの時に目印になる」くらいでしょうか。しかし今気付いたのですがこれって私にとって便利なわけではないですよね。

たぶんそろそろ紙幅がなくなりますので[*5]、本書の刊行にあたりお世話になった方々にお礼を申し上げます。講談社の担当A氏、O氏、それに企画段階では担当だったK氏、ありがとうございました。校正担当者様、今回は海外の話で確認が大変なことが多かったかと思いますが、お世話になりました。装画のアオジマイコ先生、そしていつも超速で困難な注文にも応じて下さる鉄人グラフィックデザイナー坂野公一様及びヴェレデザイン様、ありがとうございました。また印刷・製本業者の皆様、配送業者の皆様、いつもお世話になっております。

そしてどうも、この本が刊行される時期にはミステリの注目作が目白押しのようです。盛り上げてくださる講談社営業部の皆様、いつもありがとうございます。また取次各社、さらには全国書店の皆様、今回はかなりコストがかかって大変でしたが、その分、いい原稿になったと自負しております。自信作です。よろしくお願いいたします。

そして何より読者の皆様。ありがとうございました。この本が皆様にひとときの悦楽をお届けできますよう、お祈り申し上げます。次の原稿ももう書いております。今年もがんばります。

令和三年六月

似鳥　鶏

Twitter https://twitter.com/nitadorikei

Blog「無窓鶏舎」http://nitadorikei.blog90.fc2.com/

＊3　恒温動物は一般に、寒いところにいくほど体が大きくなる、という法則。体が小さいほど体重に比して体表面の面積が大きくなってしまうため、熱がたくさん出ていってしまう。そのため寒いところの動物は大きくなる、というわけである。ただし例外もいろいろとある。

＊4　かなりの確率で「あーうちLまでなんですよ」と言われる。

＊5　あとがきはいつも「余ったページ」に書いているので、たいてい何ページ書いていいのか分からないまま書きます。

文庫版あとがき

「てんびん座」の存在が昔から謎でした。ヒツジ、ウシ、双子……ときて、乙女の次にいきなり物言わぬ天秤《てんびん》がドンと登場します。「みずがめ座」も一見、謎なのですが、こちらは画を見ると水瓶をかつぐ美少年[*1]がちゃんといるわけでして、なんで天秤だけ急に無生物になったのでしょうか。まあ、星座にはそもそも「かみのけ座」「コップ座」、ひどいのになると「さんかく座」「みなみのさんかく座」などというものがあり（「みなみの○○」がアリならもっと他のにすればよかったのに……）、黄道十二星座はそれらの中から「天球上の太陽の通り道にある星座」をピックアップしただけのものなので（つまり、星座の配置次第では「十月生まれのあなたはさんかく座！」とかになる可能性もあった）、一つだけ物言わぬ物体が交じっていることも当然ありうるのですが、それなら「へびつかい座」の方を入れてもよかったんじゃ[*2]……と思わないでもないです。「へびつかい座」は医学の神アスクレピオスですから他の十一星座にキャラでも負けていませんし、神話上の扱いも「テュポンの出現にびっくりして逃げようとしたが、慌てすぎて変身を失敗。下半身が魚のまま逃げた時のパン神（やぎ座）」とか「ヘラクレスvs.ヒドラ戦の時、なんか足元に出てきてヘラクレスをハサミで挟んだけど即、踏み潰されて退場した存在意義が不明なザコ敵（かに座）」とかよりはるかに目立つので、無言の天秤よりこちらでよかったのでは、と思わないでもないです。ていうかあのカニ、[*3]本当にストームトルーパー以下の扱いなんですが、そもそもなんで出てきたのでしょうか。実はハサミに毒があって、後にヘラクレスがピンチになった時、この毒が最後のひと押しになってしまうのであった……とかの伏線に使われるなら納得ですが、ヘラクレスの最期は「奥さんが（媚薬だと騙されて）パンツに塗った毒で死ぬ」という何やら残念なものので、カニは全く関係ありません。まあ、残念な最期を遂げた英雄や偉人は明智光秀（農民の落ち武者狩りにやられる）、張飛（寝てるところを部下の謀反《むほん》で斬られる）、仏

＊1　ギリシア神話においては羊飼いのガニメデ少年とされる。「可愛かったから」という理由でゼウスにさらわれて酒を注ぐ仕事をやらされているらしい。ひどい。

＊2　正確には「黄道上の星座」は十三個あり、最後の一つが「へびつかい座」であるが、十三という数字がキリがよくないため外された。

＊3　「カルキノス」と呼ばれているが、これは「カルキノスという名のカニ」ではなく、単に古代ギリシア語で「カニ」という意味の単語。つまり本当にただのカニ。

陀（食中毒）[4]といろいろいるので、えてしてそういうものなのかもしれないのですが、わりときちんと伏線を回収する傾向のあるギリシア神話において、あのカニはやっぱり謎です。英雄の力を見せるためのかませ犬ならもっと強そうにするとか、大量に出てきて大量にやられるとかすればいいのに、一匹だけ出てきてあっさり踏み潰されるという、「ザクレロ」[5]「風のヒューイ」[6]「血管針攻撃をする人たち」[7]みたいな立ち位置の謎キャラで、ギリシア神話がリメイクされたら尺の都合でカットされるのではないかと思われます。すると黄道十二星座から外していいのはむしろ「かに座」のこいつかもしれません。「てんびん座」の天秤は正義の女神アストライアーの持ち物とされていますし。

というふうについ考えてしまうと同時に、子供の頃から「星座ってなんか当たり外れがあるなあ」と思っておりました。おっさんの方の似鳥[8]は「うお座」なのですがカナヅチであり、「うお座なのに」という理不尽なことも言われてまいりました。「うお座」。美の女神アフロディーテとその息子のエロスがテュポンから逃げようと魚に変身した時の姿。いまいちかっこよくないし、千葉出身なので川魚はあんまり合っていないし[9]、なんかもっと「しし座」とか「いて座」みたいなかっこいいのがよかったなあ、とも思っておりました。「かに座」や「おとめ座」なら可愛いし、「ふたご座」や「さそり座」はミステリアスでいいのに、「うお座」は何か印象が薄いというか、「あなたは『うお座』です！」と言われてもリアクションに困る気がします。というか「魚《うお》」というくくりがそもそも大ざっぱすぎるのではないでしょうか。「蠍《さそり》」はサソリ目、「蟹《かに》」はカニ下目まで特定されていて、「牡羊《おひつじ》」「牡牛《おうし》」にいたっては性別まで指定されているのに「魚」って

＊4　仏教の教えからすれば、仏陀が立派で荘厳な最期を迎えてしまうとむしろそちらの方がおかしい気もするので、これはこれでよかったのだと思われる。

＊5　『機動戦士ガンダム』にちょっとだけ出てくるメカ。唐突に一機だけで突撃してきて、上半身だけしか出ていないガンダムにわりとあっさりやられ、パイロットのアムロにも「一体どういうつもりで……」と不審がられる。

＊6　『北斗の拳』にちょっとだけ出てくる人。原作ではラオウのパンチ一発、わずか二頁でやられてしまうが、一応その前に、配下のザコを蹴散らしてはいる。

＊7　『ジョジョの奇妙な冒険』第一部にちょっとだけ出てくるゾンビたち。「ペイジ」「ジョーンズ」「プラント」「ボーンナム」と一人ずつ名乗りながら登場するが、その次の頁くらいで四人まとめてやられる。

＊8　「似鳥鶏は二人組であり、イベントなどに出てくる何やら妖怪めいて大きいおっさんはただの影武者で、実際に原稿を書いているのは美少女」という設定にしている。

＊9　千葉県にはあまり大きな川がないため、千葉県民が埼玉県民に対し「埼玉は海がないし」と言うと、埼玉県民が「千葉は川がないし」と返してくる……というステレオタイプのやりとりが存在する。

て。たとえば十二支が「ネズミ」「ウシ」「トラ」「ウサギ」「虫」「竜」「ヘビ」……となったら「ちょっと待って『虫』のとこ何？」とつっこみたくならないでしょうか。一ヵ所だけ雑というか、解像度が低いです。

ただ、人生経験を積んでいくにつれて納得できるものが増えていくようで、現在のところ、他のやつはあんまり気にならなくなっています。たとえば前出の十二支は星座と違ってバランスがよく、辰《たつ》だけちょっとかっこよくないか？　という以外はおおむね均等なわけでして（サル年と言われて微妙な気分になる人はいるらしい……）、特に気になりません。血液型もなんで「A」「B」「AB」ときて一つだけ「O」なのか、と思わないでもないですが、これは「どのタイプの抗原を持っているか」の分類で、「Aタイプを持っている」「Bタイプを持っている」「AB両方を持っている」に対する「どちらも持っていない……0《ゼロ》つまりO」なので仕方がないでしょう。*10「Bだけやたら多いのにFやGがないビタミン」についても「科学の発展の足跡*11」ということで、もう少しで納得がいくあたりまで来ています。最後の難問は「重力」「電磁気力」ときてからの「強い力」「弱い力」でしょうか。あとの二つ、もう少しなんとかならなかったのでしょうか。「弱い力」と言いますが重力の方がよっぽど弱いので紛らわしいですし、「強い力」が「クォーク同士を結びつける力」なのに「弱い力」の方は「中性子のベータ崩壊を引き起こす力」で、なんかこれだけ妙にマニアックすぎないでしょうか。当社には「製造部」「営業部」「総務部」「年末社内ボウリング大会の賞品を調達する部」の四部署がありまして、と言われても「なんでそこだけ別枠？」と思うわけです。弱い力、別に常設にせずベータ崩壊の時だけの臨時扱いでよかったのではないでしょうか。それとも「弱い力」って「キャラが弱い」という意味だったんでしょうか。それもそれでかわいそうです。

このままあとがきが続くと本編のネタバレが入ってきそうなのでここまでにいたします。そもそも本編終了後に著者がペタペタ前に出てきて自作について語る、というのは野暮でして、あとがきというものは本来、控え目でなければならないはずです。それが分かっているならどうして「単行本あとがき」に加えてこういうのを書いているのか不明なのですが、まあ、いつものことです。紙面をくれた講談社文庫担当O氏にお礼を申

＊10　とはいえ、最初の頃は「A型」「B型」「C型」と呼ばれていたらしい。

＊11　「最初は新種のビタミンだと思われていたが、よく見るとBの仲間だと分かったGやH」「新種のビタミンだと思われていたが新種ではなかったF」等。ちなみに、「ビタミン」という単語は物質名ではなく、「体に対して特定のはたらきをするもの」という意味であり、「ヒトにとってはビタミンだがブタにとっては非ビタミン」というような使い方をされる。

し上げます。

本文の方は基本的に単行本版とほとんど変わっていませんが、唯一、単行本版では「キエフ」表記だったウクライナの首都は「キーウ」に変わっています。もともとウクライナ語の発音に近いのはこちらであり、ボグダンの台詞《せりふ》等もウクライナ語であることが分かるように書いていたつもりなのですが、当時は「キーウ」という表記が一般的ではなく、伝わらない可能性が大きいため、やむなく「キエフ」と表記しておりました。

ですが単行本版の刊行後、ウクライナには最悪のことが起こってしまいました。二〇二二年現在、キーウ周辺の情勢は落ち着いているとはいえ、空襲警報が鳴り、ミサイルやドローンの攻撃があり、住民は不安と不自由に満ちた「戦時下の暮らし」を強いられています。戦闘が続く東部地域、占領されているクリミア半島その他ではそれどころではないでしょう。侵略戦争はおよそ人類のとりうる行動のうちで最悪のものであり、ロシア軍が一刻も早く、ウクライナ全土から撤退するよう願っております。戦争など、フィクションの中だけで充分です。

令和五年九月

似鳥　鶏

SNS ▷ https://twitter.com/nitadorikei

Blog「無窓鶏舎」▷ http://nitadorikei.blog90.fc2.com/

既刊情報←

著作リスト

似鳥　鶏

『理由《わけ》あって冬に出る』（創元推理文庫２００７年10月）
『さよならの次にくる〈卒業式編〉』（創元推理文庫２００９年６月）
『さよならの次にくる〈新学期編〉』（創元推理文庫２００９年８月）
『まもなく電車が出現します』（創元推理文庫２０１１年５月）
『いわゆる天使の文化祭』（創元推理文庫２０１１年12月）
『午後からはワニ日和』（文春文庫２０１２年３月）
『戦力外捜査官　姫デカ・海月千波』（河出書房新社２０１２年９月／河出文庫２０１３年10月）
『昨日まで不思議の校舎』（創元推理文庫２０１３年４月）
『ダチョウは軽車両に該当します』（文春文庫２０１３年６月）
『神様の値段　戦力外捜査官』（河出書房新社２０１３年11月／河出文庫２０１５年３月）
『迫りくる自分』（光文社２０１４年２月／光文社文庫２０１６年２月）
『迷いアルパカ拾いました』（文春文庫２０１４年７月）
『ゼロの日に叫ぶ　戦力外捜査官』（河出書房新社２０１４年10月／河出文庫２０１７年９月）
『青藍病治療マニュアル』
（ＫＡＤＯＫＡＷＡ２０１５年２月／改題『きみのために青く光る』角川文庫２０１７年７月）
『世界が終わる街　戦力外捜査官』（河出書房新社２０１５年10月／河出文庫２０１７年10月）

『シャーロック・ホームズの不均衡』（講談社タイガ２０１５年11月）

『レジまでの推理　本屋さんの名探偵』（光文社２０１６年１月／光文社文庫２０１８年４月）

『家庭用事件』（創元推理文庫２０１６年４月）

『一〇一教室』（河出書房新社２０１６年10月）

『シャーロック・ホームズの十字架』（講談社タイガ２０１６年11月）

『彼女の色に届くまで』（ＫＡＤＯＫＡＷＡ２０１７年３月／角川文庫２０２０年２月）

『モモンガの件はおまかせを』（文春文庫２０１７年５月）

『１００億人のヨリコさん』（光文社２０１７年８月／光文社文庫２０１９年６月）

『破壊者の翼　戦力外捜査官』（河出書房新社２０１７年11月）

『名探偵誕生』（実業之日本社２０１８年６月／実業之日本社文庫２０２１年12月）

『叙述トリック短編集』（講談社２０１８年９月／講談社タイガ２０２１年４月）

『そこにいるのに』（河出書房新社２０１８年11月／改題『そこにいるのに　13の恐怖の物語』河出文庫２０２１年６月）

『育休刑事《デカ》』（幻冬舎２０１９年５月／角川文庫２０２２年８月）

『七丁目まで空が象色』（文春文庫２０２０年１月）

『難事件カフェ』

（幻冬舎文庫２０１３年９月／改題『パティシエの秘密推理　お召し上がりは容疑者から』光文社文庫２０２０年４月）

『難事件カフェ２　焙煎推理』（光文社文庫２０２０年５月）

『生まれつきの花　警視庁花人犯罪対策班』（河出書房新社２０２０年９月）

『卒業したら教室で』（創元推理文庫２０２１年３月）

『推理大戦』（講談社2021年8月／講談社文庫2023年11月）
『コミュ障探偵の地味すぎる事件簿』
（KADOKAWA2019年10月／改題『目を見て話せない』角川文庫2021年12月）
『夏休みの空欄探し』（ポプラ社2022年6月）
『小説の小説』（KADOKAWA2022年9月）
『名探偵外来　泌尿器科医の事件簿』（光文社2022年12月）
『育休刑事（諸事情により育休延長中）』（角川文庫2023年4月）
『唐木田探偵社の物理的対応』（KADOKAWA2023年10月）

本書は二〇二一年八月、弊社より単行本として刊行されました。

|著者|似鳥 鶏　1981年千葉県生まれ。2006年『理由《わけ》あって冬に出る』で第16回鮎川哲也賞に佳作入選しデビュー。魅力的なキャラクターやユーモラスな文体で、軽妙な青春小説を上梓する一方、精緻な本格ミステリや、重厚な物語など、幅広い作風を持つ。デビュー作を含む「市立高校」シリーズ（創元推理文庫）や、「戦力外捜査官」シリーズ（河出書房新社）、「楓ヶ丘動物園」シリーズ（文春文庫）、「育休刑事《デカ》」シリーズ（角川文庫）など、複数の人気シリーズを執筆している。他にも、『叙述トリック短編集』『シャーロック・ホームズの不均衡』『シャーロック・ホームズの十字架』（以上、講談社タイガ）や『唐木田探偵社の物理的対応』（角川書店）など多くの著作がある。

推理大戦《すいりたいせん》
似鳥《にたどり》 鶏《けい》

2023年11月15日第1刷発行

発行者——髙橋明男
発行所——株式会社　講談社
東京都文京区音羽2-12-21　〒112-8001
電話　出版（03）5395-3510
　　　販売（03）5395-5817
　　　業務（03）5395-3615
Printed in Japan

講談社文庫
定価はカバーに
表示してあります

KODANSHA

デザイン—菊地信義
本文データ制作—講談社デジタル製作
印刷———株式会社KPSプロダクツ
製本———株式会社国宝社

ISBN978-4-06-532831-6

講談社文庫刊行の辞

二十一世紀の到来を目睫に望みながら、われわれはいま、人類史上かつて例を見ない巨大な転換期をむかえようとしている。

世界も、日本も、激動の予兆に対する期待とおののきを内に蔵して、未知の時代に歩み入ろうとしている。このときにあたり、創業の人野間清治の「ナショナル・エデュケイター」への志を現代に甦らせようと意図して、われわれはここに古今の文芸作品はいうまでもなく、ひろく人文・社会・自然の諸科学から東西の名著を網羅する、新しい綜合文庫の発刊を決意した。

激動の転換期はまた断絶の時代である。われわれは戦後二十五年間の出版文化のありかたへの深い反省をこめて、この断絶の時代にあえて人間的な持続を求めようとする。いたずらに浮薄な商業主義のあだ花を追い求めることなく、長期にわたって良書に生命をあたえようとつとめるところにしか、今後の出版文化の真の繁栄はあり得ないと信じるからである。

同時にわれわれはこの綜合文庫の刊行を通じて、人文・社会・自然の諸科学が、結局人間の学にほかならないことを立証しようと願っている。かつて知識とは、「汝自身を知る」ことにつきていた。現代社会の瑣末な情報の氾濫のなかから、力強い知識の源泉を掘り起し、技術文明のただなかに、生きた人間の姿を復活させること。それこそわれわれの切なる希求である。

われわれは権威に盲従せず、俗流に媚びることなく、渾然一体となって日本の「草の根」をかたちづくる若く新しい世代の人々に、心をこめてこの新しい綜合文庫をおくり届けたい。それは知識の泉であるとともに感受性のふるさとであり、もっとも有機的に組織され、社会に開かれた万人のための大学をめざしている。大方の支援と協力を衷心より切望してやまない。

一九七一年七月

野間省一